二 見 文 庫

氷に閉ざされて

リンダ・ハワード／加藤洋子＝訳

Up Close And Dangerous
by
Linda Howard

謝辞

山ほどの質問に丁寧に答えてくれた、二人の男性、ジム・マーフィーと米国海兵隊のマーク・ワイントラウブ少佐に心から感謝します。航空機はどんなふうに墜落するか教えてくれて、ありがとう。誤りがあれば、すべてわたしの責任です。わたしの想像力が暴走したせいか、質問の仕方を間違えたせい。

氷に閉ざされて

登　場　人　物　紹　介

ベイリー・ウィンゲート	未亡人
キャメロン・ジャスティス	〈J&L〉のパイロット
ジェイムズ・ウィンゲート	ベイリーの亡き夫
セス・ウィンゲート	ベイリーの継子
タムジン・ウィンゲート	ベイリーの継子
グラント・シーボルド	ウィンゲート・グループのCEO
ローガン・ティルマン	ベイリーの弟
ピーチス	ローガンの妻
ブレット・ラーセン	〈J&L〉のパイロット
デニス	〈J&L〉の整備士長
カレン・カミンスキ	〈J&L〉の秘書

1

ベイリー・ウィンゲートは、泣きながら目覚めた。まただ。

自分がいやになる。めそめそするわけがわからないからだ。不幸のどん底にいるとか、孤独だとか、悲嘆に暮れているとか、そういう理由があるなら、睡眠中に泣くのは筋がとおっている。でも、彼女はそうではなかった。というより、憤慨していた。

憤慨はしているけれど、年がら年中ではない。二人の継子、セスとタムジンの相手をしなければならないときだけで、ありがたいことに、たいてい一カ月に一度ですむ。亡夫が遺した遺産から、二人が自分たちの取り分を受け取るためには、彼女の署名が必要だった。二人はかならず連絡をよこす。金を受け取る前なら増額の要求で、これまでのところは認めてやった。後なら、彼女のことを下等な業突く張りだと思っていることを、それぞれの方法で知らせてよこすためだ。

セスのほうがはるかに底意地悪いので、感情的に傷つけられたことは数知れないが、それでも敵意を直接ぶつけてくる。受身なふりして実は攻撃的なタムジンを相手にするより、しんどいけれどましだった。

きょうは、彼らの銀行口座に毎月の取り分が振り込まれる日だ。ということは、二人から電話がかかってくるか、訪問を受けるかだ。嬉しくて涙が出る。タムジンが好む嫌がらせのひとつが、二人の子どもを引き連れてやってくることだった。タムジン一人だって扱いに困るのに、そこに泣き虫でわがままで生意気なクソガキ二人が加わるのだから、それはもう拷問で、すたこら逃げ出したくもなる。

「危険手当をつけてもらいたいもんだわ」彼女は声に出して言い、上掛けを跳ね上げてベッドを出た。

それから頭の中で、自分に向かって鼻を鳴らした。文句をつける筋合いはない。まして夢の中で泣く筋合いもない。どんな子どもたちか承知のうえでジェイムズ・ウィンゲートと結婚したのだ。父親が行なった財政面の取決めに、二人がどんな反応を示すかもわかっていた。事実、彼はわかったうえでこういう措置をとった。事情はわきまえていたのだから、文句を言う理由はどこにもない。彼女にこの仕事をさせるため、ジムはお墓に入ってからも充分なものを払ってくれていた。

豪華なバスルームに行き、鏡に映る自分に目をやる——そうしないことのほうが難しい。

入って最初に目につくのが壁一面の鏡なのだから。そこに映っている姿と、自分の内面とがまるで結びつかない気がすることがある。

お金が彼女を変えた――内側よりも外側を。めりはりのあるスリムなボディになった。専用のトレイナーに自宅に来てもらい、エクササイズ・ルームで地獄の特訓を受けるだけの時間とお金があるからだ。以前はさえないブロンドだった髪は、微妙に色合いのちがうブロンドの筋が入っているが、見た目はまったく自然だ。高いカットが顔立ちを引き立て、いまみたいに起きぬけでも優雅なラインは崩れず、ただもう素敵だ。

昔だって、給料が許す範囲でおしゃれを楽しみ、いつもこざっぱりしていたけれど、〝こざっぱり〟と〝洗練〟とのあいだには天と地ほどの差がある。美人ではないし、いまだってきれいの部類には入らないだろうが、ときに〝かわいい〟のレベルに達することはあるし、〝印象的〟とさえ言えるかもしれない。最高級の化粧品を上手に使って瞳のグリーンを際立たせ、生き生きと見せている。服は万人向けの既製品ではなく、彼女のために、彼女だけのために仕立てられたものだ。

ジムの未亡人として、シアトルのこの家とパーム・ビーチの家、それにメーン州にある家を自由に使うことができた。よほどのことがなければ、民間機を使う必要もない。ウィングート社が契約しているチャーター機を貸し出してくれ、好きなときに利用できた。自分で支払うのは身のまわりの物を買うときだけで、つまり請求書のことは心配しなくていい。結婚して一年も経たずに亡くなった男と彼女が交わした契約の、それは間違いなく最大の利点だった。

ベイリーは貧しかったが、富を蓄えることが人生の目的ではなく、そんな野心もなかった。でも、お金があれば人生はずっと楽になる。たしかに。それでも問題を抱えていた。その最たるものがセスとタムジンだが、支払いに追われる心配がないのだから切実感はない。

彼女はただ彼らの信託資金を監督すればいいだけだ――彼女はそれを真剣に取り組むべき義務だと思っていた。たとえ二人にはどう思われようと――だいいち、ほかにやることがないのだ。

そう、彼女は退屈していた。

ジムは子どもたちに関しては万全を期した。擦りガラスの丸いシャワー室に足を踏み入れながら、そんなことを考えた。彼らの相続財産を保護したのだ。彼のできるかぎりにおいて。それに、彼らがつねに財政的に安定しているよう図った。二人の性格をよく理解したうえでそうした。でも、彼の計画には、自分が亡くなった後、ベイリーが人生をどう演じきるかまでは含まれていなかった。

彼にとってはどうでもよかったのだろう。彼女は目的達成のための手段にすぎない。彼に好かれていたし、こっちだって好きだったが、それ以上の気持ちを抱いているふりさえ、彼は一度もしてくれなかった。二人の結婚は仕事上の取決めであり、彼が提案し、管理していた。ジムの存命中、友人たちはお義理でベイリーを社交の場に招いてくれたが、彼が墓に入るやいなや、招待客リストから彼女の名前をはずした。たとえそのことを彼が事前に知っていたとしても、気にもしなかったろう。ジムの友人たちはみな彼と同年齢で、大半がジムの最初の妻、リーナと親しくしていた。なかには、ベイリーのことを、ジムのアシスタントだったころから知っている者もいる。彼の妻として彼女に接することが、気詰まりだったにちがいない。それはお互いさまで、彼らを責められない。

望んでいた人生とはちがう。お金があるのはありがたい——とてもありがたい——けれど、こっちを恨んでいる人間二人のために財産を増やすことで一生を終わりたくはなかった。遺産が自分より三歳年下の義母に管理される屈辱がショック療法となり、セスが歳をくった男版パリス・ヒルトンではなく、理非をわきまえた大人になるだろうと、ジムは期待したにちがいない。でも、いまのところそうはなっていない。これからも期待薄だとベイリーは思っていた。これまでだって、贅沢《ぜいたく》で自堕落な生活の資金源である父の会社に関わるチャンスはいくらでもあったのに、一度もチャンスをつかもうとしなかった。セスはジムの希望だった。莫大な金が動く財務上の決断に、タムジンはまったく関心がないし、そういうことができるタイプでもない。タムジンが関心をもつのは結果だけ、つまり自由になる現金だけ——だから遺産をいますぐ全額受け取りたがっている。好きなだけ使うために。

ベイリーは顔をしかめた。タムジンに遺産の管理をさせたら、よくて五年で使い果たすだろう。ベイリーが管理しなくても、別の誰かがすることになる。

シャワーをとめたとき、電話のベルが鳴ったので、シャンパン色のタオルを体に巻きつけた。もう一枚で濡れた髪をくるみ、シャワーから出てドレッシング・ルームのコードレスフォンを取り、発信者番号に目をやった。電話を受けずにコードレスフォンを置く。この電話番号はブロックされている。ほかの電話番号もすべて〝電話セールスお断りリスト〟に登録してあるから、セールスの電話ではない。つまり、セスが嫌がらせをするため早起きしたということだ。だから出なかった。まだコーヒーを飲んでもいないのに、彼の声を聞くなんてまっぴら。そこまでの義理はない。

でも、なにか問題が起きたのだとしたら？　セスはパーティ三昧《ざんまい》で、ベッドに——自分のベッドに——もぐり込むのは明け方という毎日だ。こんなに早く電話してくるなんて、彼らしくない。少し気が咎《とが》め、電話機をつかんだ。留守番電話がすでに応答していたが、かまわず〝通話〟ボタンを押した。

「もしもし」録音された男の声にかぶせて言った。自分の声で録音し直さず、初期設定された男の声をそのまま使っているのは、そのほうが感情が混じらないからだ。

録音された男の声が途切れ、ビーッと音がして回線がつながった。

「ハイ、ママ」

嫌味たっぷりの声だ。彼女は内心でため息をついた。問題はなにも起きていない。セスが嫌がらせの新手を考え出しただけのこと。年上の男から「ママ」と呼ばれたってどうということはないが、彼と渡り合うのはしんどい。

セスをあしらういちばんの方法は、なんの反応も示さないことだ。そのうち苛《いじ》めることに飽きて向こうから電話を切る。「セス。お元気?」ジムのアシスタント時代に身につけた冷静で穏やかな口調で言った。声にも表情にもいっさい感情を表わさない。

「もう最高さ」彼がわざと楽しそうに言う。「義理の母親である、金に貪欲《どんよく》な娼婦が、おれの金で贅沢三昧をしてると思うとね。おれは指一本触れられない金でさ。家族の中に盗人《ぬすつと》がいるのはどんなもんだろう、ええ?」

侮辱の言葉は聞き流すことにしていた。「娼婦」は、父親の遺言の条項を耳にしたとき、彼の口から出た言葉だった。セスはさらに彼女を誹謗《ひぼう》中傷した。親父と結婚したのは金のため、親父の病気につけ込んで、子どもたちの金を自分が管理できるよう親父を言いくるめたにちがいない、と。彼はさらに、法廷の場で決着をつけてやると息巻き、脅《おど》した。ジムの弁護士は深いため息をつき、そんなことをしても時間と金の無駄だと諭《さと》した。ジムは亡くなる数週間前まで自分の〝帝国〟の舵《かじ》取りをしており、遺言に署名したのはそれより一年も前のことだった――正確にはベイリーと結婚した翌日だった。

それを知ると、セスは顔を赤黒くしてひどく汚い言葉を吐き、その場にいた全員が息を呑むなか、足音も荒く部屋を出て行った。ベイリーは以来、どんな反応も見せない修養を積んできたから、「娼婦」のひと言ぐらいで動揺はしない。だが「盗人」にはむっとした。

「あなたの遺産だけど、いい投資の機会があるのよ」彼女はすらすらと言った。「利益を最大にするためには、できるだけ多くの資金を注ぎ込まなくちゃ。毎月の手当てが半分になってもかまわないかしら？　もちろん一時的によ。そうね、一年ぐらい」

一瞬の沈黙の後、セスが怒りの声をあげた。「クソ女、殺してやる」

彼の侮辱を脅しで切り返したのははじめてだった。彼はショックのあまりいつもの自分を見失った。彼の脅しは怖くもなんともない。できもしない脅しを口にするのは彼の得意技だ。

「あなたのほうで提案したい投資があれば、喜んで検討させていただきます」殺すと脅されたというより、詳細な説明を求められたかのように、彼女は礼儀正しく応じた。「その前によく調べて、文書にしていただきたいわ。できるだけ早急に対処しますけど、それでも数週間はみていただかないと。あさってから二週間ほど、休暇で留守にするものだから」

彼の返事は受話器を叩きつける音だった。
一日のはじまり方として最良とは言えないが、月に一度のセスとの戦いは終わった。
さあ、あとはタムジンをうまく避けられれば……

2

キャメロン・ジャスティスは、小さな飛行場と駐車場に素早く目を走らせ、ブルーのサバーバンを専用の駐車スペースに入れた。まだ朝の六時半をまわっていないが、彼がいちばん乗りではなかった。シルバーのコルベットは、友人でパートナーのブレット・ラーセン――J&Lエグゼクティヴ・エア・リモの〝L〟――の車で、赤いフォード・フォーカスは秘書のカレン・カミンスキのものだ。ブレットはいつもより早いが、カレンは誰よりも早く出勤するのを日課としていた。邪魔されずに仕事ができる唯一の時間だから、というのが彼女の言い分だ。

よく晴れた朝だったが、天気予報では雲が多くなるらしい。でも、いまこの時間には、太陽がJ&Lの四機の機体を輝かせている。キャムは惚《ほ》れ惚《ぼ》れとそれを眺めた。

特注の塗装は高くつくが、漆黒の地に機首から尾部まで、上向きに細く白い曲線が一本入っている機体が与えるイメージは、値段に見合うものだ。二機のセスナ――スカイレーンとスカイホーク——の払いはすでに終わっていた。最初の二年は、ブレットと二人、しゃかりきになって働いた。借金をできるだけ早く払い終え、債務比率を少しでもさげようと副業までこなした。パイパー・ミラージュの払いはもうじき終わる。そうしたら、キャムの秘蔵っ子、八人乗りのリアジェット45XRの支払いを倍に増やす予定だ。

リアジェットは機体の長さも翼スパンも、ブレットが空軍時代に乗っていたF－15Eストライク・イーグルにちかいが、その機敏さが好きだと言って、いまではもっと小型のセスナや中型のミラージュに乗っていた。いっぽうキャムが空軍時代に乗っていたのは、安心感のある大型のKC－10Aエクステンダーだった。飛行機の好みが、そのままパイロットとしての二人の基本的なちがいに顕《あら》われている。ブレットは、自惚《うぬぼ》れ屋で反射神経が抜群の戦闘機パイロット、キャムはどっしり構えた頼りになる相棒、数千メートル上空を時速数百キロで飛行中に燃料の補給が必要になったとき、操縦桿《そうじゅうかん》を握っていてほしいタイプだ。リアジェットは離陸に小さな飛行場をいっぱいいっぱい使うので、キャムが操縦席に座ることをブレットは歓迎していた。

二人は成功をおさめたと言っていい。好きなことを仕事にしているのだから。二人にとって、空を飛ぶ能力は生来のものだ。出会ったのは空軍士官学校で、ブレットが一年先輩だったが友達になり、部隊がちがっても、進む道が分かれても、任地が異なっても、友達でありつづけた。二人で合計三度の離婚――ブレットが二度、キャムが一度――をくぐり抜け、いろんな女と付き合うあいだも、友達でありつづけた。除隊したとき、どちらが言い出したわけでもなく、電話や電子メールでやりとりするうちに一緒に事業を興《おこ》すことに決めた。どんな事業かは問題にもならなかった。チャーター機を運行する事業は二人にうってつけだった。

〝二頭立て馬車〟は順調に走りつづけた。いまでは整備士三人、パートタイムのパイロット一人、清掃人は常勤とパートタイムが一人ずついる。それに、なくてはならないカレン。たわ言をまったく受けつけない厳しさで、彼ら全員を支配している。会社は支払い能力があり、二人ともよい暮らしをしていた。日々の飛行は軍用機を操縦するようなスリルと恐怖を与えてはくれないが、人生を楽しむのに、キャムはアドレナリンの噴出を必要としなかった。ブレットはむろん別だ。戦闘機乗りは、燃え尽きるために生きている。それでも現実に自分を合わせ、民間航空パトロール（緊急時の捜索に合衆国空軍を助ける民間ボランティア組織）に参加してスリルを味わっていた。

立地もよかった。空港は彼らのニーズにぴったり合っていたし、なによりも、いちばんのお得意さんであるウィンゲート・グループの本社にちかかった。運行するフライトの六割がウィンゲートがらみで、たいていは経営幹部たちの出張に使われているが、たまに家族が私用で使うこともある。地の利がいいこともだが、空港は安全面でも申し分なく、平均以上のターミナルビルを備え、そこにJ＆Lは三部屋のオフィスを構えている。ウィンゲートの仕事を取れたのは、ブレットのコネのおかげだ。それで、家族はブレットの受け持ち、経営幹部の出張はキャムが受け持っていた。キャムよりブレットのほうが家族の受けがいいので、この割り振りはうまくいっていた。ミスター・ウィンゲートはいい人間だったが、子どもたちはクズだし、彼の〝トロフィー・ワイフ〟はあたたかさといい、とっつきのよさといい、氷河といい勝負だ。

キャムはサバーバンから降りた。長身で肩幅も広いから足元と頭上に充分な空間のある大型車が合っている。ゆったりとしなやかな足取りで駐車場を横切り、ターミナルビルの脇の専用ドアにＩＤカードを指し込んでロックを解除した。狭い廊下の先に彼らのオフィスがあり、カレンがコンピュータのキーボードをせっせと打っていた。デスクの花瓶に活けられたあたらしい花の香りとコーヒーの香りが混ざり合っている。彼女は花を欠かしたことがなかった。自分で買ってくるのだろう。ボーイフレンド――黒革で身を包んだバイク野郎のひげ面プロレスラー――が、花を買うタイプとは思えない。彼女は二十代後半で、短い赤毛に黒いハイライトを入れるのが好きで、オフィスを円滑に運営しているが、それ以外のことは、キャムには恐ろしくて尋ねることができない。ところがブレットは、物に動じない人間を慌てふためかせることを人生の使命にしているので、執拗《しつよう》に彼女をからかう。

「おはよう、サンシャイン」キャムは彼女に挨拶した。彼だってたまには彼女をからかう。

カレンはモニター越しに彼をじろっと睨《にら》み、手元に視線を戻した。朝の彼女が〝晴れ晴れ《サンシャイニー》〟とほど遠いのは、シアトルとマイアミが遠いのといい勝負だ。彼女は夜のあいだ廃品投棄場の番犬のアルバイトをしてるんじゃないか、番犬並みに気難しくて、朝の九時を過ぎないと人間に戻らない、とブレットがうっかり口を滑らせたことがあった。カレンはそれについてなにも言わなかったが、それから一カ月、ブレット宛ての私信は姿を消した。彼がそうと気づいて謝ると、私信はまた届くようになり、すべての請求書の支払いが一カ月遅れた。

キャムは蛮勇よりも慎重さを選び、それ以上からかいの言葉は口にせず、自分でコーヒーを淹《い》れ、ぶらぶらとブレットのオフィスへ向かった。ドアは開いていた。「早いじゃないか」ドア枠に肩をもたせて言った。

ブレットが渋い顔をする。「おれだって来たくなかったさ」

「カレンから電話で呼び出されたのか？」背後からクスクス笑いともうなり声ともとれる音がした。カレンの場合、どちらか判別が難しい。

「似たようなものだ。どこぞの馬鹿が、ぎりぎりになって朝の八時に予約をいれた」

「そういうのを〝馬鹿〟とは言いません」カレンが即座に言う。「メモを渡したでしょ。〝お得意さま〟と呼ぶようにって」

ブレットが飲んでいたコーヒーを喉に詰まらせながら、笑った。「〝お得意さま〟ね。わかった」なにか書き込んでいた紙を指差す。スケジュール表だ。「マイクに連絡して、きょうの午後、スカイレーンでスポーカンまで飛ぶよう頼んだ」――マイク・カーディナーはパートタイムのパイロットだ――「それで、おれはミラージュでLAに飛べるし、おまえはスカイホークでユージーンに飛ぶと――おまえがLAに行きたいなら交替してやってもいいが」

オフィスに最初に出たほうが、書類仕事をやることになっていた。ブレットがめったに早く来ないのはそのせいだ。彼はそれぞれの機の航続可能距離と飛行距離を考えてスケジュールを組んでいた。燃料を補給する必要がなく時間の節約になる。ふだんならLAを選ぶが、キャムはその週、長時間の飛行を二度もこなしたので、少しのんびりしたかった。たまにはセスナに乗るのもいい。リアジェットやパイパー・ミラージュばかり乗っていると、小型機に馴染《なじ》むのに苦労する。「いや、そのままでいい。余裕があったほうがいい。あすの予約は?」

「二件だけ。あしたもおれは早出だ。ミセス・ウィンゲートが休暇でデンバーに行く。向こうで積んでくるものがなけりゃ、空回送することになる。もう一件は……」カレンが作った契約書を探して机の書類を引っ掻き回す。

「サクラメントまで貨物輸送」隣りの部屋からカレンの声がした。聞き耳をたてていたことを隠そうともしない。またうなり声がした。ブレットが紙になにか書いてデスクを滑らせてよこした。キャムは身を乗り出し、指で紙を押してひっくり返した。

狂犬病の注射をしたかどうか、彼女に訊いてみろ。そう書いてあった。

「いいとも」キャムは声を張り上げた。「カレン。ブレットが知りたいって、きみが――」

「黙れ、アホ！」ブレットがぱっと立ち上がり、最後まで言わせまいとキャムの肩を殴った。

キャムは笑いながら自分のオフィスに向かった。

カレンがまた彼をじろっと睨んだ。「ブレットが知りたいことって？」

「なんでもない。くだらないことさ」キャムはしれっと言った。

「だと思った」

椅子に腰をおろすと電話が鳴った。電話の応対はいちおうカレンの仕事だが、彼女は忙しくて、彼は暇だから、回線1のボタンを押して応対した。

「エグゼクティヴ・エア・リモ」

「セス・ウィンゲートだ。義理の母があすのフライトを予約しているだろう？」

無愛想な口のきき方に産毛が逆立ったが、穏やかな口調に努めた。「はい、しておられます」

「行き先は？」

ミセス・ウィンゲートの行く先が、あんたになんの関係があるんだ、とげす野郎に言ってやりたかったが、げす野郎であろうとなかろうと、彼はウィンゲートの人間で、J＆Lがウィンゲート・グループの仕事をつづけていくためには、ご機嫌をとらないといけない。「デンバーです」

「いつ戻ってくる？」

「正確な日付はわかりかねますが、二週間ほどだろうと」

「ありがとう」にしろ「くたばれ」にしろ、なんの挨拶もなく電話は切れた。

「ろくでなし」受話器を置きながらつぶやいた。

「誰が？」

開いたドアからカレンの声が流れてきた。まさに地獄耳だ。しかも、キーボードを叩く音は途切れることがない。おっかないったらありゃしない。

「セス・ウィンゲート」

「だったら同感よ、ボス。ミセス・ウィンゲートのスケジュールを尋ねてきた、でしょ？なぜなんだろう。いがみ合ってるのに」

驚くことはない。最初のミセス・ウィンゲートとはほんの短い付き合いだったが、キャムは好意をもっていた。彼女が亡くなって一年足らずで、ミスター・ウィンゲートは、子どもたちより年の若いアシスタントと結婚した。「彼女が出掛けてるあいだに、屋敷でパーティでも開こうっててんじゃないのか」

「ガキじゃあるまいし」

「彼はガキさ」

「だからミスター・ウィンゲート、父親のほうのウィンゲートは、彼女にお金の管理を任せたのね」

キャムは驚いて立ち上がり、戸口まで歩いた。「冗談だろ」カレンの背中に向かって言った。

キーボードの上で指を躍らせたまま、彼女は肩越しに振り向いた。「知らなかったの?」

「どうしておれが知ってなきゃならないんだ?」家族の誰も、それにグループの幹部の誰一人、個人の財産について彼とおしゃべりしないし、カレンに打ち明けたとも思えない。

「あたしは知ってる」

ああ、だって、おっかないもの。その言葉をぐっと呑み込む。口は災いのもとだ。カレンにはそういうことを探り出す手立てがあるのだろう。「どうして知ってるんだ?」

「聞いたのよ」

「それがほんとうなら、二人がいがみ合うのも無理はない」自分がセス・ウィンゲートだとしても、義母に辛くあたるだろう。

「ほんとうよ。亡くなったミスター・ウィンゲートは頭が切れた。考えてもみてよ。あなただったら、セスかタムジンに莫大な遺産の管理をさせる？」

キャムは千分の一秒ほど考えた。「まさか」

「そう、彼もそうしなかった。あたしは彼女を好きよ。頭がいいもの」

「ミスター・ウィンゲートが亡くなったとき、ドアの鍵を変えるほど頭がいいことを願うね」キャムは言った。それに彼女は背中に気をつけたほうがいい。セス・ウィンゲートなら、チャンスがあれば、彼女の背中にナイフを突き立てるぐらいやるだろう。

3

翌朝、キャムは電話のベルで起こされ、目をつむったまま手探りした。きっと間違い電話だ。このまま目を開けなければ、腕時計のベルが鳴るまでひと寝入りできる。一度目を開けてしまえば二度寝はできないことが、経験からわかっていた。「もしもし」

「ボス、ズボンを穿《は》いて、こっちに来て」

カレンだ。くそっ。目を閉じておくことも忘れ、ぱっと起き上がった。アドレナリンが噴出し、頭から眠気の靄《もや》を払ってくれた。「どうした?」

「あなたのオバカなパートナーが、目を腫《は》らして息もたえだえでやってきて、きょう、デンバーまで飛べるって考えているの」

電話の向こうから、ブレットの声とはとても思えないしゃがれ声が、意味不明なことをわめいているのが聞こえた。「それ、ブレットか?」

「ええ。あたしがあなたを〝ボス〟と呼んで、彼を〝オバカ〟と呼ぶわけを知りたいんですって。世の中にはおのずと明らかなことがあるの、それが理由」ブレットに向かって言っているのだろう。それからキャムに注意を戻した。「マイクに電話したら、デンバー行きのフライトの時間には間に合わないって言うから、彼にはあなたの代わりにサクラメントに飛んでもらうことにした。さあ、しゃきっとして」

「もうしてる」電話を切るとバスルームに直行した。四分と二十三秒でシャワーとヒゲ剃《そ》りをすませ、黒いスーツを着て帽子と、いつなにがあるかわからないから用意してあるオーバーナイト・バッグ（一泊用旅行カバン）をつかみ、六分後には玄関を出た。すぐに引き返し、一時間後にタイマーをセットしてあったコーヒーメーカーのスイッチを切り、朝食をとっている時間がないかもしれないから、登山用高エネルギーの携行食、トレイルミックス・バーを戸棚から出してポケットに入れた。

クソッ、クソッ、クソッ。悪態をつきながら、早朝の車の流れを縫《ぬ》ってゆく。きょうの乗客は血も凍るウィンゲート未亡人だ。ブレットは彼女とうまくやっているが、ブレットは誰とでもうまくやれる。運悪く二度か三度、顔を合わせたことがあったが、彼女は退屈しきった顔をして、彼を人生の窓ガラスにくっついた虫けらのように扱った。こういうタイプは、軍隊にいたころに出くわしたことがあった。あの当時もしっくりこなかったが、いまだってそうだ。なにがあろうと口にチャックをしておくつもりだが、生意気な口をきこうものなら、ぎゃふんという目にあわせてやる。デンバーに着くころには、胃の中身をそっくりぶちまけているだろう。

　余裕で時間前に着ける。住んでいるのはシアトル郊外だし、中心部に向かっていくのではなく、離れていくので道は比較的空いていた。反対車線は車が数珠《じゅず》つなぎだった。電話を切ってから二十分足らずで駐車スペースに車を入れていた。

「早かったわね」オーバーナイト・バッグを手にオフィスに入ってゆくと、カレンが言った。

「もうひとつ悪いニュースがあるのよ」

「言ってくれ」バッグを置き、コーヒーを注いだ。

「ミラージュが修理に入ってて、デニスが言うにはフライトの時間に間に合わないって」

　キャムは黙ってコーヒーを飲みながら思案した。ミラージュなら燃料補給をせずにデンバーまで飛べる。リアジェットもそれができるが、グループ用だ。一人の客を乗せるのは効率が悪い——リアジェットを一人で操縦できるが、副操縦士がいてくれたほうがいい。セスナは二機とも燃料補給の必要がある。ただし、スカイレーンの実用上昇限度は五千四百メートル、スカイホークは四千メートルだ。コロラドには四千二百メートルを超す山がある。答えは自ずと出てくる。

「スカイレーンだな。ソルト・レイク・シティで燃料を補給する」

「おれもそう思った」ブレットが自分のオフィスから出てきた。声の掠《かす》れ方ときたら、鼻づまりのカエルみたいだ。「クルーに準備するよう言った」

キャムは顔をあげた。カレンの言ったことはおおげさでもなんでもなかった。控え目なぐらいだ。ブレットの目は縁が赤くなり、腫れがひどくて細い隙間からブルーの虹彩がわずかに見えるだけだ。顔は斑《まだら》、口で息をしている。まったくひどいざまだ。惨めな表情が気分を反映しているなら、さぞかしひどい気分だろう。なんの病気に罹《かか》ったのか、キャムは知りたいとも思わなかった。

「それ以上ちかづくな」キャムは交通巡査のように手をあげて、警告を発した。

「ライソール（殺菌消毒薬）を吹きかけたわ」カレンが言い、オフィスの向こうからブレットを睨んだ。「思慮深い人間なら、常識ってものが少しでもあれば、家にいて電話する。仕事場にやってきて病原菌をばらまいたりせずに」

「おれなら飛べる」彼がしゃがれ声で言った。「きみが無理だと言い張っているだけじゃないか」

「ミセス・ウィンゲートが、五時間も、狭い飛行機にあなたと一緒に閉じ込められたいと思うかしらね」彼女が皮肉たっぷりに言った。「あたしは、あなたとおなじオフィスに五分と一緒にいたくない。とっとと帰って」

「同感だ」キャムが吠えた。「家に帰れ」

「鼻炎に効く薬を呑んだ」ブレットがゼーゼー言いながら抗議した。「まだ効いてきてないだけだ」

「離陸の時間までに効いてくるとも思えない」

「ウィンゲートの家族と飛ぶのはいやなんだろう」

とくにミセス・ウィンゲートとはな、とキャムは思ったが口には出さなかった。「どうってことない」

「彼女はおれのほうを気に入ってる」

いまやブレットはすねたガキだが、飛行時間を遅らされると、彼はいつだって膨れっ面をする。「彼女だって、五時間ぐらいなら我慢するだろう」キャムは断固として言った。「こっちが我慢するのだから、彼女にもしてもらわなくちゃ。「おまえは病気だ。おれはちがう。話し合いは終わり」

「気象通報を集めておいたわ」カレンが言った。「コンピュータの上に置いてある」

「ありがとう」自分のオフィスに入り、デスクに座って読んだ。ブレットがこれからどうしたらいいかわからないというふうに、戸口に立っている。「頼むから」キャムは言った。「医者に行ってくれ。まるで催涙《さいるい》ガスを浴びたみたいだぜ。なにかにアレルギー反応を起こしたのかもしれない」

「わかったよ」ブレットは激しくくしゃみをして、咳の発作に襲われた。キャムの席からはカレンの姿は見えなかったが、シューシューと音がしてブレットが霧に包まれた。「ちょっと、勘弁してくれ」病人はゼーゼー言い、腕を振り回して霧を払った。「こんなもの吸ったらいいわけがない」

彼女はさらにシューシューやった。「降参だ」ブレットがさらに数度腕を振り回してからつぶやく。霧には太刀打ちできないと観念したのだろう。「帰るよ、帰る。ライソールを噴きかけられたせいで肺の病気になって死んだら、きみはクビだからな」

「死んだら、クビにできないわよ」彼女はオフィスから出てゆくブレットの背中に、最後のひと噴きを浴びせた。

一瞬の沈黙ののち、キャムが言った。「もっと噴きかけろ。奴が触れたものすべてに噴きかけておいてくれ」

「買ってこなくちゃ。じきに空になる」

「おれが戻ったら、ケースごと買ってやるよ」

「とりあえず彼が触ったドアノブに噴きかけておくけど、彼のオフィスには近寄らないほうがいいわ」

「トイレはどうだ？」

「男性用トイレに入るつもりないから。男を人間だと思ってたこともあったけど、一度、男性用トイレに入ってショック死しそうになった。もう一度あれをやったら、精神を病むと思う。トイレも消毒したかったら自分でやって」

彼女がしている、信じられないぐらい細々とした仕事に思いを馳《は》せた。彼女がいないとオフィスが大混乱に陥るのは目に見えている。彼女はそのことを百も承知だ。あれやこれや考えると、男性用トイレの消毒は彼女の職務のうちには含まれないという結論に達した。「いまは消毒している時間がない」

「トイレは逃げないから――それに、あたしは女性用を使うし」

開いたままのドアを眺め、気づいた。彼女との会話はたいていドア越しに、たがいの顔を見ないまま交わされていることに。「大きな丸い鏡をつけようと思う。出口のすぐ脇に」

「なぜ？」

「きみと話しているときに顔が見える」

「なんで顔を見たいの？」

「きみがにやにやしてるかどうかわかる」

キャムは自分のバッグを荷物室に積み込んでから、スカイレーンの周囲をまわって点検した。部品がゆるんでいたり、傷んでいないか押したり引いたり、蹴飛《けと》ばしたりした。コックピットに乗り込み、クリップボードのリストと照らし合わせながらフライト前のチェックを行なった。この手順は空で覚えているから眠っていてもできるが、記憶だけに頼ることはしない。一瞬の気のゆるみが重大な事故につながるからだ。リストと照らし合わせることで、漏れがないことを確認できる。離陸したあとで故障に気づいてもあとの祭りだ。

腕時計を見る。ミセス・ウィンゲートがそろそろ到着する時間だ。エンジンをかけ、音に耳を澄ます。計器類を入念に調べてすべてのデータが正常であることを確認し、エプロンの交通に注意しアイドリングしながら、乗客を乗せるためにゲートへと向かった。駐車場で動くものを目の端で捉え、さっと視線を走らせ、ダークグリーンのランドローバーが開いているスペースに入るのを確認した。

ランドローバーに乗る彼女を見るたび意外な気持ちになる。ミセス・ウィンゲートは、実用車やSUVに乗るタイプには見えないからだ。一見したところ、贅沢な大型車を好みそうなタイプ――スポーティな車を自分で運転するよりは、運転手付きの大型車の後部座席におさまっているタイプだ。ところが、いまにも野山を駆け巡りそうな勢いで四輪駆動車を運転していた。

時間ぎりぎりだった。ブレットはいつも早めにゲートに着き、彼女が車から荷物をおろす手伝いをする。いま彼女は車からおり、ちかづいてくるスカイレーンを眺めていた。それからドアを閉じ、後部にまわって荷物をおろした。キャムのほうは、ゲートまでまだ五十メートルはあった。時間どおりに着けそうもない。

上等だ。誰も出迎えなかったことで、彼女は頭にきているだろう。もっとも、鼻をそびやかして誰か現われるのを待ってはいなかった。

ゲートにつけるとエンジンを切り、操縦席を立った。ゲートのほうに目をやると、彼女がターミナルビルから出てくるのが見えた。片手でスーツケースを引っ張り、もう一方の手に大きなトートバッグを持っている。こともあろうにカレンが、スーツケースを二個転がしながら彼女に付き添ってやってきた。

ミセス・ウィンゲートがちかづいてくる彼を見て、カレンに顔を向けた。「パイロットはブレットだと思っていたわ」クールで穏やかな声で言った。

「彼は病気なんです」カレンが説明した。「ほんとうです。病人にそばに来られたらおいやでしょう」

ミセス・ウィンゲートは肩をすくめることも、感情を顔に出すこともしなかった。「ええ、そうね」黒いサングラスをかけているので、目の表情はわからない。

「ミセス・ウィンゲート」キャムはちかづきながら挨拶した。

「ジャスティス機長」キャムが開けたゲートを、彼女はさっと抜けた。

「荷物をこちらに」

彼の手が持ち手にかかる前に、彼女は黙ってスーツケースを握る手を放した。キャムは彼女の後につづき、黙ってスーツケース三個を荷物室に積み込みながら、自宅のクロゼットに服は残っているのだろうかと思った。スーツケースはとても重かった。民間機を利用していたら、とてつもない追加料金をとられているところだ。

乗客が一人きりの場合、コックピットのうしろに四つある客席より、副操縦士の席を選ぶことが多い。副操縦士のヘッドセットをつけたほうが彼と楽におしゃべりできるからだ。ミセス・ウィンゲートが乗り込むのに手を貸した。うしろの席に座ったのは、彼とおしゃべりをしたくないからだろう。

「どうか反対側の席に座ってください」〝どうか〟をつけたが、彼の口調はお願いするというより命令していた。

彼女は動かなかった。「なぜ?」

空軍を除隊して七年ちかくになるが、軍隊で身についた習慣は簡単に抜けるものではない。その重たいケツをさっさとあげろ、と怒鳴りそうになって歯を食いしばった。そんなことをしたら、一時間後には契約を破棄されるのがおちだ。比較的穏やかな口調でなんとかこう言った。「反対側に座ってもらえれば、重さのバランスがよくなりますから」

彼女は黙って右側の席に移動し、シートベルトを締めた。トートバッグから分厚い本を取り出し、開いたページに鼻を埋めた。サングラスをしたままで字が読めるのだろうか、と彼は思った。それでも、彼女の言いたいことははっきりと伝わった。わたしに話しかけないでいいだろう。こっちだって、なにもおしゃべりしたいわけじゃない。

彼は座席についてドアを閉め、ヘッドセットをつけた。カレンが手を振ってオフィスに戻っていった。エンジンをかけ、すべてのデータが正常であることを確認し、ランプから滑走路へと向かった。離陸のあいだすら、彼女は一度も本から顔をあげなかった。

いやはや、五時間の飛行が長いものになりそうだ。彼はうんざりしながら思った。

4

ジャスティス機長がセスナのコックピットから現われ、ゲートにやってくるのを見るなり、ベイリーは思った。まいった。いつも彼女のフライトを担当する機長のブレット・ラーセンより背が高く、肩幅が広く、引き締まった体つきは見間違いようがない。ブレットは陽気で社交的だが、ジャスティス機長はちかづきがたく、いつも無言で非難されている気になる。ジム・ウィンゲートと結婚して以来、そういう態度を示されることに敏感になった。自分では怒りっぽい人間だとは思っていないが、それでも頭にくることに変わりはない。

相手の病気につけいった金目当ての薄情女というふうに見られることに、もううんざりだった。すべてはジムが考えたことで、彼女が仕組んだわけではない。たしかに金のためにやってはいるが、それは給料として毎月支払われていた。セスとタムジンの遺産は彼女の管理のもと安全であるばかりか、順調に増えていた。彼女は財務の天才ではないが、投資は得意分野だし市場も理解していた。個人投資家としては慎重すぎるとジムは思っていたが、信託資金を守るうえではもってこいの資質だ。

いっそ新聞広告を出して、そういうことを説明しようか。でも、世間にたいして自己弁護をする必要がどこにある？　言いたい人には言わしておけ。

そういう安易な生き方が、ジムの旧友たちに受けが悪く疎遠になったが、彼らと付き合わずにすんでほっとしていた――そもそも彼女の友人ではないもの。ところが、これから数時間、〝ミスター・不機嫌〟と小さな飛行機に閉じ込められる羽目に陥った。フライトをキャンセルしてブレットが回復するのを待たないかぎり――それとも、デンバー行きの民間機を予約しないかぎり。

その考えは魅力的だ。でも、たとえフライトの時間に間に合うように空港に着けたとしても、空席があるかどうかわからない。メーン州に住む弟のローガンとその妻は、すでにデンバーに向かっていた。ローガンは四輪駆動のレンタカーを手配していて、彼女が到着するのを待って出発するつもりだ。今夜の八時には、一週間のいかだ乗り《ラフティング》のための前哨《ぜんしょう》地点に着いているはずだ。この旅行はベイリーにとってまさに天国。二週間、携帯に電話もかかってこず、冷ややかな、あるいは非難がましい視線を浴びることもなく、なによりセスもタムジンもいない。

急流のラフティングはローガンの趣味だった。彼と妻のピーチスはラフティングが縁で知り合った。ベイリーは大学時代に少しやったことがあり、好きだったので、これは二人と過ごす理想的な方法に思えた。彼女の家族はあちこちに散らばり、家族団欒《だんらん》は性に合わないのか行き来がほとんどなかった。父は再婚してオハイオに住み、母は三人目の夫を四年前に亡くし、二番目の夫のやはり未亡人である義妹とフロリダで暮らしていた。姉のケネディはニュー・メキシコを安住の地に選んだ。二歳年下のローガンといちばん親しいが、それでも最後に会ったのはジムの葬式のときだった。家族のなかで葬式に出席してくれたのは、ローガンとピーチスだけだった。ピーチスは気立てがよく、義理の兄妹や義理の親のなかではいちばん好きだ。

旅行はピーチスの発案だった。数カ月、Eメールをやりとりして詳細を決めた。二週間、川原でキャンプするためのテントやキャンプストーヴやランタンといった大きな装備は借りることにし、食料や水やその他の必需品――たとえばトイレットペーパー――はデンバーで調達することになっていた。とは言え、スーツケースには、彼女が必要と思うものがぎっしり詰まっている。

かぎられたラフティングの経験から、必要なものがなくて困るぐらいなら、必要なさそうなものでも持っているほうがずっといいとわかった。前回のラフティング旅行では二週間も生理が早まったのに、用意していなかったおかげで、楽しいはずの旅行が惨めなものになった。替えの靴下をナプキン代わりにしたので、旅行のあいだじゅう素足で寒い思いをしたからだ。おもしろいわけがない。今回は、事前に通販の旅行用品カタログを熟読し、使い捨ての練歯磨き付き歯ブラシとか防水のトランプカードとかブックライトといった、あったら便利そうな品物をごっそり買い込んだ。

荷物が多すぎるとローガンにからかわれたって、最後に笑うのは持てる者だ。テントに漏れ穴が開いた場合に備え、ダクトテープまで持ってきた。前回の旅の教訓だ。ラフトに乗っているあいだは、濡れようが寒かろうが楽しみのうちだけれど、ラフトに乗っていないときには、わが家にいるように快適に過ごしたかった。女はこれだから困ると言われようがかまわない。ピーチスだって川の水をバケツに汲《く》んで石鹸《せっけん》で体を洗うよりは、アロエのボディ用ウェットティッシュのほうがいいと思うにきまっている。

この旅行をなによりも楽しみにしていたので、出発が遅れるのは耐えがたかった。たとえそれが、ジャスティス機長に我慢することを意味しようが。名前を耳にするたび、フフンと鼻で笑いたくなる。よりによって〝正義機長《キャプテン・ジャスティス》〟だなんて。漫画の主人公みたいじゃないの。

彼は重たいスーツケース三個を、いとも軽々と荷物室に放り込むあいだまったくの無表情だったが、クロゼットの中身をそっくり詰めてきたと思っているにちがいない。血の通った人間なら、信じられないという顔をするか、岩を詰めてきたのかと尋ねるものだ。ブレットなら、ほんとうはそれほどでもないのにさも重そうに、ウンウン言いながら運び込み、冗談のひとつも飛ばしている。でも、〝ミスター・無表情〟はそんなことはしない。彼が笑った顔を見たことがなかった。

飛行機に乗り込むとき手を貸してくれたが、握る力の強さにたじたじとなりそうになった。そう言えばブレットは手を貸さない。ざっくばらんな人柄だが、彼女の領域に勝手に踏み込まないよう神経を使ってくれた。彼女がジムと結婚してからは、それが顕著になった。いまでは彼女の方で人を信用しなくなり、それが近寄りがたい印象を与えているようだ。ジャスティス機長は、彼女の〝触らないで〟のサインに気づかないのか、気にもしていないのか。彼の手は力強かった。ふだん接している企業の経営幹部や株式仲買人たちにくらべ、硬く荒れた手だった。その感触がショックだったし、手の熱さに心臓が飛び跳ねた。

すっかりうろたえていたので、席を移動してくれと言われてもすぐに応じられなかった。彼に指示された席に移ってシートベルトを締めると、本を取り出しじっくり読むふりをしたが、心の中では自分に腹をたてていた。

男の手に触れられただけで、こうも簡単に反応してしまう自分が情けなかった。それも、あきらかに自分を嫌っている男にだ。そりゃたしかに性生活はなくなっている。ジムの子どもたちと渡り合っているあいだは、いまの状態をつづけざるをえない。彼らにつけいる隙を与えるわけにはいかなかった。正直に言ってものすごく淫《みだ》らな気分になることはある。でも、ジャスティスのような男に気取られたくはないと思うだけのプライドもあった。自分を安売りするような女と思われたくはなかった。

悔しいことに、彼には肉体的魅力があった——ハンサムではない。美しいとはとても言えないいかつい顔立ちだが、たしかに……魅力的だ。ふつうより明るい色合いの、ブルーがかったグレーの目には、抗《あらが》いがたいものがあった。目の表情はたいてい冷ややかでよそよそしい。まるで感情がいっさいないかのように。

ブレットとは親友同士らしいが、彼がほんものの友情を育むこと自体想像ができない。でも、ブレットの口調から、彼を好きで尊敬していることがわかる。「パイロットの中のパイロット」と、彼を評してブレットが言ったことがあった。「すばらしく冷静なんです。彼の体の中には不安のかけらもないにちがいない。ハリケーンの最中でも、KC－10を安定飛行させられます。それも涼しい顔でね」

ベイリーは興味を惹かれ、KC－10とはどんな飛行機なのか、あとからインターネットで調べてみた。

超大型油送機のコックピットに座り、給油のためつぎつぎに飛行機が背後にやってくるあいだ、機体を水平に保つ彼の姿は容易に想像できた。それがどういうことか詳しくはわからないが、強風にもまれながら時速数百キロで飛行するのは、さぞ大変なことだろう。

物思いから覚めてはじめて、自分が本ではなく、操縦桿を握る揺るぎない彼の手を見つめていることに気づいた。サングラスをかけていてよかった。彼は気づいていないだろう——もっとも、サングラスをしててよく本が読めるものだと思っているだろうが。むろん読めない。でも、彼にとやかく言われたくはない。

柄にもなく人目が気になって落ち着かないことこのうえなかった。リラックスしてほかのことに気を向ける必要がある。サングラスをはずせば本を読める。両手をあげてサングラスをはずしかけ、すぐに元の位置に戻した。いまは自分を守る盾が必要で、サングラスはもってこいの盾だった。

オーケー、読書は諦《あきら》めよう。お昼寝は？

時間はまだ早い。午前のなかばにもなっていなかったから、読書するふりはできても眠っているふりは難しい。気持ちを紛らすものがない。

ラップトップを持ってきていればゲームをできるのに、家に置いてきた。これから二週間、インターネットにアクセスするつもりはないので、バッテリーがきれてしまえばお荷物になるだけだ。ただでさえ荷物が多くて、予備のバッテリーを入れる余地はなかった。ガイドがキャンプ用品と個人の荷物を拠点から拠点まで車で運んでくれることになっている。今回のツアーは六人乗りのラフト三艘《そう》で行なうので、つまりは十八人分の装備と手荷物を運ぶわけだ。ガイドが超大型の車を用意してくれていることを願おう。

これから二週間のことを考えると心が躍った。ラフティングはおもしろいときも、エキサイティングなときもあるが、とても危険な場合もある。でも、これから二週間、話すことの一言一句に気を遣うこともなく、あからさまに軽蔑《けいべつ》したり、非難の目を向けてくる連中に囲まれることもない。リラックスできるだろう。笑って、愉快に過ごして、自分らしくいられるだろう。二週間は自由に振る舞える。

窓からワシントン州の広大な広がりを眺めた。民間機は速いが、小型機で飛ぶほうが好きだ。低空飛行なのでいろいろなものが見える。大きなエンジン音は眠気を誘う。レザーシートに頭をもたせると、ついうとうとしてきた。窓から射し込む朝日で機内の温度があがってきた。軽いシルクのジャケットを脱ぎながら思った。これから二週間はシルクとおさらばできる。ただし、寝袋が暑すぎたり寒すぎる場合に備えて買ったシルクのハンモックは別だ。

腕時計を見て驚いた。離陸して一時間半も経っていた。時間がのろのろ過ぎてゆくように感じていたけれど、思っていたより長くうたた寝をしていたのだろう。「いまどのあたりですか?」彼に聞こえるように大声で尋ねた。

彼はヘッドセットの耳当ての片方を持ち上げ、肩越しに振り向いた。「マム?」表情は冷ややかだが、口調は丁寧だった。かろうじて。

「いまどのあたり？」

「もうじきアイダホ州です」

窓から見ると、雪をかぶった巨大な山が前方にそびえ立っていた。心臓が飛び上がり、思わず息を呑んだ。小型機がもっと高度を――それもかなり――あげないかぎり、あの山に激突する。

彼は耳当てを戻した。満足げな表情がその口元をよぎったような気がした。彼女の座っている位置からだと断言はできない。はっと息を呑んだことに、彼が気づいたとしたらおもしろがっているにちがいない。むろん飛行機は高度をあげられる。そうでなければ乗っていられるわけがない。迂闊《うかつ》なんだから、と自分に腹がたった。

シートに背中をもたせ、山々を眺めた。まだかなりの距離があるが、その大きさには圧倒される。まるで有史以前の怪物がうずくまっているようだ。彼女がちかづいてきたら襲いかかる構えで。

山のなにがそうさせるのだろう？　想像力を掻き立てられる。地表にできた大きなしわで、動くことはない。空から見ると、まるでくしゃくしゃにした紙を無造作に広げたようだ。火山でないかぎりなにもしない。それなのに、生きているように見えるのはなぜ？　そこで木々が生育し、大小の生き物が動き回っているという意味で〝生きている〟と思うのではない。山そのものが生きて呼吸し、それぞれが個性を持ち、意思の疎通を図っているような気がするのだ。幼いころ、丘は山の子どもだと思っていた。成長して山になるのだと。丘腹に建つ家々は、丘が大きくなると滑り落ちてしまうのだと。だから、どんなに低い丘でも、斜面に建つ家を訪れるのが怖くてたまらなかった。いつ何時《なんどき》、足元の地面が隆起して、ずるずると死に向かって滑り落とされるかわからない。

十歳にもなると、さすがに知恵がついてきたが、それでも山が生きているという感覚は消えなかった。

山のまわりで灰色の雲が湧き上がり渦巻いていた。なんらかの気象状況が動きを作り出し、山を立ち上がらせようとしているみたいだ。まるで身支度をする老女だ。山の肩をおおう雲は薄汚れた襟巻き、雪の帽子をかぶり、裾《すそ》の広がった緑色のスカートを穿いて。

山々にちかづくと、ジャスティスは機体の高度をあげた。空気が薄くなるにつれエンジン音が変化した。薄い雲が機体を包み、吹き飛ばされてゆく。機体が数度跳ね、彼女の体を揺らした。

身を乗り出して高度計に目をやったが、さらに揺れがきて数字を読み取れない。

「高度はどれぐらい？」大声で尋ねた。

「十三・五」彼が言う。操縦桿から手を離さず、こちらを見ようともしない。「十六まであげるつもりです」

乱気流の上に出ると大気は安定した。彼女は窓から見おろし、頭の中で計算した。つまり、地上二・五航空マイル（四千六百三十メートル）。タイタニック号が沈んだ深さは二・二五マイルだからほぼおなじだ。想像を絶する深さだ。ライトの消えた豪華定期船が破壊され、乗客もろともゆらゆらと沈んでゆくさまを想像した。急に寒くなったので上着に手を伸ばした。着ようとして手をとめた。眼下を巨大な〝地表のしわ〟のひとつが流れすぎていったからだ。

エンジンが咳き込んだ。

ジェットコースターに乗っているみたいに、胃の底が抜けた。胸の中で心臓の鼓動が速まった。ベイリーはまた身を乗り出した。「いまのはなに？」警戒して声が張りつめていた。彼は返事しなかった。千分の一秒のあいだに、リラックスしていた彼が警戒態勢に入った。そのことが、単調なエンジン音のわずかな中断以上に彼女を不安にさせた。シートの端をつかむ。革に爪が食い込む。「故障したの？」

「計器の数字はすべて正常です」彼がぶっきらぼうに答えた。

「だったら――」

「わからない。少し高度をさげてみます」

〝少し〟でお願いよ。彼女は茫然《ぼうぜん》としていた。切り立った巨大な山々が不意にちかすぎるように思えた。どんどんちかづいている。高度をあまりさげると山頂をかすめることになる。でも、エンジン音は滑らかになったようだ。しゃっくりのような音が重大な故障の合図なら、ずっとつづいていたのでは？

エンジンがまたしゃっくりした。機体が震えるほど強いしゃっくりだ。ベイリーは滲《にじ》んだように見えるプロペラの羽根を見つめながら、エンジン音に耳を傾け、意志の力で安定させようとした。「頑張ってこのままいってよ」声に出さずに念じた。「頼むからこのままいって」安定した音を想像し、プロペラが目に見えない速さで回転するさまを思い浮かべた。頭の中で機体が上昇し山を越えた。必死で念じさえすれば、それが現実のものとなり――

エンジンが数度バタバタいい……とまった。

沈黙は不意で、圧倒的だった。言葉にならない衝撃を覚えながら、ぼやけて見えていたプロペラの回転がゆっくりになるのを見つめた。羽根が見分けられるようになり、それから……とまった。

5

「クソッ!」

ジャスティス機長が歯を食いしばったまま言った。両手がせわしなく動き、エンジンの再起動と機首をあげておくことを試みた。山は間近に迫っていた。機首がさがれば突っ込んでしまう。眼下の荒涼とした景色は、明暗の差がはっきりとしていた。岩や丸い巨石をおおう雪は青みがかった白で、影は黒々としている。斜面は急でごつごつして、ほとんど垂直に切り立っている。不時着しようにも平らな部分がほとんどなかった。

ベイリーは動かず、呼吸もしなかった。できなかった。絶対的な恐怖と無力さに体は麻痺《まひ》し、声もでない。なんの助けにもなれず、結果を変えられるようなことはなにもできない。抗議の悲鳴をあげることすらできなかった。ただ見つめるだけ、死ぬのを待つだけだ。二人とも死ぬのだ。死は避けられない。数分後、いや数秒後には、雪をかぶった岩だらけの山頂に激突する。いまこの瞬間、貴重なこの一瞬は、空中に浮かんでいるような感じだ。機体がまだ重力の法則に屈服していないかのよう——それとも、猫が獲物を弄《もてあそ》ぶように、山々が彼らをいたぶっているかのようだ。命を奪う前に、彼女に不条理な一縷《いちる》の望みを抱かせようとしている。

「メーデー、メーデー、メーデー！」

ジャスティスが無線に向かって必死の合図を送るのを、彼女はぼんやりと聞いていた。飛行機の目的地と現在地を伝え、ひどい悪態をついて黙り込んだ。不可避の運命と闘っているのだ。機体が不意に堕ちた。胃が喉元までせりあがり、すごい勢いで迫ってくる山頂を見たくなくて目を閉じた。左翼があがって右翼がさがり、右回りに回転をはじめた。吐き気を催す動きに必死で唾を呑み込んだ。数秒後、右翼があがり、一瞬——ほんの一瞬——機体が水平になった。それから左翼がさがり、今度は左にまわりはじめた。

彼女はぱっと目を開いた。目の焦点が合わない。視界が狭まってぼやけ、胸が痛くなった。息を詰めているのだと、ぼんやり思った。なんとか息を吐き、酸素を吸い込んだ。もう一度吸い込むと視界が少し晴れて、彼の姿が見えた。見えるのは彼だけだ。まるでその姿が拡大し、ほかのすべては霧に包まれて消えてしまったみたいだ。彼の右顎が見え、食いしばった筋肉が動くのが見え、うっすらとかいた汗やカールしたまつげや、ヒゲの剃り跡まではっきりと見えた。

恐ろしい思いが脳裏をよぎった。彼がこの世で見る最後の人になるのだ！　もう一度息を深く吸い込んだ。彼と一緒に死ぬのだ。好いてくれてもいない男と。どうせ死ぬなら愛してくれる人たちに囲まれて死にたい。彼もそう思っているにちがいない。あまりにも悲しい。彼は……彼は……思考が切り裂かれ、視線が釘付けになった。いったい彼はなにをしているの？　気づいて愕然《がくぜん》とした。彼は機体を誘導している。方向舵と技術と恐れを知らぬ決意と、それにおそらく知っているかぎりの祈りの言葉を総動員して、機体を誘導していた。エンジンはとまったけれど、彼はまだ飛行機を飛ばしていた。なんとか制御しつづけていた。

「そのままじっとしていてください」彼が掠れ声で言った。「ツリーラインまでさげるつもりだが、うまくいくかどうかわからない」

脳味噌がどろどろになった感じだ。動くことも機能することもできなかった。ツリーライン？　それってなに？　頭を振って恐怖が生み出す靄を払い、シートベルトをしっかり締め、頭をレザーシートに押しつけ、座面の両側を握り締めた。

迫り来る死を視界から締め出すために目をぎゅっと閉じたが、機体が片方に傾き、つぎに逆方向に傾くのを感じた。熱気泡《サーマル》。その言葉に思考の焦点があった。地表面が熱せられて起きる規模の小さな上昇気流に乗ることで、貴重な時間を稼ごうとしているのだ。機体が重すぎるからグライダーのようなわけにはいかないが、空気の層が降下をいくらかは遅らせてくれるだろう。それでなにがちがってくるのかわからないが、ジャスティス機長には勝算があるにちがいない、でしょ？　そうでなきゃ、こんなに必死になって機体をコントロールしないはず。結果がおなじなら、誰が頑張る？

これも運命と思って覚悟をきめた。墜落の衝撃はすさまじいものだろう。最後の一瞬、意識はあるのだろうか。苦しまずに死にたい。遺体が早く発見されるといい。長期にわたる捜索で家族を苦しめたくなかった。できることなら……こうあってほしい、ああなってほしい、と考えているのに、なにも起こらない。

エンジンがとまってから一時間も経ったような気がした。論理的に考えるならほんの数分……いいえ、数分も経っていない。数十秒だろう。でも、それが永遠にも感じられる。

このクソ飛行機、墜落するのになんでこんなに時間がかかるの？

彼のせい。ジャスティス。長引かせているのは彼だ。いまだに重力の法則と闘い、諦めまいとしている。彼を殴り、「長引かせるのはやめて！」と言ってやりたい不合理な衝動を覚えた。緊張のあまり心臓が音《ね》をあげるまで、どれほどの恐怖に耐えなければならないの？この状況では、なにをやろうと結果はおなじはず——

ビシッ！

急激な揺れに歯を食いしばった。つぎの瞬間、キーンと耳を聾《ろう》するすさまじい金属音がして、メリメリとなにかが割れる音、それからビシッ、ビシッという音がつづき、衝撃のすさまじさにすべてが真っ暗になった。シートベルトの肩を固定する部分が耐えられないほどきつくなり、ある時点で機体が右に傾き、それから落下するのを感じた。シートベルトが彼女を支えてくれていたが、両腕も両脚も壊れた人形みたいにパタパタ揺れた。頭の右側がなにか硬いものに当たり、闇に呑み込まれた。

ベイリーは咳き込んだ。

無意識の反応を、脳味噌がかすかに認識した。なにかおかしい。充分な酸素を取り込めない。ぼんやりと危険を感じ、動こうとした。起き上がろうにも脚も腕も動かない。必死で集中しようとした。全神経を動くことに集中したが、努力しすぎてまた無の世界へと漂っていった。

つぎに意識を取り戻すと、また必死で集中し、ようやく左手の指をピクピクさせることができた。

最初のうちは小さなことしか気づかなかった。差し迫ったことしか。動かすことはすごくたいへんだ。右腕になにかが食い込んでいる感じがする。また咳が出そうになった。そういう小さなことを満たしているのは、痛みと執拗さ、揺らぎのなさ。全身が痛い、まるでどこからか落ちた――

落ちた。そう、落ちたのだ。なにかにぶつかって――

ちがう。飛行機――飛行機が墜落した。

認識が彼女を満たした。認識には感嘆と戦慄《せんりつ》が混じっていた。飛行機が墜落したのに、生きている。生きているじゃない！

目を開きたくなかった。怪我の程度を目の当たりにしたくなかった。体の一部を失っていたとしても、知りたくない。もしそうなら、いずれにしたって死ぬのだ。ショックや出血多量で死ぬ。人里離れた山の頂上で、救助隊がやってくるのに何キロも何時間もかかる山の頂上で。成り行きに任せて、目を閉じたまま死にたかった。なにもかもがあまりに痛くて、動かすことなど考えられない。それでなくても激しい痛みをさらに増す危険は冒したくない。

でも不愉快だ。なにかが呼吸を妨げているし、右腕にはなにか鋭いものが突き刺さっていてものすごく痛い。動く必要がある。機体の残骸から抜け出す必要がある。火災。飛行機の墜落には火災がつきものなんじゃない？　動かなければ。

うめきながら目を開けた。すぐには目の焦点が合わなかった。見えるのは茶色のぼやぼやだけだ。目をしばたたくと、ぼやけていたものが布地だとわかった。シルク。シルクのジャケットが頭をほぼおおっていた。やっとのことで左腕をあげ、ジャケットを叩いて目から払いのけることができた。その動きでずれたガラスのかけらがカチャカチャと音をあげた。

オーケー。左腕は動く。それはいいことだ。

なんとか上体を起こそうとして、なにかへんだと気づいた。あるべきところになにもない。起き上がろうとさらに弱々しく無駄な努力をつづけ、苛立ちの低い声をあげた。釣針の先のミミズのようにのたくるより、現状を把握すべきだ。なにに対処すべきか正確に知る必要がある。

集中するのはしんどいが、そうしなければ。深く息を吸い込んでまわりを見回し、見えるものを理解しようとした。霧、木々、たまに見える青い空。自分の足が見えた。左足は靴を履いていない。靴はどこ？　それから、稲光のようにある考えが脳味噌を切り裂いた。ジャスティス機長！　彼はどこ？　頭をできるだけ上まであげると、すぐに彼が見えた。彼は椅子にだらんと座っていた。頭が前に垂れている。顔は判別がつかない。血におおわれている。

必死で起き上がろうとしたが、仰向けに倒れた。自分の位置がよくわからない。キャビンの床に倒れている――いや、そうじゃない。懸命に集中し、自分でここだと思い込んでいる位置から、実際の位置へと脳味噌の切り替え作業を行ない、不意に了解した。シートベルトでシートにくくりつけられたまま、機体の右壁にもたれかかっていて、その壁はかなり斜めになっている。起き上がるためには、左斜め上に体を動かさなければならず、そのためには両腕を突く必要があるけれど、右腕は挟まったままだ。かけている体重を抜かなければ、右腕は自由にならない。

ジャスティスがまだ死んでいないとしても、そばに行って助けてあげなければ、死ぬのは時間の問題だ。シートから抜け出すのよ。いまするのはそれだ。左手でシートベルトを手探りし、留め金を押した。シートベルトがはずれると、下半身がシートから転がり落ちてドスンと音がし、痛みにうめいたが、ベルトの肩の部分は食い込んだままだ。なんとかそれもはずし、膝立ちの格好になった。右腕になにかが刺さっている感じがしていたのも無理はない。刺さっているのだから。上腕三頭筋から三角の金属片が突き出していた。馬鹿げているが、怪我によって侮辱されたような気がし、金属片を引き抜いて放り、ジャスティスのところまで匍匐《ほふく》前進した。機体が傾いているので、バランスをとるのがただでさえ難しいのに、めまいはするわ全身を怪我して痛いわだからもう大変だ。それでも、右足を機体の壁に突いて踏んばり、体を引きずるように前進すると、ふたつの操縦席のあいだの狭いスペースにたどりついた。

ああ、どうしよう、すごい血だ。彼は死んでる？　彼は死力を尽くし、人命を守れるような角度で機体を山にぶつけたのだ。もし彼女の命を救うためにジャスティスが死んだのだとしたら、とても耐えられない。震える手で首筋に触れたものの、すでに酷使しすぎた体の震えをとめることはできず、彼の脈があるのかないのかわからない。「死んだらだめだから」必死でささやきかけ、彼の鼻の下に手をやって呼気を調べた。感じるような気がして、彼の胸を凝視した。ようやく上下動を確認でき、安堵《あんど》のあまり泣きそうになった。

彼はまだ生きているけれど、意識を失っていて、怪我をしている。どうすべき？　動かすべき？　脊椎を痛めていたら？　でも、なにもしなければ、出血多量で死ぬのでは？　操縦席の背もたれの脇に痛む頭を押しつけた。考えるの、ベイリー！　なにかすべきだ。彼がどこを痛めているか、想像ではなく実際にたしかめたうえで対処すべきだ。いま、わかっているのは大量に出血しているということ。だったら、まずやるべきなのは、血をとめること。

上を向き、コックピットに這《は》いのぼるのに手掛かりがないか探した。ない、まったくなにもない。左翼もそちら側の胴体もなくなっていた。まるで巨大な缶切りで機体を切り開いてしまったように。切り裂かれてギザギザになった金属の縁以外、つかまるものはなにもない。ぽっかり開いた穴に折れた枝が刺さっていた。

使えるものはなにもないので、ジャスティスの座席の先端をつかんで体を押し上げ、屋根の残骸と副操縦席の先端のあいだに滑り込んだ。右側のドアに足を踏ん張ってしゃがむのがせいいっぱいだ。「ジャスティス」声をかけた。意識を失っていても、耳は聞こえるので名前を呼ばれると反応する、というのをなにかで読んだ覚えがあったからだ。ほんとうかどうかわからないけれど、試してみても害にはならないでしょ？

「ジャスティス！」執拗に呼びかけながら、彼の両肩をつかんで、斜めになっている体をまっすぐにしようとした。まるで丸太を引っ張っているようだ。彼の頭がぐらっと傾き、鼻と顎から血が滴った。

まっすぐにするのは無理だ。シートベルトが彼を固定しているが、彼女は重力に逆らおうとしている。シートベルトをはずし、彼の体を操縦席からおろし、飛行機から出さないと。でもそうすると、シートベルトをはずしたとたん、彼は操縦席からずり落ちる。でも、小さな飛行機だし、落ちてもせいぜい五十センチだ。それでも、副操縦席側の胴体は墜落の衝撃で内側にへこみ、木の枝が金属を刺し貫いて顔を出していた。まるで吸血鬼の心臓に突き立てられた木の杭《くい》だ。枝の尖《とが》った先端はまっすぐ上向きではなく、後方に傾いでいるけれど、彼が串刺しになる危険は冒したくない。そこで枝の上に敷くものを探した。

最初に思いついたのはトートバッグだが、どこにも見当たらなかった。左の座席に置いておいたから、機体が抉《えぐ》り取られたときに吹っ飛んでしまったのだろう。手元にあるのは血が染みたくしゃくしゃのシルクのジャケットだけだ。体をひねり、ウンウン言いながらなんとか袖をつかんで引っ張った。生地は薄く重さはないに等しい。シルクは丈夫だとはいえ、いま必要なのは引っ張り強度ではなく、鋭い枝をおおう分厚さだ。

パッとひらめいた。体を屈めて片方だけの靴を脱いだ。とても高価なデザイナーズ・ローファーを、枝の先端にかぶせ、その上にジャケットを畳んで載せた。多少はクッションの役目を果たすだろう。

「オーケー、ジャスティス、あなたを操縦席からおろすわよ」やさしく声をかけた。「つぎにあなたを飛行機から出すつもりだけど、まずはこっちからね。シートベルトをはずしたら、あなたは落ちるけど、五十センチかそこらだから。いい？」かぎられた空間だから、ジャスティスは彼女の上に落ちるかもしれない。そうなれば、体をよじるスペースもない場所で彼の下敷きになるのだ。まったくとんでもない場所にいる。ため息をつき、うしろの座席に戻るため副操縦席をよじのぼった。

彼の喉から低いうめき声がした。

彼女は飛び上がり、悲鳴をあげそうになった。「ああ、よかった」なんとか起き上がり、ふつうよりちょっと大きな声でもう一度彼の名前を呼んだ。「ジャスティス！　できるなら起き上がってちょうだい。あたしの力じゃあなたを飛行機から出せない。必要なら手を貸すわ。これからシートベルトをはずすわよ、いい？」話しかけながら手を伸ばし、シートベルトを指でたどって留め金を見つけ、はずした。まるで岩がずり落ちるように彼は右側へずるずると落ち、頭と肩は床についたが、長い脚はコンソールの上にあり制御装置に絡まっていた。

「もうっ！」彼女はうめいた。この位置ではさっきとおなじだ。彼は背中をこちらに向けた格好だから、顔を見ることができない。血の出所を見つけようにも、またぎこして前にまわるだけのスペースがなかった。

ベイリーは深呼吸を繰り返し、どう対処すればいいか考えた。吸い込む空気は冷たく、常緑樹の香りがした。その効果たるや、顔をひっぱたかれるのとおなじだ。もう一度、現状の把握に努めた。彼を起き上がらせることはできない——重すぎるし、機体が傾きすぎている。でも、副操縦席側のドアを開けることができれば、そこから引っ張り出せる。突き出した枝を調べたところ、開ける妨げにはならないことがわかった。でも、機体の傾き具合からして、ドアが塞《ふさ》がれている可能性はある。右側の窓から覗いたが、ガラスの損傷がひどくてそとがほとんど見えず、ドアを塞ぐものがあるかどうかわからなかった。

副操縦席の窓は開くようになっている。押し開けることができれば——考えつくとすぐに実行に移したが、窓枠がひしゃげて開かなかった。こじ開けるだけの力が彼女にはない。苛立ち紛れに拳固でガラスを叩いてみたが、手が痛くなっただけだった。

「クソッ、クソッ、クソッ！」苛立ちのため息をつく。窓を開けられないのなら、ドアも開けられないだろう。「ちょっと待ってよ」声に出して言った。「窓を開けようとして時間を無駄にする前に、ドアを開けてみたらいいじゃない?」ドアが開けば、窓を開ける必要はない。

あたりまえのことに気づかないなんて。脳味噌がふだんの半分のスピードでしか回転していないが、この状況では最善を尽くしていると言っていい。ぼこぼこに殴られたみたいに全身が痛いし、頭も痛いし、腕からは血を流している。考えるべきときにはちゃんと考えるから。それが気に入らないっていうなら、とっととうせな。

とっととうせな、だって。おかしい。ハハハ。彼女の判断が気に入らないという人は、ここにはいない――ジャスティス以外は。それに彼は文句を言える状態ではない――だから、いきがってみたって時間の無駄。

脚。脚のほうが腕よりはるかに強い。ワーキングアウトに精を出したおかげで、たいていの女より強い。脚で百八十キロのウエイトをあげている。弱虫じゃないし、そう思われたくもない。ドアが引っ掛かったら、脚で押し開ければいい。

ジャスティスの長身をどうやって引っ張り出すか問題だけれど、なんとかなるだろう。その前に、まずドアを開けなければ。掛け金がはずれるかどうか取っ手を手前に引いてみた。抵抗を感じた。金属が金属を擦るような。これも想定内だから、さらに引くと掛け金がはずれた。でも、ドアは開かない。これも驚くことではない。

掛け金がはずれたままの位置で取っ手を固定する算段をしなければ、ドアを蹴破ることはできない。縛るにも紐《ひも》はない。なにか持っていないか考えてみたが、なにもなかった。取っ手の下になにか挟んだらどうだろう。挟むものも、やはり悲しいほど不足していた。

シートの下になにかあるかも。たいていの人が、年中シートの下になにか押し込む。体を伸ばし、シートを下を探ってみたけれど、なにもない。

靴下はどうだろう。薄手の靴下の片方を脱ぎ、それを捻《ひね》ってロープにして取っ手に巻きつけ、縛った。副操縦席の上で体を折り曲げ、両足をドアに押しつけて踏んばった。危なっかしい格好だが、片手をせいいっぱい伸ばして靴下をつかんだ。取っ手を引っ張るのに、靴下が貴重な数センチを与えてくれた。靴下を引っ張るとまた金属が擦れる感触があり、掛け金がはずれた。うしろに倒れないようもう一方の手でシートの前端をつかんだが、なにも起きない。「頼むから」ゆっくりと足で押した。腿《もも》の筋肉が緊張する。膝《ひざ》のまわりの小さな筋肉を岩のように硬くして、踏んばる力を強めた。シートの端をつかむ指が抗議の悲鳴をあげ、滑った。それでも必死でつかみ、もてる力を総動員して膝を伸ばしていった。

ドアがギーギーいいながら開き、手がシートから滑って離れ、はずみで仰向けに倒れた。すぐに起き上がった。もう有頂天だった。やった！　取っ手から靴下をはずして履き、足を踏ん張ってドアを三十センチほど開いた。これなら抜け出せる。身を乗り出し、木や大岩といった障害物はないか調べた。なにもないようだ。そこで腹這いになって方向転換し、つぎに横向きになりドアを抜けた。金属が背中を、お尻を擦ったが、なんとか抜け出すとそこは雪をかぶった地面だった。

薄い靴下から冷気が沁み込んでくる。このままでは凍傷になる。靴を履かなければ。靴下も乾いたものに履き替えなければ。でも、ジャスティスの様子を見に戻るあいだ、足も待ってくれるだろう。

開いたドアの隙間を眺め、ジャスティスの大きさを考えた。無理だ。胸板が厚すぎる。もっとドアを広く開けなければ。ドアの端をつかんで引っ張り、抵抗する金属と格闘してさらに数センチ開けた。これなら大丈夫。思いのほか息があがっていた。この高度で無理は禁物、高山病に自分から罹るようなものだ。すでに汗をかいていたが、それもこの寒さでは危険だ。薄物のパンツにシルクのタンクトップしか着ていない。それに下着と靴下では防寒の役には立たない。スーツケースに服は山ほど詰まっているが、それを引っ張り出すのがまたひと苦労で、その前にジャスティスを引っ張り出さなければならない。

ジャスティスがまたうめいた。自分が意識を取り戻し、ほんの小さな反応ができるようになるまであれだけの時間がかかったことを思い出し、腹這いで開いたドアを抜けながら彼に話しかけた。「ジャスティス、起きてちょうだい。あなたを飛行機から引っ張り出すわ。骨が折れているかどうかわからないので、もし痛かったらそう言ってちょうだい、いいわね？」

反応なし。

彼の腋の下に腕を差し込み、足を踏ん張った。しゃがんだ格好では力があまり入らないが、斜め下に引きずりおろすので重力が助けてくれた。彼の頭と肩がドアの隙間を抜けたので、今度は彼の下に自分の体を滑り込ませた。彼はぐったりしていて自力では動けないから、頭を守ってやる必要があった。息を整え、踵《かかと》を地面に食い込ませて膝を押し上げ、自分の体をうしろに倒しながら彼を引っ張った。彼は自分の重みでずるずると落ちてきて、全身がドアから出たものの、ベイリーは完全に彼の下敷きになり、冷たい地面に押しつけられた。

よしてよ。それでも、彼の顔が見えた。生え際の五センチほど上から斜めに額を横切って右の眉の上まで、ざっくりと切れていた。応急手当のことはよく知らないが、頭の傷は大量出血をともなうことぐらいは知っていた。現に顔は血まみれで、シャツからパンツまで血で染まっていた。

一トンはありそうだ。息が切れたがなんとか抜け出し、彼を仰向けにした。すっかり体力を消耗し、しばらく座ったまま頭をさげ呼吸を整えようとした。足は凍りつき、服には雪が染みてゆく。墜落で死ななくても、高山病と低体温症でじきにやられるだろう。

ジャスティスの呼吸が苦しそうになり、喉が動いた。「ジャスティス？」

彼が唾を呑み込み、ぶつぶつ言った。「どうなってるんだ？」

ベイリーは息を切らしながら笑った。状況は少しもよくなっていないが、少なくとも彼が意識を取り戻した。「飛行機が墜落したんです。二人とも生きているけど、あなたは頭に深手を負ったから、なんとか止血しなくちゃ」ゆっくりと膝立ちになり、コックピットに上体を突っ込んで靴の片方とジャケットを探した。凍えそうだ。ジャケットは薄いけれどないよりはましだ。袖を通そうとして、やめた。片方の袖を裏返し、縫い目のところから引っ張って破り取った。傷口にあてて圧迫するものが必要で、手元にあるのはこれだけだ。

彼が咳き込み、なにか言った。彼女は手をとめた。彼の言ったことをすべては理解できなかったが、一部はわかった。「救急箱」

彼のほうに身を乗り出した。「なに？　よくわからない。救急箱があるんですか？」

彼がまた唾を呑み込んだ。まだ目を開けていないが、無意識との闘いに勝ちをおさめつつあった。「グローブボックス」彼がつぶやいた。

ありがたい！　救急箱は命を救ってくれる——ただし、グローブボックスを開けられたら。匍匐《ほふく》前進で開いたドアを抜けた。グローブボックスは副操縦席の前にある。滑る指を掛け金の下に滑り込ませ、引っ張ったが、グローブボックスはドアの掛け金ほど協力的ではなかった。冷え切った拳で叩き、また引っ張った。動かない。

ほじくって開けるために、先が鋭くて硬いものが必要だ。あたりを見回すのはこれで三十回目ぐらいだろうか。残骸の中に使えそうなものがあるはず。たとえば……たとえば、副操縦席の下の対のL字型アームに掛かっている金てことか。信じられない思いで見つめた。もう幻覚が起きているの？　目をしばたたいたが、金てこはまだあった。触れてみると金属のひんやりとした感触があった。金てこは三十センチほどの短いやつだが、ほんものだし、まさに必要としているものだった。

金てこをアームからはずし、尖った先端をグローブボックスの真ん中の鍵の部分に押し込み、押し上げた。蓋《ふた》が少し動き、それからバタンと開いた。

赤い十字のついたくすんだオリーブ色の箱をつかみ、またそとに出た。雪の上に膝を突き、箱の掛け金をいじくった。どうしてなんでもかんでも掛け金がついているの？　どうしてすんなり開かないの？

彼が目を開けた。ほんのちょっと。なんとか手を頭のほうにもっていこうとした。ベイリーはその手首をつかんだ。「だめ、触らないで。すごい出血だから、傷口を圧迫しなくちゃ」

「縫合糸」彼が掠れ声で言い、目を閉じた。血が入るからだ。

「なに？」

彼は何度か息をついた。しゃべるのがまだ辛いのだ。「箱の中。縫合糸」

彼女は唖然《あぜん》として彼を見た。傷口を圧迫するのはできる。傷口を消毒するのはできる。蝶形の絆創膏《ばんそうこう》で傷口を合わせてとめることはできる。傷口に唾をつけることはできる。でも、彼は傷口を縫えって言ってるの？

「えい、クソッ！」思わず言ってしまった。

6

　意識が完全でない男と議論してもはじまらないが、ベイリーは自分を抑えられなかった。

「あたしは医療の訓練を受けていません。『ＥＲ』を観ているのを別にすれば。正気の人間なら、あたしに傷口を縫えとは言わないはずだけど、あなたは正気じゃない、そうでしょ？　頭を怪我してるから。常識的に言って、脳に損傷を負っているかもしれない人間に決定をくださせるのは賢明ではない。だからその提案を無視します。それに、裁縫は得意じゃありません」

「慣れる」彼がつぶやいた。「人の役に立て」

　彼女は歯を食いしばった。役に立て？　あなたが意識を失ってだらんとしていたあいだに、あたしがなにをしてたと思うの？　自力で飛行機から出たと思っているわけ？　あたしが濡れて凍えているのは、あなたを引っ張り出すために雪の上に横になったからなのよ。手は紫色になり、体がすごく震えているから、万が一あなたを縫う羽目に陥ったら、さぞ手際よくやれるでしょうよ。

寒いので思い出した。ジャケット。ジャケットのことを忘れていた。ショックか寒さか、その両方のせいで、精神作用が緩慢になっているなによりの証拠だ。ジャケットを着ると、薄くても寒さ避《よ》けになってくれるのでありがたかった。でも、すっかり濡れているから、体を乾かさないかぎり、なにをしてもあたたかくはならないだろう。

黙って滅菌ガーゼの袋を破り、ジャスティスの頭の傷に二枚を押し当て、手で圧迫を加えた。彼が喉の奥で悲鳴をあげ、呑み込み、静かになった。

話しかけるべきなのだろう。意識を失わせず、集中させるために。「なにをすればいいかわかりません」正直に言った。震えの発作に襲われ、歯がカチカチ鳴ってしゃべれなくなった。震えがおさまると、ガーゼを押さえることに必死になった。「血をとめなきゃ。でも、あたしたち雪の中にいて」――また震えの発作だ――「すごく寒くてびしょ濡れで、動くこともできません。あなたはショック状態に陥って――」

彼が息を何度かついた。話すという苦役に向かって自分を奮起させるように。「箱」彼がなんとか言った。「毛布……箱の底」

手元にある箱は救急箱だけだ。ガーゼから手を離し、救急箱の中身を取り出して開いた蓋の上に置いた。その下にきちんと畳んで袋に入った銀色のスペースブランケット（アルミのコーティングを施した極薄のプラスチックシート）があった。使ったことがないからどれぐらい保温性があるのかわからないが、寒気を遮断してくれるものなら文句は言わない。一人でこれにくるまって丸くなり、この惨めな寒さから少しでも逃れたいと思ったが、彼は血を大量に失っていて、もっとこれを必要としている。

それで、どうすればいい？　毛布を彼の下に敷いて雪から守るか、上からかぶせて体温が逃げるのを防ぐか。雪の上に横たわっていて、あたたかくなれるもの？　もう、考えがまとまらない！　直感に従うしかない。「毛布を横に敷いてその上に移動させるから。そうすれば雪の上に横にならずにすむでしょ。協力してちょうだい。できる？」

「ああ」彼がなんとかそう言った。

「オーケー、さあ、行くわよ」毛布の上に膝を突き、右腕を彼の首の下に差し込み、左手でベルトをつかみ、持ち上げた。彼が足と右腕を使ってできる範囲で協力した。全体重を支える必要がないだけでもありがたい。全身の筋肉を緊張させ、彼の胴体の大部分を毛布に横たえた。これで充分だろう。毛布の余った部分で彼をくるんだ。

不意にめまいと吐き気に襲われ、地面にへたり込んだ。高山病だ。限界まできている。気持ちを奮い立たせないかぎり、雪の上に横たわったまま起き上がれなくなり、あすの朝には死んでいるだろう――きょうの日暮れまでもたないかも。

クソッ、スーツケースのところまで行って、乾いた服を着なくちゃ、何枚も――いますぐ。動けなくなったら、二人とも死ぬだろう。

ゆっくりと深い呼吸をして、酸素に餓《う》えている体に空気を送り込んだ。ゆっくり――これがキーワードだ。ゆっくりと動く。パニックに襲われて、倒れるまで駆けずりまわったりしない。つまり、計算して動くことだ。なにをするか考えながら動くことだ。そうすれば、努力が無駄にならない。

荷物は荷物室のドアから積み込んだ。悪天候のときに荷物がコックピットになだれ込んでこないよう、カーゴネットで固定してある。もっともあの分厚いスーツケースが、天井とシートの高い背もたれのあいだの隙間からなだれ込んでくるとは思えないけれど。問題は、天井の大半がなくなっているから、スーツケースを持ち出すのに充分な空間はあるが、あまりに弱っていて寒くてくたびれているので、持ち出すという任務を遂行できそうもないということだ。荷物室で開き、必要なものだけ取り出してくるしかない。

それにはカーゴネットをはずさなければならない。留め金に手は届くだろうが、特別に強力なやつだったら、はずせるかどうかわからない。その場合、ネットを破る方法を考えなければ。

「暖をとる必要があります。スーツケースから着る物を出してこなくちゃ」彼に言った。

ってる？」

「カーゴネットの留め金をはずせなかったら、ネットを切る必要があるでしょ。ナイフを持

彼の目が少し開き、また閉じた。「左ポケット」

膝を突いて掛けたばかりの毛布を持ち上げ、右手を彼のポケットに滑り込ませた。あたたかさに飛び上がりそうになった。その快感にうめき声が出そうだったが、指が冷たくかじかんでいるので、ナイフに触れているのかどうかもわからない。だからそこにあるものをつかんだ。

「気をつけろ」彼がつぶやいた。「グッド・タイム・チャーリーがそこにいる。奴はおれにくっついてて取れない」

ベイリーは鼻を鳴らした。「だったらどけてください。さもないともぎ取るから」男ってこれだから。低体温症で、というか、彼の場合は出血多量で死ぬかもしれないときに、まだペニスのお守りをしている。「グッド・タイム・チャーリーとは、畏《おそ》れ入りました」彼女はつぶやき、ポケットから手を抜いて、ナイフをつかんでいるかどうか確認した。

彼の口元に小さな笑みが浮かび、一瞬にして消えた。

ベイリーは彼の血まみれの顔を見つめた。彼がはじめて示したユーモアのかけらだ。心臓がギュッとなった。なぜって、どんなに頑張っても、ここを生きて抜け出せないかもしれな

いから。彼が諦めなかったから、二人とも墜落で死なずにすんだ。でも、彼女の判断ミスや努力不足で、この先、彼を死なせるようなことになったら耐えられない。彼は命の恩人だもの、彼を守るためならなんだってする――どうしてもしなきゃならないんだったら、彼を縫うことだって、やってやろうじゃないの。

手のひらに載っていたのはポケットナイフと小銭が一ドルほど。ナイフを取り上げ、小銭はポケットに戻し、毛布を掛け直した。「すぐに戻るわ」安心させるように彼の胸に触れた。

機体が彼女の前にそそり立っていた。右翼はねじくれ、左翼は根本からなくなった手負いの鳥。墜落したのは斜面だった。残骸が滑り落ちたら大変なことになる。でも、それはなさそうだ。ねじくれた翼は斜面に刺さっているし、胴体に突き刺さった枝が錨《いかり》の役目を果たしている。でも危険は避けるにこしたことはないから、服を着替えて体があたたまり、もっと動けるようになったら、いまいる場所から移動しよう。

ポケットがないのでナイフを咥《くわ》え、コックピットに戻り、シートの背もたれを乗り越えて荷物室に入った。カーゴネットの留め金はすんなりはずれた。ネットを脇にやって、スーツケースのひとつを引っ張り、蓋を開いた。どれもおなじ形なので、どのスーツケースになにが入っているかわからないが気にしなかった。体が乾いてあたたかくなりさえすれば、どの服を着ようがどうでもいい。

ジャスティスのバッグもあったが、典型的なパイロットのオーバーナイト・バッグで、洗面道具と着替えが入るぐらいの大きさしかない。バッグをつかんでシートの向こうに放った。飛行機の中に置いておいても意味がない。彼がいまは中身を必要としなくたって。彼の体に掛けてやる服はたんまりある。彼は起き上がれないのだから、着れない服でもかまわないわけだ。彼にも服が必要になるけれど、着られる服は取っておかなければ。

スーツケースから服をつぎつぎに取り出した。フランネルのシャツが出てきたので手をとめ、シルクのジャケットとタンクトップを脱いだ。ブラも濡れていたのではずした。寒さに震えながらフランネルのシャツを着てボタンをとめ、スーツケースを空にする作業に戻った。あたたかな服が出てくると即座に着込んだ。靴下。スウェットパンツ。靴下もう一足。ハンドウォーマー・ポケット付きの厚手のダウンベスト。そのポケットのひとつにジャスティスのナイフをしまった。頭をおおうものも必要だが、そこに入っているフードといったら、コットンニットのぺらぺらのものだけなので、とりあえず長袖のシャツを頭にかぶり、袖をバンダナみたいに首に結んだ。

それで気分はよくなった。惨めさがやわらいだのを〝よくなった〟と言えればの話だが。

汚れ物をしまうのに使おうと入れておいたゴミ用ポリ袋が出てきたので、それに服を詰め込んだ。最初のスーツケースを空にすると、つぎのに移って蓋を開けた。ここには断熱素材のハイキングブーツが入っていたので、手をとめた。ブーツを履く前に足をあたためられればそれにこしたことはないが、そんな贅沢は言っていられない。

彼をおおうのに充分な量の服が集まったので、ふたつ目のスーツケースの探索を途中で打ち切り、三つ目には手をつけなかった。彼のバッグをドアからそとに放り、服を詰めたゴミ袋ふたつも放り、腹這いでドアを抜けようとして、操縦席と副操縦席の床をおおうビニールのフロアマットに目がいった。ジャスティスのナイフをベストのポケットから出し、マットを切り取る作業に取りかかった。

彼はあいかわらず死んだようにぴくりとも動かず、目を閉じていた。額に当てておいたガーゼは血を吸っていた。

「戻ったわ」フロアマットを彼のかたわらに置いて膝を突いた。体を乾かすこともだが、乾いた状態を保つことはもっと重要だ。「あなたの体をおおう服を持ってきたわ。止血して、血を吸った服を脱がしたら、かぶせてあげるわね」

「オーケー」

よかった。彼は意識を失っていなかった。でも、声は弱々しい。救急箱から滅菌ガーゼを二枚出し、血を吸ったガーゼの上に当てて押した。今度は手を当てたまま、話しかけつづけた。いままでにやったこと、やった理由をすべて話した。同意しかねるのなら言えばいいのに、彼は黙ったままだった。

どれぐらいの時間、傷口を圧迫すればいいのかわからないが、三度目にガーゼの端をめくってみたら、出血は劇的に少なくなっていた。もう一度、五分ほど押しつづけ、もう一度チェックした。醜い傷痕から血は滲み出てこない。

「うまくいったみたい」ふっと息を吐いた。「ようやくね」

つぎのステップは傷口の汚れを洗い流すこと。でも、それには水が必要だ。トートバッグに水のボトルを入れておいたが、どこにいったのやら。このあたりのどこかにあるはずだけれど。左翼がもぎ取られたときに飛んでいってしまったのかも。なくなった左翼が見つかれば、トートバッグはその場所と機体の残骸とのあいだのどこかにあるはずだ。

「水を探してきます」

「おれはどこにも行かない」

そりゃそうでしょう。一人で立ち上がるのも無理だろう。

彼女は立ち上がり、機体のまわりに視線を走らせた。トートバッグは見つからないので、飛行機がたどってきた道を目で追いながら、探してみることにした。折れた木や枝が散乱しているからわかる。

目を見張った。まわりには山々がそそり立っていた。雪をかぶって、じっと黙ったまま。

聞こえるのは梢を渡る風のため息だけだ。葉がそよぐ音も、小鳥の啼き声も聞こえない。

四方を囲む山々は、彼女の頭上はるかにそそり立ち、午後の光をじきに遮ってしまうだろう。信じられない思いで、ゆっくりと円を描くように歩いた。あるのは山ばかり。見通せる先の先まで山、山、山。眼下に広がる山は灰色の雲のベールをかぶっていた。地表に寄った深いしわが、太陽もめったに射し込まない黒い影を作っている。機体は切り立った山肌の上の小さなしみにすぎない。しかも、突っ込んだ樹林になかばおおわれていて、黒い影がそこに忍び寄ろうとしていた。

自分が小さくなった気がする。無に等しい気がする。彼もジャスティスも無なのだ。これらの山々にとっては、まったく取るに足らない存在だ。救助隊がやってくるまで、何日もかかるだろう。ここに二人きりだ。

7

疲れない程度にトートバックの捜索を行なったつもりだが、探す範囲を広げていけばおのずとほぼ垂直の山肌を登ることになり、それが堪えた。ついに諦め、ゆっくりとジャスティスのいる場所へ戻った。彼は深刻な状態に見える。出血だけが問題ではないようだ。血はとめても、命そのものが体から染み出していく。出血多量で死ななくても、寒さとショックで片がついてしまいそうだ。そう思ったら胃袋の底が抜けた。「ジャスティス、起きてる?」

彼は喉の奥で「ウム」と言った。

「持ってきた水のボトルが見つからなかったの。雪はあるけど、火を熾《おこ》して沸騰させる手だてがない。傷口を洗わないまま縫合したら、感染の危険が大です。アルコール綿で多少はきれいにできるけど、その前にあなたをあたためなければ」肩越しに不安の眼差しを機体に送った。斜面を滑り落ちる気配はなさそうだが、その可能性は否定できない。でも、いま彼を動かすのは危険だ。

「わかった」彼の声は細い糸のようだった。

手早く彼の足を持ち上げて服の袋のひとつを下に敷いた。これでショックをやわらげられる。もうひとつの袋からフランネルのシャツを取り出して畳み、頭を包み込んだ。これで体温を失うのを少しは防げる。つぎにスペースブランケットをはいで、足元から順に服をかぶせていった。血で濡れて冷たくなったシャツまでくると、ナイフを開いてシャツを切り裂き、手に触れた最初の衣類で胸の血を拭った。たまたまそれは彼女の下着だった。

できる範囲で彼の体を乾かし、胸と肩を服でおおった。それが終わると彼に寄り添って横になり、腕を彼の体にまわし、最後にシャツで二人の頭を包み込んだ。こうすればあたたかな空気を呼吸できる。シャツが光をすべて遮断したわけではないが、なんだか洞穴にいるみたいだ。顔のまわりの空気が呼気であたためられ、そんな小さなぬくもりがありがたくて涙が出そうになった。

彼の体は氷のように冷たい。なにかあたたかいものを飲むか、甘いものを食べればショック状態や寒気と闘う助けになるだろう。頭がすっきりと働くにはほど遠い状態だったのだろう。飲み物を与えてやることはできなくても、キャンディバーとチューインガムがスーツケースに入っていたのに――開けなかったスーツケースに。あのとき思いついていれば、探すのにたいした手間はかからなかった。

ベイリーの体の震えはおさまりつつあがったが、彼はまったく震えていなかった。よくない。

「ねえ、ジャスティス。起きてください。なにか話して。あたしの体をあたたかだと感じるかどうか、教えて」

長いこと彼は返事をしなかった。また意識を失ったのかとやきもきしていると、ようやく彼が言った。「いや」

きっと服を重ね着しすぎて、体温が彼に伝わらないのだ。服の山の下で体をくねらせダウンベストを脱ぎ、彼の体に直接かぶせた。ベストを脱いだので寒くなったが、彼にもっとひっつくとベストの一部で体がおおわれた。ダウンが彼女の体温を吸収していたのだろう。かじかんだ手にあたたかく感じられた。

「感じた」彼がぼんやりした声でつぶやいた。

「よかった。眠っちゃだめです。話をつづけて。気のきいたことを思いつかなかったら、なんでもいいから声を出してください。意識があるってわかるから」

左手で彼の胸や肩や腕を擦って血流を促した。「スーツケースのひとつにキャンディバーが入ってるの。あなたの体があたたまったら、取ってきます。糖分を補給できる。気分がよくなるわ」そこで言葉を切った。「ねえ、なにか話して」

「なにか」

「こしゃくな」彼は呂律《ろれつ》がまわらず声も弱々しかったが、それでも気持ちが明るくなった。こしゃくなことを言えるぐらいなら、恐れているほどひどい状態ではないのだ。


キャムはミセス・ウィンゲートのおしゃべりを聴いていた。まるで意識が分断され、片方は霧の中を漂い、ときおり発せられる彼女の要求に応えるときだけ、現実とつながっている感じだ。もう片方はもっと身近にあり、肉体の悲惨な状況を完全に認識していた。とても寒かった。〝寒い〟という言葉の意味をはじめて実感したような気がする。どうして逆にならなかったのだろう。肉体を意識している部分が霧の中を漂っていればいいのに。いまいちばん起きてほしくないこと、それは二分された意識がひとつに合体することだ。その一方で、これ以上漂っていられないこともわかっていた。

彼女の声を聴くことで集中できた。闇に漂っていきそうになるのを声がつなぎとめてくれた。怪我をしたこともそのわけもわかっていたが、どれぐらいの傷かとなるとよくわからない。機体の破損は覚悟で強行着陸を行ない、うまくいったようだ。二人とも生きているのだから。不意にエンジンがとまったことは憶えているし、樹木が衝撃をやわらげてくれるから、機体をツリーラインに保とうとしたことも憶えている。それだけだ。実際に墜落したときのことは憶えていなかった。つぎに気づくと、頭を野球のバットで殴られたようで——それを言うなら全身を殴られたようで——ミセス・ウィンゲートに名前を呼ばれたこと以外は、なにがなんだかわからなかった。

彼女が発する言葉の紐に必死でしがみついたが、ときどき思考が漂い出して手掛かりを失い、鋭い質問や激しい痛みがまた彼を引き戻してくれた。言葉のひと言ひと言が鮮明なときもあり、意味を知っているはずなのに理解できず、ただの音にしか聞こえないときもあった。現実とそうでないものとを分ける線はあいまいだった。それで、彼はついいずこともなく漂っていってしまうのだ。

いま、彼女が体に触れた。それは、少なくとも現実だ。触れられているのを感じるから。なんとなく驚いていた。話しかけるのはいやではないだろうが、触るのはどうなんだ？　おかしな感じだ。体をなにかでおおってくれた。なんだかわからないが、重くていい気持ちだ。それから、彼女はかたわらに横になり、彼の体に腕をまわし、胸や腕をせっせと擦りはじめた。かすかなぬくもりが体に染み込んできた。

ぬくもりは、ほんのかすかだが、とても気持ちよかった。腕にあたる彼女の胸も気持ちよかった。たとえ死にかけていようと男は男、乳房はどんな形のものでも一考の価値がある。そのことを証明してくれたようだ。胸とぬくもりの両方に慰められ、うとうとしはじめた。

全身が不意に緊張して震えだし、安らぎは砕け散った。歯がカチカチいって体が震えるような寒さは経験したことがある。だが、これはまるっきりちがった。震えは全身を揺るがし、あらゆる筋肉を強張らせ、あらゆる骨をガタガタいわせた。震えのあまりの激しさに、食いしばった歯が砕けてしまったにちがいないと思った。ミセス・ウィンゲートが彼を抱き締めて、意味不明のことをささやいた。数分で痙攣《けいれん》のような震えはおさまり、筋肉が消耗してだらんとなるのがわかった。

だらんとしたのもつかの間、つぎの発作が襲ってきた。激痛をともなう発作がどれくらいつづくのかわからない。ただ苦しく、制御する術《すべ》はなかった。そのあいだずっと、彼女はそばにいて抱き締め、撫で、話しかけてくれた。意味がわからないことのほうが多かったが、その声を命綱と思ってしがみついた。聞こえているあいだは、死んでないということだから。肉体は彼を殺そうとしていたが、へこたれるものか。死なんてクソ食らえだ。諦めるつもりはなかった。疲労困憊《こんぱい》しているから、闘うより降参したほうが楽だが、誰が諦めるものか。

しばらく休みたかった。眠りたい。でも、震えがとまって安らげるほんの短いあいだも、彼は眠れなかった。彼女が話しかけるからだ。脳味噌の回路がまたつながって、言葉の意味がわかるときもあった――「――いい兆候よ」彼女が言っている。「震えているのは、いい兆候よ」

震えている？　この筋肉を締め上げるような狂暴な発作を、〝震え〟と呼ぶ？

頭がはっきりした瞬間、彼はなんとか言った。「冗談じゃない」

笑いととれないこともない低い声が聞こえた。ミセス・ウィンゲートは笑ってる？　おそらく幻聴だ。

「いいえ、いい兆候よ」彼女もしつこい。「体が熱を作っているの。前よりあたたかくなったのを感じるもの。凍えるようだった足の先がそうでもなくなっているもの」

頭の中で苦労して体の棚卸しをした。彼女の言うとおりかもしれない。ほかほかというほどではないが、たしかにあたたかくなった。目を開けようとしたが、瞼《まぶた》がくっついて離れない。集中力と体力を総動員し、ゆっくりと右手をあげて顔にもっていった。

「なにしてるの？」

「目……開けようとしている」ぎこちなく瞼を手探りすると、指先に厚いかさぶたが触れた。

「なんだ……この汚れは？」

「乾いた血よ。瞼がくっついちゃったのね」あたりまえのように言う。「ひどいありさまだもの。もうちょっとあたたかくなったら、チョコレートを持ってきてあげます。それから顔を拭いて、瞼を剝がしてあげるわ。それから、縫合できるかどうか考えてみます。きれいな縫い目は期待しないでね」

縫合？　そう、思い出した。頭が切れているのだ。救急箱に縫合糸が入っている。それで縫ってくれ、と彼女に言った。

顔をきれいにしてもらうまで待っていられない。いますぐ見たい。起き上がって、この目で事態を見きわめたい。機体の損傷がどれぐらいか知る必要があった。無線が使えるかもしれない。

また発作に襲われ、体が震えた。間隔は前より長くなっているが、発作そのものはあいかわらず激しかった。彼を抱く腕に力が入る。まるでそうすれば震えをやわらげられると思っているようだ。その作戦はうまくいかなかったが、彼女の努力は認める。

発作が去ってリラックスできたが、あまりにも疲れていて、起き上がるのも見きわめるのも無理だとわかった。それに、もし起き上がったら、押しつけられる乳房の感触を失うことになる。すごく気に入っているのにあまりに惜しいじゃないか。オーケー、たしかにおれは犬畜生だ。乳房が好きだ。骨を投げてくれ、フォドと呼んでくれ。

漂いながらぼんやり考えているあいだに、ふと気づいた。向き合った状態で横になっていれば、乳房の感触をもっとよく味わえることに。

「なにしてるんですか？」彼女が警戒するように言った。苛立っているのかも。「あれだけ苦労して着せてあげた服を剥いだりしたら、お尻を雪に曝《さら》して凍りつかせてやるからね」

　苛立っている。ぜったいに。

「もっとちかくに」彼はつぶやいた。左腕を上にあげられれば、左に寝返りを打って彼女と向き合うことができるが、彼女がその腕の上に寝ているので、まずは腕を引き抜かねばならず、腕をあげて寝返りを打つのはそれからのことだ。

「わかりました、でもじっとしてて。わたしがやるから」

　彼女がもぞもぞと体を動かし、彼の左腕を持ち上げてその下に滑り込み、彼の脇腹に体をぴたりと押しつけた。彼は嬉しくてため息をつきそうになった。これでやわらかく、かつ中身がぎゅっと詰まった盛り上がりの両方を感じることができる。彼女が腕を彼のお腹にまわし、さらにくっついてきた。

「よくなった?」

　どんなにいいか、彼女にはわからないだろう。喉を鳴らした。どう受け取るかは彼女の勝手だ。

「このほうがあたたかいわね。あと少ししたら、起き上がって仕事をします。これ以上こうしていたら眠ってしまうもの。それはよくないでしょ。やることは山ほどあるけれど、それをするには時間がかかるの。そうでないと高山病に罹ってしまう」

やることってなんだ、と尋ねたかったが、彼も眠くて疲れていたし、ずっとあたたかくなっていた――快適とさえ言えるほど。起きていることが、どんどん不可能に思えてくる。彼はまた喉を鳴らした。声を出していろという彼女の要求を、満たすものだったようだ。彼女はしゃべりつづけたが、彼はその声を締め出して眠りに落ちた。

8

服の山の下から、ベイリーはそっと抜け出した。ジャスティスは眠っていた。頭の怪我を考えれば、起こしておくべきなのだろうが、眠るのがいまはいちばんよいような気がする。彼は震えの発作で体力を消耗しつくしていた。

ベイリー自身は、気分がだいぶよくなっていた。足はまだ冷たいけれど、体全体はずいぶんとあたたまった——ダウンベストをジャスティスに譲ったのは惜しかったけれど。その損失を補うために、服の山からシャツを引っ張り出して着た。これでシャツを三枚重ね着していることになる。

しばらく横になったおかげで、頭痛とめまいがだいぶおさまった。ゆっくり動くことを忘れなければ、高山病の心配はいらないだろう。

そこにあるとわかってはいても、雪を戴《いただ》いたそびえ立つ山々を見るのは勇気がいった。ジャスティスの操縦技術がなかったら、あの切り立った岩肌に激突して生き残るチャンスは万にひとつもなかっただろう。いまさらながら、自然の強大さを感じ、孤独感に気持ちが挫《くじ》けそうになる。

ヘリコプターのワンワンワンという独特の音か、飛行機のブーンという音が聞こえないかと耳を澄まし、キャンプファイアの煙が見えないかと目を凝らした……が、なにもない。いまごろは、捜索がはじまっているんじゃないの？　ジャスティスがメーデー・コールを送ったのだから、誰かが聞いて連邦航空局（ＦＡＡ）とかそういった関連機関に連絡しているはずだ。誰かが捜しにきてくれるのなら、米国動物愛護協会（ＡＳＰＣＡ）だってかまわない。

あまりの静寂は神経に障る。車のクラクションが聞こえるとは思っていないし、頭上を照明弾が飛んでいくとも思っていないが、地球上にほかに人間が住んでいることを示すものはなんでも大歓迎だ。

希望を与えてくれる音も動きもないことが、孤立感をいっそう深める。水もなく、火を熾す手段もなくて、こんな高い山の上でどうやれば生きて朝を迎えられるの？

いまやっていることをつづけていく、それだけだ。上に掛ける服は売るほどある。食料も少しだけれどあるし、水分は雪からとることができる。ジャスティスのナイフもあるし――

あっ、しまった。ナイフはどこ？

ポケットの中。思い出してほっとした。ナイフを使って、シェルターのようなものを作り出せるのではないか。風だけでも防げるようなものを。でも、〝すべきこと〟リストの第一項は、ジャスティスに食事を与えることだ。

飛行機に戻り、スーツケースから服をすべて取り出し、キャンディーバーを見つけだして別にしておき、ウエットティッシュもそうした。スーツケースを空にして、服を詰めたゴミ袋をそとに放り投げた。スーツケースの蓋を開けて広げたままなら厚みが半分だから、シートの背もたれの上の隙間を通過させ、持ち出すことができた。いずれなにかの役に立つだろう。なにに使うかはおいおい考えればいい。

ジャスティスのかたわらにひざまずき、救急箱の中身を丹念に調べた。スペースブランケット以外に、ハサミがあった。これは役に立ちそうだ。ガーゼとパッドと粘着性の包帯もたくさんあった。脱脂綿と綿棒。抗生剤入り軟膏《なんこう》。アルコールとヨードチンキをそれぞれ染み込ませた消毒綿、滅菌ペーパータオル。ビニール手袋。大衆薬の痛み止め。それに――まあ、嬉しいこと――縫合糸。ほかにも刺抜きとか、発光時間十二時間のライトスティックまであったが、差し迫った問題は、救急箱の中に、ジャスティスの頭の怪我を治療するためのものが揃っていることだ。つまり、尻込みする言い訳はできないということ。〝救急手当ての手引き〟まで出てきて、彼女の運命は決まった。

手引きをぺらぺらめくって、傷を縫合するやり方を探した。ご丁寧にイラスト入りで説明されている。困ったことに、書き出しはこうだ。「五分間、傷口に水をかけて丁寧に洗った後、やさしく石鹸で洗う」

へえ、なるほど。傷口をいいかげんに洗う水すらないのだもの、まして〝丁寧に〟なんて無理だ。できることにベストを尽くし、傷口に残骸が残っていないことを祈るしかない。

ちょっと待って。マウスウォッシュがあった！

洗面道具を入れたゴミ袋を開き、シャンプーとマウスウォッシュの入ったファスナー式ポリ袋を取り出した。マウスウォッシュの容器をひっくり返し、含有物の表示に目をとおした。化学者じゃないから、そこに書かれていることになんの意味も見出せなかった。でも、表側に「菌を殺す」と書いてある。水分を含んでいるし、菌を殺すし、ひと瓶まるごとある。

それに、ポリ袋もあった。そこに雪を満たし、口を締めて岩の上に置いた。運がよければ、ジャスティスの傷口の手当てをしているあいだに、太陽が岩をあたため雪を融かしてくれるだろう。それで水が手に入る。大量にではないけれど、ないよりはましだ。

必要なものをゴミ袋の上に並べ、ジャスティスを起こそうとしたとき、彼もマウスウォッシュを持っているかもしれないと気づいた。彼のバッグを開くと、思ったとおりいちばん上に洗面道具が入っていた。その下に着替えの服と下着がひと組ずつ。洗面道具入れはふたつに分かれ、左側にはヘアブラシと旅行用のシャンプー、それにコンドームが一ダース。男っ

ての は、まったく。右側には歯ブラシと練歯磨きの小さなチューブ、使い捨てのヒゲ剃り、旅行用のマウスウォッシュ。

「やったね」彼女は言い、ため息をついた。彼はマウスウォッシュを少なくとも一度は使っていた。半分しか残っていない。そもそもが小さなボトルなのだから仕方ない。半オンスではたかが知れているので、もとあった場所に戻し、洗面道具入れのファスナーを締めてバッグに戻した。

手元にあるものでやらなければ。それが恐ろしい感染から彼を守るのに充分であることを、祈るしかない。

その前に、彼の体内に糖分を補給する必要がある。それに、痛み止めを先に飲ませておくのもいいかも。

彼の顔をおおうシャツをそっと取った。彼がどんな様子かわかっているはずなのに、現実に直面すると腰が引けた。顔中が乾いた血におおわれ、目にも耳にも鼻腔にも口角にも血がこびりついていた。そのうえ額が腫れて傷口がさらに開いていた。腫れは予想外だったから、いま彼を縫うのかと思うと顔をしかめたくなる。腫れはどんどんひどくなるだろうから、待つのは問題外だ。

「ジャスティス」服の山の下に手を突っ込んで彼に触れた。「起きて。ショーのはじまりよ」

彼は素早く、深く息を吸い込んだ。「起きている」

声が強くなっていた。傷口になにかする前に彼をあたためたのは正解だった。

「キャンディバーを持ってきました。ふた口ほど食べてほしいの、オーケー？　しばらくしたら、水をひと口かふた口飲めるかもしれない。そしたら、イブプロフェンを二錠呑んでください。水なしで呑み込める？　だめなら、口に雪を押し込んであげます。でも、あまりたくさんは食べちゃいけない。体温を低下させるから。ちょっと思ったんだけど、イブプロフエンを先に呑んだほうがいいかも。少しでも早く働くように」

「やってみる」

ジェネリック薬品のイブプロフェンを二錠取り出し、彼の唇のあいだにひとつを滑り込ませた。彼の顎が少し動いた。錠剤を舐めて唾を出し、呑み込んだ。もう一錠、口に滑り込ませる。彼がおなじことを繰り返し、言った。「任務完了」

「よろしい。それでは食事よ」キャンディバーの包みを破り、スニッカーズバーを小さく割って口に押し込んだ。彼はおとなしく嚙みはじめた。

「スニッカーズだ」彼が言った。味に覚えがあるのだろう。

「当たり。ふだんはチョコレートを食べるんだけど、ピーナッツがいいと思って。蛋白質《たんぱくしつ》でしょ。それで、スニッカーズを買ってきたの。賢いと思いません？」

「ありがたい」

チョコレートを食べても気持ち悪くならないか、しばらく様子を見た。こういうことには慣れていないので、彼が吐くかどうかわからなかった。ただ、赤十字で献血をすると、水分補給の飲み物とショック状態をやわらげるためのクラッカーかクッキーを与えられることを知っていた。スニッカーズで半分はカバーできたわけだ。

数分後に、スニッカーズをもうひとかけ与えた。「頭皮と額を麻痺させるものがあるといいんだけど。赤ちゃん用のティーシング・ジェル（歯が生えはじめた乳児の歯茎に塗って痛みをやわらげるジェル）があればいいけど、救急箱には赤ちゃん用のものは入ってなくて」

彼は噛んで、呑み込み、言った。「氷」

救急箱にはインスタント・アイスパックが入っていたが、使うのはためらわれた。「どうかしら。すでにショック症状を起こしてなくて、寒さが問題じゃないのなら、心配はしないけど。でも、アイスパックを頭に当ててたら、全身を冷やすことになるからやりたくないんです」唇を噛んで、考えた。「もっとも、苦痛も組織にショックを引き起こすわけだけど。効果がおなじなら、苦痛を耐えてみたらどうかしら？」

「苦痛が少ないほうに一票」

救急箱からアイスパックを取り出し、使用法を読み、プラスチックチューブを捏《こ》ねた。アイスパックは傷口をすっかりおおうほど大きくなかったが、うまく当てれば腫れた部分と裂傷がもっとも深い頭皮の部分をおおうことができる。パックが持っていられないほど冷たくなったので、ガーゼを切り取って傷口に当て、その上にそっとパックを載せた。

冷たさに彼が息を呑んだ。きっと地獄の苦痛を味わっているのだろうが、文句は言わなかった。

「冷やしているあいだに、乾いた血を拭き取ります。目を開けたいにきまってるもの、でしょ？」

やっていることにいちいち解説を加えながら、アロエのボディ用ウェットティッシュの袋を開き、ひとつ取り出して目のまわりを拭きはじめた。乾いた血は簡単に落ちないことがわかった。もっと目の粗い洗顔タオルを使ったほうがよさそうだ。血は眉毛とまつげにもついていた。ゴシゴシ擦れない部分だ。傷口が開いてまた出血したらたまらないから、目のまわりはそっと拭く必要がある。怪我をしていなくても、目のまわりはゴシゴシ擦れない。そっと拭うだけにして、ウェットティッシュが真っ赤になるとあたらしいのに変えた。

あたらしいウェットティッシュを手に視線を戻すと、彼の目が少し開いていて、こっちを見ていた。淡い青灰色の虹彩が、黒いまつげに映えてドキッとさせられた。

「あら、こんにちは。ご無沙汰してます」

彼の口元にまたかすかな笑みが浮かんだ。目を動かすと痛いのかゆっくりとした動きであたりを見回した。仰向けに寝て、頭をまったく動かせない状態でできる範囲で。彼女の肩越しに潰れた機体を見ると、目を少し大きく開いた。「なんてこった」

「ええ、そうね」その気持ちにはまったくもって同感だった。生きていて、無傷とはとても言えないが、いちおう手足が揃っているという事実は、飛行機がこうむった構造的打撃にくらべると驚くべきことだ。彼女は事故の全体像を見ずに、生き残るために必要な細かなことや、すぐにやるべき仕事に意識を集中することでショックに対処した。細部とは小さな事柄だ。小さな事柄ならひとつずつ対処できる。

ゆっくりと作業をつづけていった。顔を終えて耳のうしろと中、首、肩、胸。腕や手も血だらけだった。拭くところだけを出して、あとはなるべく服でおおうようにした。パンツにも血がついていたが、これは自分でなんとかさせよう。おおった服の体に密着していた部分はすでに血で汚れていた。血は乾いていたのでそのまま掛けておくことにした。足をきれいにして乾いた靴下を履かせなければ、凍傷になってしまう。

服の山をめくり、血だらけの靴と靴下を脱がせ、手早く拭いて乾かした。乾いた血を拭い取ると足はまっ白だった。ショックをこらえ、自分の重ね着したシャツの裾を持ち上げて、彼の両脚を自分のお腹に押し当てた。あまりの冷たさに震えたが、体を引きはしなかった。

シャツで彼の爪先を擦った。「感じる?」

「ああ、感じる」彼の声には深い音が混じっていた。喉を鳴らすような、虎がほのめかされた意味を了解したような。

気づくのが一瞬遅れた。冷たい爪先が乳房の下に入っていることに——剝き出しの乳房の。彼の足が大きいのだから仕方ない。サイズ11かもっと大きいだろう。彼女のほうは胴体をこれ以上伸ばせないから、理屈から言って彼の爪先は乳房に届いてしまう。彼の脚をひっぱたいた。「へんなことしないで」ぴしゃりと言った。「凍傷にかかったって知らないから」

「きみはブラをしていない」彼女の言ったことに答える代わりに、そんなことを言う——それとも、それが返事なのか。彼女がブラをしていないことが、爪先をほんのちょっともぞもぞさせる充分な言い訳になると。

「あなたを飛行機から引きずり出したとき、雪の上を引きずったので濡れたんです。だから脱いだの」きつい言い方に努めた。

彼女がブラなしなのは彼を救出したためだ、という説明を理解すると、彼はちょっと顔をしかめた。「わかった、わかった。でも、剝き出しのおっぱいだぜ。おれを責めないでくれ」

「よく言うわよ」冷たくて無愛想なジャスティス機長は、ふだん、彼女にこんなふうな口のきき方はしない。たしかに脳震盪《のうしんとう》を起こして頭がぼんやりしてて、痛みがひどいのだろう。

茶目っ気があってずけずけものを言う彼なんて、いままでは想像できなかった。でも、意識を取り戻した瞬間から、彼は仲間に話すようにざっくばらんな話し方をしていた。脳震盪が彼の人格を向上させたのだろうか。「それから、〝おっぱい〟という言い方は好きではありません」

「だったら乳房。それならいいのか？」

「〝胸〟のどこがいけないの？」

「こいつはちがう、おれに言わせれば」また爪先がもぞもぞ動いた。

ベイリーは彼の脚を叩いた。「じっとしてられないなら、自分で足をあたためてください」

「もぐり込ませられるだけの乳房がない。あったとしても、足を胸までもってこられない。ヨガは得意じゃないんでね」

彼はぜったい気分がよくなっているし、意識もはっきりしてきている。ひと言ふた言返事をするだけだったのが、ちゃんとした文章になっていた。チョコレートは魔法の薬だ。

「いいことを教えてあげます。豊胸手術を受けて、ヨガを習えば、一生困りません」充分に楽しんだようなので足をシャツから出し、替えの靴下を履かせ、何層もの服でくるんだ。

「お楽しみはこれまで。額はもう凍りつきました？」

「みたいだ」

「縫合の仕方を読んで、さっさと終わらせてしまいましょ」手引書をまた手に取った。「それはそうと、傷口を洗浄するのに充分な水がないので、マウスウォッシュを使うことにします。沁《し》みると思うけど」

「すごい」ひと言にありったけの皮肉がこもっていた。

ベイリーは笑いを隠して読んだ。「さてと……どれどれ……ここはもうすんだと。『針をペンチで挟むと、針先を上に向けやすい』」カーブした縫合針に目をやり、それから救急箱の中身に目をやった。ペンチはない。「あら、まあ」皮肉たっぷりに言った。「ペンチがいるんですって。ふだんは化粧ポーチにペンチを入れてるんだけど、休暇のあいだに必要になるとは思わなかったわ」

「飛行機に小さな道具箱がある」

「どこ？」

「荷物室」

「荷物を出すときには見なかったけど」それでももう一度調べてみようと立ち上がった。

「どれぐらいの大きさ？」

「ブリーフケースの半分ぐらい。ふつうに使う道具が入っている。ハンマー、ペンチ、スパナ、ねじ回し」

飛行機の残骸に入ったり出たりをこんなに繰り返したら、そのうち地面に溝が掘れるにちがいない。ドアからもぐり込み、シートを乗り越え、荷物室を見回した。床が墜落の衝撃でたわんだせいで荷物は散乱していたが、カーゴネットのおかげで、トートバッグみたいに飛び出しはしなかった。見つからない、と言おうとしたとき、彼の声がした。「壁にアームで固定してある。ドアのすぐ横だ。わかるか？」

彼の言う場所に目をやると、あった。ちゃんと固定されてあった。やったね。床は見たけど壁は見ていなかった。「ええ、あったわ」道具箱を手に飛行機から出た。

立ち上がると頭がくらっとしたので、しばらくじっとしていた。また高山病？ あんなに注意してゆっくり動いているのに？ キャンディバーを食べたほうがいい？ しばらくするとめまいがおさまった。キャンディバーに一票。

「あたしも食べたほうがいいみたい」彼のかたわらに膝を突き、スニッカーズをひと口分もいだ。「あなたに針を刺しているあいだに気を失いたくないから」このぶんでいくと、夕方までに縫合を終えられるだろう。

夕方で思い出した。いままで腕時計を見もしなかった。意識を取り戻してからどれぐらいたったのか、仕事がこなせるようになるまでどれぐらいかかったか、まるでわからない。夕方まで何時間ぐらいあるのかは言うにおよばず。即座に左腕の袖口を押し上げ、腕時計がはまっていたはずの剝き出しの手首を見つめた。

「腕時計がなくなっているわ。どうしてこうなったのかわからない」

「おそらくなにかに腕をぶつけて、その拍子にピンがはずれたか接続部分が壊れたか。高い時計だったのか?」

「いいえ、休暇用に買った安物の防水時計。弟夫婦とラフティングをするつもりなのよ――つもりでした」

「あすには一行に追いつける。あるいはあさって」

「そうね」ゆっくりとキャンディを嚙んだ。救助隊がくるのはまだずっと先のことだ。そのひどい孤立感を、彼に話してもしょうがない。

めまいを追い払うのにキャンディをひとかけですませ、手元の仕事に注意を向けた。キャンディの残りを丁寧に包み紙で包んで脇に置き、彼の額からアイスパックを取り去った。

「あなたの頭が下向きにくるよう向きを変えなくちゃ。傷口の洗浄をするあいだだけでもね――さもないと、マウスウォッシュを体にかぶることになるから」

「そりゃご免だ。なんとか自分で動けると思う。どうすればいいか言ってくれ」

「最初はわたしのほうにずってきて。毛布を雪につけたくないの。いいわ。つぎはお尻を軸にして――ちょっと待って、このビニールを頭の下に敷くから。これでいい」回転運動をしたおかげで何枚か崩れ落ちた服を、もとに戻すのに時間をくった。

マウスウォッシュが目に入らないよう、彼はせいいっぱい顎を突き出した。「オーケー、いくわよ」飛沫《ひまつ》が飛ばないよう左手で押さえながら、マウスウォッシュをゆっくりと傷口のまわりに注いでいった。彼は一度ピクリとしただけで、あとはじっとしていた。

傷口に入っていると思われる破片や泥を探したが、どうやら血が洗い流してくれたらしい。凝血塊を取り除くなと手引書に書いてあるので、マウスウォッシュが傷の内側に直接かからないよう注意した。マウスウォッシュが流れ出たのを確認し、空になったボトルに蓋をして脇に置き、アルコール綿を取り出して傷口のまわりを消毒した。

裂傷のひどさや、清潔とは言えないこの環境で細菌に感染する可能性には目をつぶった。すべきことに意識を集中し、ひとつひとつ片付けていった。両手と針とペンチをアルコールで消毒した。使い捨て手袋をはめ、もう一度すべてを消毒した。ヨードチンキを染み込ませた消毒綿で額を拭った。おそらくこれで細菌をすべて殺しただろう。そう思うことにして、縫合糸を針につけ、大きく深呼吸して、はじめた。

「真ん中からはじめろって手引書には書いてある」つぶやきながら皮膚に針を刺して引き抜き、針先を逆にして傷口の反対側に針を刺した。「そうすれば、傷口の片端だけに皮膚が集まってこぶにならないんでしょうね。うまく平らに縫合できたらの話だけど」

彼は返事をしなかった。目を閉じて、規則正しい呼吸をしていた。アイスパックで冷やし、イブプロフェンを呑んでいても、そうとう痛いにちがいないが、恐れていたほどのすごい苦痛を与えてはいないようだ。針を刺すたびに体を竦《すく》ませることはなかった。間違いを犯すのが怖いから、ゆっくりと行なった。ひと目ごとに糸を結んで切った。手引書どおりに、結び目は傷口の上ではなく、皮膚の上に作るようにした。パンツの裾をかがっているのだと思おうとしたが、うまくいかなかった。そもそも裁縫は得意ではない――パンツの裾かがりも上手ではなかった。

傷口はゆうに十五センチはあった。一センチに幾針縫えばいいのかわからないから、真ん中からはじめて、自分で適当と思われる間隔で縫っていった。縫い終えると手が震えた。縫合が完了するまで一時間はかかったはずだ。黒い糸が並ぶ傷口を丁寧に拭い、針が皮膚を刺したときに出た血を拭った。そこでためらった。包帯をする前に、抗生剤入り軟膏を傷口に塗っておくべき？　医者はそうしない気がするが、彼らは滅菌された環境で、必要な薬品や器具を使って縫合する。彼女とジャスティスは雪に埋もれた山腹にへばりつき、食料も乏しい。あとは彼の抵抗力に期待するしかなかった。

軟膏には鎮痛剤も入っているので、都合がいい。丁寧に塗ってから傷口を滅菌パッドでおおい、ガーゼを当てた。最後に収縮性のある包帯でガーゼを固定した。自分で言うのもなんだが、出来栄えはなかなかのものだった。傷口が汚れるのを包帯が防いでくれるだろう。

「よし」彼女は言い、腰をおろした。「終わりました。つぎにやるべきこと。シェルター」

9

まいった。なんてセクシーなんだ。

そんなこと一度も考えたことなかったのに、いまはそう思っている——しかも、見た目じゃない。いまの彼女はすごい格好だ。髪を振り乱し、顔には血と泥をへばりつけ、両目の下はあざになっている。あすには黒くなるだろう。服装ときたら、山男とホームレス女を足して二で割ったようだ。一時間にわたり、人の頭に穴を穿《うが》ちつづけたにもかかわらず——いや、だからこそ——彼女にキスしたかった。

そう思う自分に、内心で鼻を鳴らした。キスしたいだって、バカタレが。そうしたくて矢も盾もたまらなかった。いま現在の肉体の状態が万全でなくてよかった。そうでなけりゃ、〝心臓発作級〟の激しさで彼女に言い寄り、自分で自分の首を絞める危険を冒していただろう。

かねがね思っていたのだが、あとで食われるのを承知でメスと交わるカマキリみたいに、男が危険な女にどうしようもなく惹かれるのはなぜだろう。実は死神と交わっているのだとわかるだけの機能的な脳味噌が最初からないせいなのか、進化の過程でなにかが抜け落ちてしまったせいなのか。いずれにしても、最後はオスの死で終わるプロセスは、種にとってよいわけがない。とは言え、そういう野郎どもを崇《あが》める気持ちもあった。セックスの最中に頭をもがれて食われるのだから、よほど献身的なオスでないと務まらない。いまなら、そうせざるをえない気持ちが理解できるような気がする。彼女を裸にして組み敷くには、大変な犠牲を払わねばならないのだから。

だからと言ってミセス・ウィンゲートが——おっと、名前はなんだっけ？　知ってたはずだが、ミセス・ウィンゲートとして考える癖がついていて、すぐに思い浮かばない。いまは、脳味噌がフル回転という状態じゃないから仕方ないが、思い出すことが大事な気がする。名前も思い出せないのに、彼女を裸にしたいと思うのは間違っている。

そういう不純な動機から、彼は思い出すという仕事に邁進《まいしん》した。平凡な名前ではなかった……酒の銘柄みたいな。頭の中で銘柄を思い浮かべてみる。ジョニーウォーカー、ジムビーム、J&B、ベイリーズ……ベイリー。それだ。勝った気がした。これでやましい思いを抱かずに想像することができる。

それでと、だからといってミセス・ウィンゲート——だから、ベイリーだろ！——が、彼の頭をもぐわけではない。ただし、一筋縄ではいかない感じだ。どう考えても。肉体的にも精神的にも、くどきがいのある女だ。彼女はまわりに壁を張り巡らしていた。その壁の内側の彼女を見た人間はほとんどいないだろう。墜落によって緊急事態に放り込まれたからこそ、彼女は城塞から出てきて、ほんものの女の姿を見せてくれた。

彼はそれを見て、おおいに気に入った。

彼女と二人で孤島に取り残されたらどうだろうと想像したとして、むろんしたことはないが、そうしたとして、彼女は泣き言を並べるだけの役立たずの厄介者か、つんけんして命令ばかりする厄介者のどっちかだろうと思ったはずだ。いずれにしても、厄介者だ。ところが、実際には穏やかで有能で、あらゆる問題や事態に良識と創意工夫で立ち向かっていた。この目で見たんじゃなけりゃ、信じられなかったろう。彼女は必要なことをやり、彼の命を救ってくれた。彼の凍えた足をあたたかな体にくっつけてあたためることに、なんのためらいも見せなかったし、ブラをつけていないことを彼が発見しても、顔を赤らめたりうろたえたりしなかった。

そういう落ち着きが好きだ。精神が安定していることの証《あかし》だ。離婚でわかったことがあり、それ以後の女との付き合いで、そのことを忘れたことはない。彼は将校あがりのパイロットで、このふたつのグループはどちらも、恥ずかしがりの引っ込み思案は受け付けない。彼自身、自分に自信があり、有無を言わせぬところがある。指揮を執《と》り、決定を下し、こちらの指示に人を従わせることができる。対等にやりあうとしたら、よほど強い女でないといけないが、三十代後半になったいまは、女の感情を傷つけないように、女を圧倒しないように気を使うような関係より、対等な関係のほうがずっと好ましく思える。駆け引きは苦手だし、男を従わせようとする女はご免だ。

彼が理想とする女はこの世にほとんどいないか、探す場所を間違えているか。強烈な肉体的魅力と精神的魅力を兼ね備えた女には、めったにお目にかかったことがなかった。たとえばカレンはしっかりしているが、女として魅力をまったく感じない。ベイリーの場合、彼の思い込みだった永久凍土並みの冷たさが、肉体的魅力をすっかりおおい隠していた。

いまはちがう。どうして彼女が、氷の壁をあんなに高く築いているのかわからないが、いまは一時的に気をゆるめ、彼に壁の内側を見せている。是が非でもこのまま内側にいつづけたいものだ。この事故によって、二人のあいだに絆《きずな》が生まれた。生き延びるための絆が。救助隊がやってくれば、彼女は最初の関係に戻ろうとするだろう。そうはさせるものか。いまからそれまでのあいだに、彼女の信頼を勝ち取らなければ。

仰向けに寝たままという ハンディがある。いまの気分から判断して、あと一日二日はこの状態がつづくだろう。脳震盪を起こしたし、大量の出血でまいっている。夜までに救助隊がやってくるとは思えないし、このあたりの山間部では、夜間の捜索は隊員にとって危険すぎるから行なわれない。つまり、彼とベイリーは今夜を生き延びなければならない。夜になって気温がぐんとさがれば、低体温症による死はがぜん現実味を帯びてくる。一方で、二人は深刻な事態にある。もう一方で、きょうの夜いっぱいが、彼女との関係を進展させるために彼に残された時間だ。

電流でも通されないかぎり頭を動かすことはできないが、慎重に視線を左に向けてみると、彼女が視界に入った。なにかを取り上げてしげしげと眺めているが、なんだかわからない。「これは未完成品なんだけど」彼女が言い、かたわらに戻ってきてしゃがみ込んだ。その手にはファスナー付きのビニール袋が握られ、袋の底には融けかけた雪と思われるものが溜まっていた。「雪を融かして飲み水にしようと思って、袋を岩の上に置いといたの。まだザクザクで、もっと太陽に当てればほんものの水になるだろうけど、いまはこれで我慢しましょ。あなたは水分を補給する必要があるもの」あたりを見回す。「ストローなんて持っていないわよね？　スプーンは？」

ちょっとおもしろい質問だ。「残念ながら持っていない」

彼女は眉をひそめ、口をぎゅっと結んであたりを見回した。まるで意志の力でどちらかを出現させようとするかのように。いま現在のジレンマを解決しようと、彼女の頭がフル回転する音が聞こえてきそうだ。彼女が眉を開いて言った。「そうだ!」満足した口調だ。

「そうだって、なにが?」好奇心に駆られて尋ねた。彼女は立ち上がり、視界から消えた。

「デオドラントのスプレー缶を持っていますよね。なぜ知ってるかと言うと、中身を調べたから」

「それで?」バッグの中身を調べられてもかまわない。こういう状況では、調べないほうが馬鹿だ——そして、彼女はだんじて馬鹿ではない。手元の資源はなにか、彼女には知る必要がある。

「それで、缶には蓋がついている」

なるほど、そうだ。スプレー缶の蓋は魔法瓶の蓋とおなじだ。ちょっと小さいだけで。彼も思いついていただろう。

スプレー缶の蓋をはずす馴染みの音がした。「味は変だと思うけど」彼女が言った。「蓋を雪で洗うわね。蓋の内側に中身をスプレーしているかもしれないから。デオドラントに含まれているもので、水に入っていてはまずいものはある?」

「おそらくすべて」彼は平気な顔で言った。「ヘアスプレーは持っていないのか?」ヘアスプレーのほうが、デオドラントより害がないだろう。デオドラントにはアルミが含まれているんじゃなかったか?　ヘアスプレーにはアルコール以外になにが含まれているかわからないが、アルミよりアルコールのほうがましだ。

「いいえ」彼女が背後から言った。ちょっとうわの空なのは、会話以外のことに気をとられているからだろうか。「あたし、ラフティングに行くつもりだったのよ、憶えてます？　ヘアスプレーを持っていってなんになる？　フムム。漏斗《じょうご》の代わりになるものを見つけて、これをマウスウォッシュのボトルに入れます。デオドラントの蓋に命を賭けたくないのならね」

「雪で洗えばいい。それで充分だ」彼女が水の話をしたおかげで、喉がものすごく乾いていることに気づいた。漏斗の代わりになるものを探すあいだ待っていられない。デオドラントの残留物に命を賭けよう。

「わかりました」

ザクザクいう音につづいて、ポリ袋のカサカサいう音がした。数秒後、彼女がかたわらにひざまずいた。ブルーの蓋を左手に持っている。

「頭をもちあげようとしなくていいから。そんなことをしてあなたが気を失ったら、水をこぼしてしまうから」彼女がそう言いながら、右腕を首の下に押し込んで頭を抱え込んだので、頬が彼女の胸に押しつけられた。張りのある弾力を感じ、あたたかでかすかに甘い女の肌の匂いがした。思わず横を向いて顔を胸に埋めそうになった。そうしなかったのは、不意に痛みに襲われたからだ。

「気をつけて」彼女がつぶやきながら、蓋を彼の口元にあてがった。「ほんのふた口ぐらいしかないから、なるべくこぼさないでください」

ひと口飲むと、彼女が蓋を離した。融けかかった雪は鉱物の味がした。プラスチックの味も混じっていて、歯が疼《うず》くほど冷たかった。擦れて腫れた口と喉の組織を水分が潤し、飲み込むと同時に吸収されていった。もうひと口飲ませようと彼女が蓋を口にあてがったので、断ろうと頭をわずかに振った。それが彼にできるせいいっぱいの動きだった。「きみの番だ」

「あたしは雪を食べるからいいんです。動き回れるから、雪を食べても、あなたほど体温は低下しないもの」顔をしかめる。「捜索隊がわたしたちを見つけるまで、どれぐらいかかると思いますか？　メーデー・コールからもう数時間は経っているのに、救助のヘリコプターの姿は見えないし、音すらしない。時間がかかるようなら、飲料水を手に入れる算段をしなきゃなりません。雪を融かすのは効率的ではないもの」

たしかに、大量の雪を融かしても少しの水しか得られない。彼女の質問に答えて言った。

「捜索隊がここまで来るのはあすになるだろう。どんなに早くても」

彼女は驚いた顔をしなかったが、心配している――それに、苛立っている。「どうしてそんなにかかるんですか？　あなたのメーデー・コールから何時間も経ってるわ」彼女が蓋を口元に持ってきたので、彼はもうひと口飲んだ。

「誰もおれたちの捜索をはじめていないからだ」飲み込んで、言った。

苛立ちが強くなった。「どうして?」きつい口調だった。

「ソルト・レイク・シティで予定どおり給油しない時点で、警戒指令が出されるんだ。給油予定の時間から二時間経っても到着しないと、捜索隊が組織される」

「でも、メーデー・コールを送ったじゃない!　位置を連絡したんでしょ」

「モニターされたかどうかわからない。されたとしても、捜索はすぐにははじまらない。捜索には莫大な費用がかかるし、捜索チームは人手不足だ。メーデー・コールが偽でないことが確認されないことにはね。どこぞの馬鹿がおもしろ半分にメーデー・コールを打たないともかぎらない。だから、飛行機が予定の場所に時間どおりに到着しないかぎり、動き出さないんだ。警戒指令が出されたとしても、捜索隊を組織するのに時間がかかる。六月だから日が長いが、それでも捜索隊は暗くなる前におれたちを見つけられないだろう。夜は捜索を打ち切り、明日の朝またはじめる」

彼女は周囲の広大な自然を見回しながら、この情報を理解しようとしていた。しばらくしてため息をついた。「なんとか風を避ける方法を考えればいいと思っていたけど、それだけじゃだめみたいですね」

「あすの朝まで生き延びようと思ったら、そうだな」

「そうじゃないかと思ってました」水を飲ませ終えると、そっと彼の頭を戻し、首の下から腕を引き抜いた。悲しげな笑みを浮かべながら、服の層の下に手を突っ込み、しばらくごそごそやってから手を抜いた。彼のナイフをつかんでいた。「それならすぐはじめたほうがよさそうね。時間がかかるもの」

「手のこんだものを作ろうと思うな。体温で空気をあたためられるよう、小さなやつでいい。小さければ小さいほどいい。二人が入れる分さえあればいいんだ。飛行機から使えそうなものを持ってくるんだ。シートの革とか、棒や枝をつなぎ合わせるのに使うワイヤーとか、そういったものだ」

　彼の言葉に、彼女は鼻を鳴らした。「手のこんだものですって？　おあいにくさま。自慢じゃないけど、あたしぶきっちょですから」

10

　捜索隊はこないのではないかと直感的にわかってはいても、ジャスティスに駄目を押され、表には出さなかったが、ベイリーはひどく動揺した。すぐに捜しにくると言ってほしかった。なんとしてでも言ってほしかった。どんなものであれシェルターを作れば、尽きかけている体力をそっくり奪われるだろう。こういう状態がいつまでつづくのか、知りたくなかった。

　ジャスティスのかたわらに横になってたがいをあたためあって、少しは楽になったが、いまではほんの少し動いただけでめまいがした。急斜面を歩き回らなければならないのだから、これはまずい。一歩間違えば転落しかねないし、岩に当たって脚か腕を骨折しかねない。でも頭痛は途絶えることはないが、ひどくはなっていないようだ。それだけが救いだが、希望につながるわけではない。

　二人の命が彼女にかかっているのだから、慎重のうえにも慎重に行動しなければ。でも、慎重に行動するのは時間がかかる。体力と同様、時間がかぎられていた。ずっと零度を超えていた気温が、日が沈みきらないうちからぐんとさがるだろう。そびえ立つ山々の頂に太陽が隠れるのが日没の二時間ぐらい前だろうが、それから気温は一気にさがりはじめる。それまでに水を手に入れて、粗末なシェルターを建てなければならない。

マウスウォッシュの空のボトルをつかみ、しゃがんで雪をボトルの口から押し込んだ。口が狭いから時間のかかる作業だ。はじめる前から冷たかった手が、一分もすると、指が痛くて耐えきれないほどになった。仕方なく作業を中断し、両手を腋の下に入れて目をつぶり体を前後に揺すった。痛みがゆっくりとひいて、ぬくもりが染み込んだきた。手をおおうものが必要だ。それもいますぐ。

あるものの中から使えそうなものを頭の中で選り分ける。オールを握るのに使う防水手袋を二組買ってきたが、指先がない。手にまめができるのは予防できても、寒さ避けにはならない。ミトン代わりに靴下をはめたとしても、手先がよく動かないし濡れてしまう。そうなると指先がますます冷たくなる。靴下はほかに使い道があるだろう。

手袋のことは忘れよう。手を使わずにボトルに雪を詰める効率的な方法を考えなければ。熊手かシャベルの代わりになるものは？

ボトルを雪の上に寝かせ——詰めた雪が解けて流れ出る心配はない——残りの服と必要品が入ったゴミ袋のところに行き、袋のひとつに腰をおろし、ほかの袋から服以外のものをせっせと取り出した。そのひとつひとつについて、本来の使用法以外に使い道がないか考えた。スティックタイプのデオドラントは、腋の下の臭いを防ぐ以外の使い道はない。蠟《ろう》のようなものが必要になったとき使えばいいけれど、いまはそういう可能性は浮かばない。ヘアブラシ、基礎化粧品――マスカラ、サンスクリーン、リップグロス――読もうと思って買ってきた本や雑誌はいろんな使い道がありそうだが、マウスウォッシュのボトルに雪を入れる助けにはなりそうもない。なるべく軽い本を持ってきた――持ち運びに便利だが、いまは必要ない。ペンが二本、小さなノート、ダクトテープ、これはよけておいた。シェルターを作るときにぜったいに必要だ。トランプ、虫除け、ポンチョ、これもよけておく。ティッシュとお尻拭き――これもよける――マイクロファイバーのタオル四枚と練歯磨き付きの使い捨て歯ブラシも。

なんなのよ。どうしてもっと使えるものを詰めてこなかったの？　マッチ箱とか。凍った死体で発見されたとき、歯も口の中もきれいだって、それがなんなの？

二週間のラフティング旅行で役立ちそうだと思ったガラクタを眺めながら、失望のため息をつき……そこでトランプに目がいった。新品のカードだ。封を切ってもいない。それを手に取り、パラフィン紙を歯で千切って剝がした。箱を開きカードを一枚引き抜く。プラスチックでコーティングしてある。だからいろんな用途に使える。

いいじゃない。ちょっと満足だった。

カードはまだ充分にやわらかくしなやかだったから、手で挟んでへらのようにして雪をすくい、ボトルに詰め込んだ。ボトルを揺すり、岩にトントンと打ちつけて雪を沈め、さらに入れた。ボトルがいっぱいになると蓋をぎゅっと締めた。

「こんなことで喜んでもしょうがない」自分に言い聞かせ、ゆっくりとジャスティスのもとに戻った。彼女が水問題に対処しているあいだ、彼はじっと目をつぶっており、話しかけると目を開けた。顔は青ざめていて、それは驚くことではないが、口角を持ち上げて疲れた笑みを浮かべた。

「ほかに変わったことは?」

雪の詰まったボトルを見せた。「融けてもたいした量にはならないだろうけど、あたしにできるせいいっぱいのことです。問題はどうやって融かすか。どこかあたたかいところに置かなくちゃ。どこがいいと思います?」

「きみのシャツの下ではないことに賭ける」笑みに皮肉なひねりが加わった。

「安全な賭けね」彼の足をあたためたときのことを言いたいのだろうが、無視した。彼の足が裸の胸に触れてもうろたえなかったのは事実だが、その一方で、二人の関係が劇的に変化したことが不安でないわけではない。かつての冷たいよそよそしさを関係と呼べるとして。

いまでは親友同士だ。墜落事故を生き抜いたせい？　もうひとつ、その一方で、二人のあいだに敵意はまったくない。生き延びるために、まだたがいが必要だ。さらにもうひとつ、その一方で、生き残れるよう衝突をコントロールした彼の勇気を目の当たりにし、なによりも彼を尊敬し感服していた。正直に言いなさい。そう、彼はヒーローだ。

頭の中でため息をついた。それやこれやで、自分がどう思っているか、どう感じているかよくわからない。いまやるべきことに集中することが、なにを感じているか、なにを感じていないかよりも重要だ。服の山の下にボトルを滑り込ませ、彼の腰にあてがった。「これでまた震えが起きないといいんだけど。ものすごく寒い？」

「いや、大丈夫だ。そいつとのあいだに服が二枚挟まっている。きみにはやらなきゃならない仕事がある。おれにできるのは、雪を融かすことぐらいだ」

「そういうこと」

今度の笑みはほんもので、歯がちらっと見え、左の口元にちいさなえくぼが浮かんだ。それではじめて、やさしくない応対をしたことに気づいた。自分に呆れて頭を振った。「ごめんなさい。ひどいこと言ったわ」

「でも、ほんとうのことだ」頭はじっと動かさなかったが、おもしろそうに目尻にしわが寄り、またえくぼが浮かんだ。なんとまあ、笑顔ひとつで、彼は〝ミスター・不機嫌〟からとても魅力的な男に一変した。頭に包帯を巻いて、顔はあざだらけだけれど、魅力的だ。

「まあ……そうね」

「よかった、そうね、と言ってくれた。言ってくれなかったら、きみはまるっきり現実を把握できていないと思っていたところだ」

「ちゃんと現実は把握しています」彼女は言い、ため息をついた。「残念ながら、その現実がこう言ってる。さっさと腰をあげろ、さもないと夜のあいだに凍死するぞ。高山病にやられているので、ゆっくり慎重に動かなきゃなりませんけど」

彼の視線が鋭くなり、彼女の顔をじっと見つめた。「高山病なのか？」

「頭痛にめまい――ええ、そうだと思います。頭痛は頭を打ったせいもあるけど、やっぱり高山病のせいだと思う」

彼の表情が険しくなった。「おれにはなにも手伝ってやれない。ベイリー、無理するな。無理したら危険だ。高山病で死にかねない」

「低体温症でも死にかねないわ」

「なんとか夜をしのげる。十人をおおえるほど服があるし、たがいの体温であたためあえる」

どっちにせよそうしなければならない。シェルター作りに関して、自分の能力に幻想は抱いていなかった。夜間に山間部がどれぐらい寒くなるか、彼の状態がどれほど危ういものか、しっかりわかっていた。客観的に考えて、低体温症と高山病の危険性はおなじではない——彼女にとっても、むろん彼にとっても。彼が失った血の量からして、夜のあいだに彼が死ぬ危険性ははるかに高い。

「無理しませんから」彼女は立ち上がった。斜面の上のほうで横に傾いている飛行機を見上げた。あそこまで数メートルを登ると思っただけでくたびれるが、カーゴネットやシートの革が必要だ。それに、そう、ワイヤーも。ワイヤーなら腐るほどある。折れた翼からも、左翼がなくなって開いた穴からも垂れ下がっていた。

立ち向かうべき仕事の膨大さにパニックになりかかった。お腹がすいて、喉が渇いて、寒い。全身が痛かった。忘れかけていた右腕の刺すような痛みがぶり返した。たとえちゃんとした食事と大量の水を摂取し、ここに適した服を着ていても——それに素敵にあたたかな火が熾きていても——ちゃんと立ったままでいるシェルターを作る責任が自分にはあると考えるのもいやだったろう。なにかを作るなんて退屈でしかない。砂のお城を作ったことさえないのだ。

頼りになるのは『ディスカバリー・チャンネル』で観たサバイバルの話だけだ。細かな部分は忘れたけれど。地面とのあいだになにかを敷けばあたたかくなるのはわかる。頭上に屋根を掛けて雨や雪を防がなければならない。それ以外に考えつくのは、風を防ぐことだ。それらすべてを、棒と葉っぱで完成させることになるのだろう。

残骸に這い込み、カーゴネットをフックからはずしてドアから投げた。その作業は肉体的にそれほど大変ではなかった。シートから革を剝ぐこともだ。革をできるだけ大きく取るように、ナイフの先を使って縫い目を切った。いやになるほど細かな作業だった。後部座席はベンチ式で、背もたれと肘掛けが二組ついている。ベンチからいちばん大きな革が取れる。革は風を通さない。バイク乗りが革を着るのはそのせいだ。

縫い目を切る作業は思ったより時間がかかった。なかには縫い目をすべて切っても剝がれず、けっきょく切る羽目になったものもあった。革を取り除くと厚いクッションが現われた。これは使えるからカーゴネットや革と一緒に持ち出した。床にはまだビニールのフロアマットが残っていた。二人を殺しかけた飛行機から略奪したものが、二人を救うことになるかもしれない。

11

「当ててみて？」その日の午後、ブレットがJ&Lのオフィスに飛び込んでくるなり、それこそ歌うように言った。「キャムの言ったとおり、アレルギー反応だった。つまり――」話を途中でやめた。愉快そうな表情が消え、鋭いブルーの目でカレンの顔を見つめた。「どうかした？」

カレンは言葉もなく彼を見つめた。その顔は紙のように白く、やつれた表情を浮かべていた。握っていた受話器をゆっくりと戻した。「あなたに電話をしていたところ」声は細く、抑揚がなかった。

「どうした？」

「キャムよ」

ブレットは腕時計を見た。「もう連絡してきたのか？　早く着いたんだな」

「いいえ、彼は……連絡してきていない」唇を動かすのもしんどそうだ。唾を呑み込んだ。

「ソルト・レイク・シティの給油地点に現われなかった」

　ブレットの顎の小さな筋肉がぴくついた。「よそで給油したんだろう」しばらくしてきっぱりと言った。「ソルト・レイク・シティより手前で。なにかあれば、着陸して——」

　ちょっと震えながら、カレンがゆっくりと頭を振った。

　ブレットはじっと彼女を見つめたまま、いま聞いた話を理解しようとした。それからオフィスを飛び出し、ゴミ箱をつかんで吐いた。「まさか」口がきけるようになると、強張った声で言った。両の拳を目に当てた。「そんな、まさか。とても——信じられない」

　カレンがオフィスの戸口にやってきた。「警戒指令が出された」

「警戒指令がなんだ」彼が怒鳴り、くるっと振り向いた。「捜索——」

「手順はわかってるでしょ」

「時間の無駄だ！　すぐに——」

　彼女の返事は辛そうにゆっくりと頭を振ることだった。

　彼はカッとなって椅子を蹴飛《けと》ばし壁にぶつけた。「クソッ！　クソッ、クソッ、クソッ！」

　受話器を取り上げて電話を入れた。どいつもこいつも、手順に従っていると言うばかりだ。キャムが二時間以内にどこかに到着を知らせてこなければ、捜索がはじまる。

　最後の電話でもおなじことを言われ、受話器を叩きつけると、壁の地図に向かい、シアトルからデンバーまで、キャムが取ったであろうルートをたどった。「範囲は千五百キロを超える。彼はそのどこにいてもおかしくない。なんでも起こりうる。デニスと話をしたか？マイクはきのう、スカイレーンについてなにか書いていなかったか？」

質問はカレンに向けられたものだ。彼の電話を聞きながら、捜索をいますぐはじめさせてくれないかと、空頼《から》みしていた。「調べてみたわ。なにもなかった。デニスが言うには、スカイレーンは通常の整備をしただけで、なにも異常はなかったって」そこでためらう。「なにか起きたとして……機械上の問題じゃない。鳥がぶつかることもあるし、彼が病気になって気を失うとか……」言葉が尻切れとんぼになった。

ブレットは地図を見たままだ。キャムがとったルートは、もっとも険しい山がつづく人里離れた地域だ。「不時着したんだろう」言葉が途切れる。「原野か渓谷か、ダートバイクのコースか――どこかに。それができるなら、キャムならそうしている」

「通信による捜索を行なっているわ。不時着できたとしたら、無線で連絡してくるはずでしょ。FSSが彼の送信を拾うはず」彼女の声は少し震えていた。「わたしたちにできるのは、待つことだけ」

フライト・サービス・ステーション（FSS）は、航空交通機関でさまざまな機能を果たしている。そのひとつが、航空機の緊急周波数をモニターすることだ。キャムは有視界飛行規則に則《のつと》った飛行計画を提出しており、それによってＦＳＳの緊急度基準レベルが適応されている。キャムがソルト・レイク・シティに予定された時間に到着しないと、ＦＳＳのシステムによって〝遭難〟のレベルに入れられる。すると彼のルート沿いにある通信施設や空港にたいし、彼の到着が遅れているので情報を求める旨の通達が出される。

　手順によれば、一時間経っても機体が発見されないと、通信捜索は強化され範囲が広げられ、着陸可能な施設がすべてチェックされる。さらに一時間経っても結果が得られなければ、ＦＳＳは捜索を捜索救助《サーチ・アンド・レスキュー》（ＳＡＲ）の手に委ねる。ここでキャムの友人や家族に連絡がいく。つまり、三時間経ってようやく実際の救助活動がはじまるのだ。機体に積載された不時着発進装置の電波を衛星が拾い、捜索救助チームを誘導するが、遠隔の地ならそれだけ時間がかかる。

　カレンの言うとおりだ。待つしかない。

　ブレットは歩き回った。カレンはデスクに戻り、じっと前を見つめたまま座っていた。動くのはかかってきた電話を受けるときだけだった。時間の経過はあまりにもゆっくりで、まるで水責めの苦にあっているようだ。

　カレンが電話を受け、喉に詰まったような声で言った。「はい、ありがとうございます」

それから、わっと泣き出した。

ブレットは震えながら息を吸い込んだ。拳を握り立ち竦んだ。「機体の残骸を発見したのか？」掠《かす》れ声で尋ねた。

「いいえ」彼女は涙を拭い、顎を引き締めた。「遭難信号は発せられていないし、無線連絡もない。緊急着陸したとすると――」最後まで言う必要はなかった。着陸したとすれば、無線連絡してくるはずだ。着陸と墜落はまったく別物だ。「ＳＡＲがはじまったわ」

ブレットの顔から血の気がひき、肩ががくんと落ちた。「どうやら……セス・ウィンゲートに連絡したほうがよさそうだ」自分のデスクに戻って椅子にどさっと座り、電話帳を繰った。カレンがコンピュータで家族の連絡先ファイルを開き、番号を教えてくれた。

「ああ、どうかしたか？」いくらか呂律のまわらない声が応じた。背後でやかましいテレビの音がしていた。

もう飲んでいるのか？　まだ午後のなかばだぞ。「セス？」

「正真正銘本人だ」

「ブレット・ラーセンです。Ｊ＆Ｌの」ブレットはデスクに片肘を突き、手で両目を塞いだ。

「あんた、義理のクソ――失礼、おれの大事な大事な義理のママ――をデンバーまで乗せてってるはずだろ」

「キャム、いや、ジャスティス機長が急に代わることになって」なんだか空気が足りなくなってきたので、慌てて息を吸い込んだ。なんとかこいつを片付けなければ。「連絡が途絶えました。給油のためソルト・レイク・シティに寄るはずが、まだ到着していないんです」信じられないことに、セスは笑った。「嘘も休み休み言えよ」

「いいえ。捜索救助がはじまりました。彼らは――」

「電話をくれてありがとう」セスがまた笑った。「おれの祈りが通じたようだな、だろ?」

ブレットの耳に発信音が響いた。「人でなし!」受話器を投げつけたい衝動と闘った。「くそったれ! げす野郎!」

「彼は動揺しなかったみたいね」カレンが言う。まだ顔は青ざめているが、涙の跡はなく、大きなショックを持ちこたえようとする人の、感情が麻痺してげっそりとした顔をしていた。

「くそ野郎め、笑いやがった。祈りが通じたとぬかしやがった」

「よくもぬけぬけとそんなことを」嫌悪感もあらわにカレンは言った。

セスが最初にやったのはテレビの音量を小さくすることだった。それから妹のタムジンに電話した。電話口から悲鳴と水の飛び散る音がするから、プールサイドに座って、二人の悪ガキのお守りをしているのだろう。甥《おい》も姪《めい》も好きではない。妹もあまり好きではないが、ここは共同戦線を張らねばならない。

「信じられないと思うけど」彼は喉を鳴らした。「ベイリーの飛行機がデンバーに向かう途中で墜落したらしい」

彼とおなじ反応が返ってきた。笑ったのだ。「冗談でしょ！」

「ブレット・ラーセンから電話があった。彼が操縦するはずだったが、もう一人の背の高いのが代わりに飛んだそうだ」

「あらまあ、すてき！　信じらんない――そりゃまあ、お祝いをするのは不謹慎だろうけれど、でも、彼女――それで、いったいどんな細工をしたの？」

怒りが全身を駆け巡った。まったくしょうもない馬鹿だ。発信者番号通知サービスに入っていて、こっちが携帯からかけているとわかっているくせに。携帯は安全でないことには定評がある。それを承知で、そんなこと言うか？　おれを逮捕させたいのか？

「なんの話をしてるのかわからないね」彼は冷ややかに言った。

「あら、よしてよ。マディソン！　そんなことしちゃ――すぐにやめないと、お友達と遊ぶ約束断る――」彼女が不意に絶叫した。「もう、どうしてこういうことするの！　ママがずぶ濡れになったでしょ！　もういい！　一カ月、誰もうちに呼んじゃいけません！」

電話口を通しても、姪の胸糞悪い泣き声が聞こえてきた。耳障りなキーキー声で母親をうんざりさせ、特権を回復しようという腹だ。タムジンは彼女の脅しに対抗できたためしがなく、子どもたちはそのことを百も承知だ。しつこく泣きつづけていれば、タムジンはただもう黙らせたくて要求を聞き入れてしまう。セスは鼻梁《びりょう》を揉《も》んだ。「彼女を黙らせることはできないのか？　汽笛みたいな音を出しやがって」

「こっちがおかしくなりそう」

それもあっさりとな、と彼は皮肉なことを考えた。

「それで、あたしたちどうすればいいの？」タムジンが尋ねた。「遺体を引き取るとか、そういったことをしなきゃならないんでしょ？　彼女が埋葬されようがされまいが知ったこっちゃないけど。お葬式に一ペニーだって出さないから」

「まだなにもする必要はない。いま機体の捜索を行なっている」

「どこにいるかもわかってないの？」

「捜索するのはそのためだろうが」鼻梁を強く揉む。

「どこにいるかわからないのに、墜落したってどうしてわかるの？　機体がレーダーの画面から消えたら、誰かが気づくはずでしょ」

汎用航空機は民間機とおなじ高度を飛ばないので、管制空域に入らないかぎりレーダーで追跡されないのだと説明しようと思ったが、息の無駄だからやめた。「予定された給油地点に現われなかったんだ」

「だったら、墜落してないかもしれないんでしょ？　はっきりわからないんでしょ？」彼女の声から失望が伝わってきた。

「それははっきりしている」

「だったら、いつから遺産を自分で管理できるようになるの？」

「遺体が発見され、死亡証明書が発行されたときだ、たぶん」彼にはわからなかった。法的な手続きには時間がかかる。

「それにはどれぐらいかかるの？　自分で自分のお金の管理ができないなんて、おかしいわよ。パパがあたしにこんなことするなんて、我慢できない、ぜったいに我慢できない。お友達には、お情けで彼女をあの家に住まわせてやってるって言ってるのよ。それに、あたしはお金には慎重だってふりをしてるの。実際には、彼女がわがもの顔で、あたしに分け前をよこすだけなんて」

「おれにはわからない」苛立って言った。「いますぐ知りたいのなら、自分で弁護士に電話しろ」

「それから、あたし、黒は着ないから。悲しんでるふりなんてしない」

「わかった、わかった、おれもだ」不意に彼女とこれ以上話すことに耐えられなくなった。

「はっきりしたことがわかったら、知らせてやる」

「もっと早くに知らせてくれればよかったのに。きょうはさんざんだったのよ。朝いちばんに知らせてくれてたら、もっと気分よく過ごせてた」

セスは電話を切り、怒りに駆られて電話機を投げつけた。満足感でいっぱいだったのに、口の中に苦い味が残っただけだ。バスルームに行ってコップ一杯の水を飲み、まるではじめて自分を見るように鏡を覗き込んだ。人がおれを見て、目的を達成するためなら人殺しもする人間だと思うのだろうか。口を引き結び、自分の姿に背中を向けた。

リビングルームに戻り、飲んでいたスコッチのグラスを口に運んだ。きょうはこれで三杯目だ。だが、飲まずに置いた。頭をすっきりさせておかなければ。いまはスコッチはおあずけだ。

あくまでも慎重に行動しなければ、アホな妹のおしゃべりで刑務所に送られかねない。

12

ベイリーは一歩さがって、労働の成果を見渡した。その美しさに圧倒されたからではない。〝シェルター〟は——そう呼べるだけの頑丈さを備えていればいいのだが——がらくたの寄せ集めで、不恰好きわまりなく、第三世界の人びとからも顰蹙《ひんしゅく》を買いそうな代物だ。膝ががくがくしていた——シェルターを築くことで体力を消耗しつくし、顔から地面に突っ込みそうだった。

頭はズキズキしていた。喉が渇きすぎて口の中は綿みたいで、雪を含んでもつかの間の癒ししか与えてくれず、ますます寒くなるばかりだった。空腹だった。全身が痛み、動くたびに筋肉が抗議の声をあげた。それにめまいがするので、最後のほうは這いつくばって作業しなければならず、雪でスウェットパンツは濡れ、体温をますます奪われた。

それでも終わった。ジャスティスと二人で寝る場所を確保した。天井が抜け落ちさえしなければ、寒風から多少は守ってくれるだろう。それが並大抵のことではなかった。

ものを切る道具はジャスティスのポケットナイフしかないので、折れた枝を使わざるをえなかった。墜落でたくさんの枝が折れていたが、すべてが幹から切り離されていたわけではない。切れ端でかろうじてぶらさがっている枝は、引っ張ればはずれたが、そういうことにエネルギーも時間も費やすわけにはいかなかった。ぶらさがっている枝より頑丈さで劣っていても、地面に散らばっている枝を拾うほうが、ポケットナイフで切断するより簡単だ。

木々が密生したところで、巨岩の窪《くぼ》みにわりあい平らで細長い地面を見つけた。大きな根っこが突き出してもいない。まず地面の雪を掻き出してから、できるだけしなやかな枝を網状に並べていった。木々は常緑樹かモミばかりだから針葉がついていて、クッションの役割を果たしてくれる。

その作業はあとからやるものなのかもしれないが、まずベッドを先に作ってからシェルターを築いたほうが、どれぐらいの大きさが必要か具体的なイメージがつかめる。彼が言ったように、小さければ小さいほどいい。彼が足を伸ばして寝られるぐらいの長さにしたかったので、彼の横に立ち、自分の歩幅で彼の身長を測ったところ、七歩だとわかった。

彼は怪訝《けげん》な顔でそれを眺めていた。「飲酒テストでもやってるのか?」

「あなたを測ってるんです。二メートルより三センチほど高いわね——あたしの中のメートルだから、一メートルが百センチのメートルではなく。あなたの足がつかえるようなシェルターは作りたくないから」

ベッドはそれより三センチほど長くする――というより、片方をもう一方より長くする。選んだ土地がもともと台形なので、彼女が短いほうの側に寝ればいい。

枝と針葉を網状に並べた上に、飛行機のシートからはずしてきたクッションを置いた。小さいのが六つとベンチシートから取ってきた長いのがひとつあった。これで寝袋よりもふかふかのものができる。どっちを選ぶかと問われれば、寝袋を選ぶだろうけど――そのほうがあたたかいもの。火の気がないところでいかにあたたかく過ごすかが、いちばんの難問だった。

クッションを敷き終えると、もっと大きな枝との格闘に移った。枠のようなものを作る必要があり、枝と枝をつなぐならダクトテープだろう。でも、使うことに妙なためらいを覚えた。ダクトテープのロールは小さく、すぐに使いきってしまう。服を裂いて紐にして枝を縛れば、紐はまたなにかの役に立つ。でも、テープは一度使ったらそれで終わりだ。

袖を取ってしまったシルクのジャケットは、裂いても惜しくない。

最初は逆さV形の枠を作ろうとしたが、彼女の建築技術では無理だということがだんだんにあきらかになった。驚くことはない。つたない枠が三度目に壊れたとき、この方法をつづけるのは時間の無駄だと潔く諦《あきら》めた。

服の山の下に横たわるジャスティスのところに戻り、ひざまずいて言った。「ものを作るのは得意じゃないって言ったこと、憶えてます？」

彼がぱっと目を開けた。「つまりそれは、今夜は戸外で寝るということの、きみなりの言い方か？」

「いいえ、助けを頼むときのあたしなりの言い方。助けて！　指示してください。助言が欲しいの。なんでも。こういうことの経験があれば、あたしよりわかっているでしょ」

「きみは前にもラフティングをやったことがあると思っていた」

「あります。いちおう言っておくと、雪をかぶった山のてっぺんでラフティングはやりません」

「テントを張ったことは？」

彼女は鼻で笑った。「学生だったの。だから、もちろんありません。キャンプファイアーを囲んで寝袋で寝ました」

「オーケー」彼はしばらく考えていた。「どういうものを作ろうとしてるんだ？　A字形か、差し掛け小屋タイプ？」

「A字形。でも、立たせることができない」

「最初に基部を作る。二本の長い枝を平行に並べ、それより短い枝二本をそれに交差させて並べ、四隅を縛る」

聞いているぶんには簡単そうだ。作業場に戻って大枝や小枝のなかから基部にする二本を選んでベッドの長辺に置き、短い枝二本を短辺に置いて四隅を紐で縛った。できた枠がぐらつかないか揺すってみて、紐をきつく縛り直し、もう一度揺すってみた。大丈夫そうだ。

「それで、つぎは?」

「今度は壁の部分だ。きみが思っている高さよりも長い枝を四本用意する」

それも簡単だったが、枝には小枝や針葉がついていたのでナイフで切り取った。「できたわ」

「まず二本でXの字を作る。交差する部分がシェルターの高さになるようにね。おなじように残りの二本でもXの字を作る。つぎに交差した部分の下側に短めの枝を渡して突っ張りにする」

フムムム。彼の目指すものが見えてきた。せっせとシルクの紐で縛る作業を行ない、出来上がったものはたしかにAの字に見える。ただしてっぺんに二本の角が突き出しているけれど。「これを基部にくくりつけるのね?」

「その前に、ふたつのXの上の切れ込みの部分にもう一本枝を渡して縛る。基部の短辺とおなじ長さになるようにね。それができたら全体を基部にくくりつける」

彼の指示どおりに作ったのに、出来上がったシェルターは左に傾き、奥が低くなっていた。でも、太陽はすでに山の向こうに隠れていて、改良を加えるだけの時間はなかった。それよりも、必要と思われるところに突っ張りを渡して補強することにした。けっこういっぱいあった。これでひと晩はなんとか崩れないと判断し、屋根に移った。

大判の黒いゴミ袋をかぶせただけでは、ほんものの屋根とはほど遠いけれど、それが手元にある防水シートにいちばんちかいものだった。木の枠にゴミ袋をテープで留め、風で飛ばないように上からカーゴネットをかぶせた。重しと断熱の効果を狙い、しなやかな枝や針葉をネットに差し込んだ。

ゴミ袋だけではA字形の枠をすっぽりおおえないので、隙間を枝と針葉で埋めた。薄れゆく光に注意を向けつつ、急速にさがる気温にも気を配りながらの作業では、ゆっくり動くこともつい忘れがちになった。それよりも気が急くのでついつい動きが速くなり、大きく息を喘《あえ》がせていた。

立ち上がって小さな隙間に小枝を差し込もうとしたとたん、視界が暗くなった。よろっとしてパニックに陥り、なんでもいいからつかまろうとしたが、手はむなしく空を掻くばかりで、木に頭から突っ込んだ。

視界が戻ると、雪の上に膝を突いて片腕で常緑樹の細い幹にしがみつき、心臓がバクバクいっていた。滑落の危険は冒したくないから、ひざまずいたまま歯を食いしばり、再びぎこちない手つきで隙間を埋めた。油っこく苦いものが喉元に込み上げるのをぐっと呑み込む。隙間はまだ残っていた。埋めるには這ってまわらなければならない。裾の部分に枝を立てかけておおい、その上から雪をかぶせた。雪は融けなければ、渦巻く風を防ぐ立派な障壁になってくれる。前部は一部分だけ開けておけばいい。さらに枝を集めて両側から内側に向かって、彼がもぐり込めるだけのスペースを開けて塞いだ。入り口を塞ぐためにいちばん大きな革を枠の内側に突っ込み、垂れ幕のようにした。入り口を完全には塞げないが仕方がない。隙間は服を入れたゴミ袋で塞ごう。

いちばん大きな問題は、どうやって立ち上がるか。そのまま立ち上がった姿勢を保ち、どうやってジャスティスをシェルターに入れるか。引きずってはいけない。自分自身が這うように動いているのだから。木につかまってそろそろと体を引きあげた。いつ膝ががくんと折れるかわからない。頭がズキンズキンと脈打ち、このまま気を失いそうだ。その恐れがなくなると、傾いたあばら家を眺めた。これで我慢するしかない。ほかに選べないのだから。

よろよろと斜面をおりてジャスティスのところまで戻った。実際の距離はたいしたことない。十メートル足らずだ——万一飛行機が滑り落ちたときに、その軌道からはずれるだけの距離だ。そのたった十メートルが、一キロにも感じられた。

「できたわ」喘ぎながら彼のかたわらに膝を突いた。寒さで両手の感覚はなくなり、周囲の山々がゆっくりとまわりはじめた。必死でめまいと闘う。「でも、あなたをどうやって運べばいいかわかりません。あなたが這ってくれないかぎり」

彼の目が開いた。目のまわりにできた黒いあざのせいで、虹彩がますます淡い色に見える。

「たぶん立ち上がれると思う。それができなければ這っていく」彼女の肌の青白さと体の震えと、スウェットパンツの膝から下が濡れていることに、彼は気づき眉をひそめた。「いったい自分になにをやったんだ？」彼が鋭い声で尋ねた。「いや、いい。わかっている。おれたちのためにシェルターを作るんで、自分を殺しかけたんだ。まったく、ベイリー——」

馬鹿げているが、彼女は傷ついた。彼にどう思われようがかまわないはずなのに。傷ついた自分に腹がたって、彼女もきつい声を出した。「なにもあそこで眠ってくれなくていいから。なんならここで凍えていればいいじゃない」

服の下から筋肉質の腕がぱっと出て、彼女の上腕をがっしりつかんだ。気がついたら、スペースブランケットの上に横たわっていた。彼は弱っていて怪我をしているというのに。働いたせいですっかり体力を消耗したせいだ。ぬいぐるみの人形みたいに彼にまったく無抵抗だった自分に、ものすごく腹がたった。

彼の灰色の目が冷たくなった。「おれたちは一緒に寝る。シェルターの中だろうが、ここだろうが。だが、その前に」険しい顔で言う。「きみはおれと一緒に服の山をかぶり、しばらく横になっていろ。気を失う前に」彼はそう言いながらゆっくりと辛そうに寝返りを打ち、彼女と顔を合わせた。

横になることは、痛む体やめまいを起こす頭にとっては天国だった。体があたたまることはあまりにも素敵なことで、考えただけで泣きそうになった。怒りと傷ついた心は彼女に、身をよじって彼から離れ、ドスドスとシェルターまで歩いてゆき、栄誉ある孤独の中で横たわれと命じた。でも、現実には、ドスドスと歩いてどこにも行けない。肉体的抵抗による満足は得られないとわかったので、言葉による抵抗を試みた。「あなたってまったくいけ好かないげす野郎よ。かねがね思ってたの、いやな奴だって、それが立証されました。もうあたしのチョコレート、ひとかけだってあげないから、そのつもりでいなさいよね」

「わかった、わかった」彼はそう言いながら彼女を抱き寄せ、重たい服の層と格闘してなんとか彼女をそれでくるみこんだ。それがすむともっと抱き寄せ、裸の胸に彼女を寄り添わせた。

まるで溶鉱炉の熱で包まれたようだった。もちろんそんなわけはないし、そこそこのあたたかさにすぎないのだろうけれど、体があまりにも冷えきっていたからそう感じた。冷たい顔を彼のあたたかな肩の窪みに押しつけ、背中にまわされた腕でさらに引き寄せられると、かじかんでジンジンいう手に熱が伝わってきて痛いほどだった。でもそれも一瞬のこと、あまりの気持ちよさに涙が込み上げた。でも、泣く代わりに両手を彼の脇に押しつけてもっとあたたかさを求めた。彼はぴくっとして悪態をついたものの、手を払いのけはしなかった。

彼のあたたかな喉元に向かって、さらに嫌味を並べたてた。「あなたが眠ったら、頭を縫《ぬ》った糸を全部引っこ抜いてやる。できないと思ってるとしたら、おあいにくさま。それから、服も全部剝ぎ取ってやる。あなたは自分のたった三枚の服だけで寒さと闘うんですからね。それから、マウスウォッシュのボトルも分捕る」

「シーッ」彼がささやいた。「いまは休むんだ。彼の手がゆっくりとあがってさがって、あがってさがって、背筋を撫でつづけた。「いまは休むんだ。悪態のつづきは、気分がよくなってからにしろ」

「悪態をつくのはあたしのスケジュールに沿ってやるから、あなたのスケジュールじゃなく。笑ってるの?」怒りの声をあげ、頭をぱっと上向けた。なぜって、彼の言葉からたしかに笑いを聞き取ったもの。

そうだとしても、彼女が見上げたとき、彼はその痕跡を見事に拭い去っていた。「誰が、おれ? とんでもない。さあ、頭をさげて」彼は言い、手を彼女の後頭部にあてがって軽く押した。「もっと近寄って」

近寄る？　もっと近寄るためには、服を脱ぐしかない。顔をあたたかな彼の肌に押しつけようとする手のしつこさに負けた。「あたしをあやすのはやめてください。そういうの嫌いだし、時間の無駄だから」

「そんなこと、思いもしなかった」

くそったれ、現にやってるじゃない。つねってやろうかと思ったけれど、それには体力が必要で、いまはだるくてとてもできない。いましばらくは、痛む頭をあたたかな彼の肩に載せて、ただ横になっていたかった。

眠るつもりはなかった。ブレーキのきかない貨物列車みたいなスピードで闇がちかづきつつあり、彼女にはまだやることがいっぱい残っていた。「もう起きなくちゃ。そろそろ暗くなる――」

「あと一時間は大丈夫だ。きみが五分ほど休んで体をあたためる時間はある。マウスウォッシュのボトルの雪が融けたから、また雪を入れておいた。飲みたければ一パイントほどの水がある」

飲みたいにきまってる。彼が動き回ったことに気づかなかったけれど、彼女は自分の仕事にかかりきりだったのだから無理もない。喉が渇いていたから全部飲みたいところだが、三口だけにとどめ、グブグブやって口の中であたためてから飲み込んだ。「おいしい」ため息まじりに言い、蓋をした。彼はボトルを所定の位置に戻し、また彼女を抱き寄せた。

彼の腕にくるまれ、ぬくもりに包まれて、ベイリーは筋肉の緊張をほどいていった。どうなってるの。彼には頭にきているけれど、二人一緒にいるというのは厳然たる事実だ。高い山の上で、厳しい寒さに立ち向かい、二人一緒に生き延びるか、別々に死ぬか。たったひと晩のことだ。あすになれば救助されるだろう。彼女はローガンやピーチスと合流する。いまごろ二人はやきもきしているだろう。ラフティングのパーティとはもっと下流で合流するという手もある。墜落事故に遭遇した後では、急流下りも退屈に思えるかも。うとうとしながら、彼女はそんなことを考えていた。たしかに冒険だ。冒険にすぎない。アドレナリンの噴出ということでは、生死にかかわる状況にかなうものはない。

そして、もうひとつの厳然たる事実に行き当たった。

ジャスティスは出血多量で死にかけた。頭がぱっくり割れ、脳震盪を起こした。命の危険がある低体温症になりかかった。ほかにも怪我をしているかもしれない。そういう状況をくぐり抜けてきた後で、この男ったら、その気になってる。

13

「しまった」ベイリーはわざとらしくすまなさそうに言った。「用を足したいのね、そうでしょ？　ごめんなさい、もっと前に尋ねるべきだったわ」

二秒ほどの間があって、彼が言った。「おれなら大丈夫。待てる」

「そう、あなたがそう言うなら……」

「そうだ」なんとなく苛立っている。

口元をぴくりとも動かさなかった。顔を押しつけているので、ほんのわずかな筋肉の動きも彼に感じ取られてしまう。彼が手ごろなセックス——手近で間に合わせるというような——を考えているとしても、こっちは彼の勃起を生理現象と受け取ったふりで通そう。彼をセックスの対象として考えていないことが、それで伝わるだろう。彼がどうしてそんな気になったのか理解に苦しむが、男というのはペニスが絡んでくると、往々にして現実がわからなくなるものだ。

でも、ベイリーは現実をしっかり把握しており、いま二人は悲惨な状況にあるとわかっていた。たとえ彼が怪我をしていなくても、〝やるべきこと〟リストに〝戯れ〟を含める時間も余裕もない。そうでなくても、ノーと言う昔ながらの理由はつねにあるものだ。頭痛がするとか――しかもほんもののすさまじい痛みだった。夜を過ごすためのシェルターを作らなければ、というせっぱ詰まった思いがなければ、とても動けなかっただろう。

そういえば……起きて仕事しなさい。自分に言い聞かせ、肉体的不満を押しやった。「用を足す必要がほんとうにないなら――」

「必要ない」彼がうなった。ぜったいに苛立ってる。

「だったら、計画を実行に移しましょう、ジャスティス機長」

一時間あまり後、彼女は〝あばら家シェルター〟で彼の横に文字どおり這っていき、クッションの上に崩れ込んだ。クッションはスペースブランケットでおおってあった。熱は上にあがるという法則にならい、上から掛けるより下に敷くほうがあたたかいと判断したからだ。そのほうが理に適《かな》っているのでそうしたまでだ。

傾斜を登りきるころには、ジャスティスは疲労と痛みで蒼白《そうはく》になっていた。ほんの短い距離なのに、それは果てしもない苦難の道のりであり、まるで悪夢で、たどりついたときには二人とも体が震えていた。その前に、ベイリーは彼の着替えを終えさせていた。それから斜面を何往復もして服の袋やほかの必要品を運び、ようやくすべてが片付いたころには日も暮れていた。

ベイリーは寒さで震えながらも、なんとか手を伸ばして服の入った袋を引き寄せ、シェルターの入り口をほぼ塞いだ。しばらくは漆黒の闇の中で横たわっていた。聞こえるのは自分の苦しそうな喘ぎだけだった。それから、ジャスティスが乾電池式のブックライトをつけた。小さな光が彫りの深い彼の顔に険しい影を投げかけた。必死になって彼女を抱き寄せたが、その動きが彼にもたらした苦痛がどんなものだったのであれ、表情にはいっさい出さなかった。

黙って彼女を腕で包み込み、できるだけ寄り添って寝る二人の上に、服の山をかぶせた。それから乾電池を節約するためライトを消した。そうやって、彼女の呼吸がいくらか楽になり、二人の体の震えがおさまるまでじっと横になっていた。

「きみが食べたいのなら」漆黒の闇に包まれていると、深い彼の声に気持ちが安らいだ。「スニッカーズを食べて、水の残りを飲んだらどうだ。二人ともアスピリンを二錠ほど呑んでおいたほうがいいと思う」

「ああ、ええ」それだけ言うのがやっとだった。疲れきり、全身の細胞という細胞が痛んだ。たしかにお腹がすいているが、食べるために動かなければならないのなら、食べなくてもいい。くたくたの体にクッションがなんと気持ちいいのだろう。これまでに寝たどんなベッドよりいい。彼の吐息が髪をそよがせるのを感じ、彼が息をするたび胸が動くのを感じるほど、ぴったり寄り添って寝るのは、なんだかとっても心地よかった。痛む頭を彼の肩に休め、べイリーは眠りに落ちた。

キャムにはすぐにわかった。筋肉の緊張がゆるみ、呼吸が深く安定し、彼女がだらんと寄りかかってきたからだ。冷たい額に唇を押しつけたまましばらくじっとしていた。それから顔の向きを少しずらし、頬に頬を押し当ててぬくもりのお裾分《すそわ》けをした。もし今夜を生き延びられたら、それは彼女の不屈の闘志のおかげだ――彼女が詰め込んできた信じがたい量の服のおかげもあるが。

彼女の様子を観察しようと頭を少し動かしただけで、割れるような痛みが襲ってきた。彼女が視界に入ってくるたび、じっと観察してきたが、ふらふらで立っていられず、這いずりまわっていた。彼は自分の不甲斐なさに腹がたって仕方がなかった。二人分の面倒をみようと、彼女が無理に無理を重ねているというのに、自分はただ横になっているだけで助けてやれない。ふつうの人間ならへたり込み、「もう無理」と音をあげているところなのに、彼女は己に鞭《むち》打ち、がんばりつづけた。自分の健康は度外視し、彼の世話をしてくれた。

おそらく脱水症状を起こしている。昼間のあいだ、彼女が用を足しに行くのを目にしなかった。意識を取り戻してから、彼女の様子にずっと注意を払い、視界からそれてもその動きを耳で追った。水をほんの数口飲んだだけで、一日中働きづめだった。

それに比べ、彼は失った分の水分を補給することに努めた。一度に少量ではあったが、マウスウォッシュのボトルで融かした雪を定期的に飲み、なくなれば手が届く範囲の雪を集めて補給した。一度、苦労して寝返りを打ち、用を足した——雪の補給場所は慎重によけて——そのころ、ベイリーは自分の任務を遂行するのに一所懸命で、気づきもしなかった。

彼女はあまりにも疲れきっているから、食べたり飲んだりする前に眠らせてやりたかった。彼女を抱いていることはそれほど大変ではない。あいだに何層もの服があっても、彼女の体の引き締まり具合や胸の弾力は感じ取れた。よほど体を鍛えているのだろう。彼の好みからすれば痩せすぎだが、筋肉の締まり方はダイエットのせいではなく、運動で作ったものだ。

体に筋肉がついていれば、夜の寒さをそれだけしのぐことができるが、それでも、彼よりは寒さに弱いだろう。できるだけ眠らせてやりたいもうひとつの理由がそれだ。気温がさがりつづければ、彼女はますます寒くなる。これだけの服にくるまれていても、二人とも寒くなる。たがいの体温であたため合えば、ある程度快適に過ごせるだろう。だが、夜明けには気温がマイナス二十度にはなる。風速冷却でもっとさがるだろう。ふつうの人間の常識からして、ものすごい寒さだ。シェルターは風を防いでくれても、空気は通す。今夜ひと晩気合を入れて、彼女を抱いていてやらなければ。

えらいことだ。

この状況に付け込むことはべつに恥でもなんでもない。ただし、彼自身が付け込める状態にいればの話だ。もっとも、どうなるかやってみなければわからないが。今夜のところは、たがいの腕の中で――文字どおり――過ごすだけで充分だ。あすの朝いちばんに救助されたとしても、その可能性はないと思うが、今夜のことはきっと二人の絆になる。生き延びるために体温であたため合った仲だ。真っ暗な中で、長い時間語り合った仲だ。氷のような冷たさに逆戻りはしないだろう。万一そうなったら、ただじゃすまさない。

自分から女を追いかけたことはない。その必要もなかった。よほどの醜男でないかぎり、パイロットは女を追いかけない。テキサスで生まれ育ち、高校時代はフットボールでならしたから、当然女の子にもてた。高校を出るとまっすぐに空軍士官学校に入り――クールな制服やら軍人としての男の誇りやら――そこでも問題はなかった。それから飛行訓練学校に進み、パイロットの資格をとり、昇進していった。そのころに大佐の娘と結婚したので、寄ってくる女たちには見向きもしなかった。除隊して、離婚してからも、事情はあまり変わらなかった。いまの彼はパイロットであり、企業経営者であり、ブレットのように女の尻ばかり追い回しはしないが、セックスしたくなれば相手に不自由しなかった。

だが、ベイリーは全身から〝あたしは難しい女よ〟のサインを発していた。彼のナニが立ってもうろたえなかった。興味もまるで示さなかったが。結婚していたのだから、レズではないのだろう。とすると、彼にまったくこれっぽっちも関心がないか、彼女が自分の周囲に張り巡らしているくそいまいましい壁のせいだ。どっちにしても、挑戦のしがいがあるというものだ。捕食者の満足の笑みを浮かべそうになった。

一時間は眠っただろうから、そろそろ起こしてもいい。目を覚ましたとき彼が誰だかわからずぎょっとしないように、ブックライトをつけ、揺り起こした。「ベイリー、食事の時間だ」

彼女は目を覚ましかけたが、揺するのをやめたらすぐにまた眠りに落ちた。もっと強く揺すった。「さあ、ハニー、食べたくなくても、水は飲んだほうがいい」

彼女の目が開き、まばたきし、ここはどこ、と言いたげにあたりを見回した。それから彼に目を向け、服の山の下で彼の手首を握った。「ジャスティス？」

「キャム。一緒に眠っているのだから、名前を呼んでくれるべきだと思う」

眠そうな笑みが口元に浮かんだ。「押しつけないで。そういうことは急かされてできるものじゃありません」

「そんなつもりはない」小さな光の中で、できるかぎり彼女の顔を観察した。はっきりとは言えないが、まだ青白いようだ。右の頬がわずかに腫《は》れて、目の下のくまは濃くなっている。肉体を酷使して、それでも頑張りつづけたのだ。「目のまわりにくまができている」彼は言い、手を出してそっと頬に触れた。

「だから？　あなたの目のまわりも黒ずんでいるわよ」

「なにもこれがはじめてじゃない」

彼女はあくびをした。「疲れているの」眠そうな声だ。「どうして起こしたの？」

「水を飲む必要がある。脱水症だ。それにできればなにか食べたほうがいい」

「あなたこそ、大量の血を失ったじゃない。あたしよりあなたこそ、水を飲む必要があるわ」

「おれは少しずつ飲んでいた。雪が融けるたびにね。さあ、つべこべ言わずに飲め」腰に添わせて置いてあるマウスウォッシュのボトルを取り出すと、彼女はおとなしくふた口飲んだが、それすらも辛そうだった。手の中でボトルが傾き、貴重な液体がこぼれ出しそうになったので、慌てて取り上げ、蓋をした。

「よし」元気づけるように言った。「スニッカーズの残りはどうだ？　おれと半分こしないか？」

「あたし、眠いの」彼女が焦れて言った。「手が痛い」

「わかってる、ハニー。アスピリンを呑んだほうがいいって言っただろ。憶えてるか？　その前に胃になにか入れておかないと、気分が悪くなる。嚙め」口元にキャンディバーを持っていくと、彼女はちょこっと嚙んだ。彼女が呑み込むのを見届けてから、自分も食べた。彼女にまたひと口食べさせる。残りを口に入れるとキャンディバーはなくなった。

つぎに、彼女がシェルターに運び込んでおいた救急箱を開かねばならない。そのためには肘を突いて上体を起こす必要がある。その動きに全身の筋肉が抗議の悲鳴をあげ、頭にいたっては反乱を起こした。しばらくじっとして吐き気と闘い、頭の痛みが激痛から苦痛程度におさまるのを待った。

目を開けると苦痛の涙で視界がぼやけた。彼女はまた目を閉じていた。「ベイリー、起きろよ。アスピリン」

彼女はまた苦労して目を開けた。薬箱からアスピリンを探し出した。一回分ずつ小分けされ、四角い袋に入っていた。袋を歯で破り、まず二錠を自分が呑み、二錠をベイリーに呑ませた。それぞれが水でアスピリンを流し込むと、夜のあいだに水が凍ってしまわないよう、ボトルをまた元の位置にもどした。

ブックライトを消すと闇に包まれた。手探りで彼女の位置を確認し、向き合うように寝返りを打たせ、脚と脚を絡めた。彼女が頭に服をかぶせたことを思い出し、服を一枚引き揚げて頭をおおった。それでも空気が入り込む隙間はあり、硬い氷がそこにあるように感じたが、吸っている空気はいくらかあたたかだった。

「おやすみ」彼女がつぶやいた。呂律がまわっていない。体をひっつけてきて、肩に顔を押し当てた。

「おやすみ」彼は言い、額にキスして腕を腰に回し、眠りが訪れるのを待った。

14

寒くて目が覚めた。不安な眠りから覚めると体が震えていた。全身が痛み、なんだか惨めな気分だった。あたりは真っ暗で、パニックに陥りそうになり、紛れもない誰かの腕にしっかり抱かれている感覚がなかったら、ほんとうにパニックに陥っていただろう。無意識のレベルで、彼の匂いと感触から、大騒ぎすることはないとわかっていたのだ。

いいえ、あるかも。彼の左手がスウェットパンツと、それに、下着のゴムのウェストバンドをもぐって入り込み、裸の尻を触っていた。

そこで気づいた。自分も肌のぬくもりを求めて、両手を彼のシャツの下にもぐり込ませていることに。

二人をおおう服の層を通して、寒気が沁み込んできていた。背筋がぞくっとする。上掛けに隙間があるの？　服を押しのけてしまったのではないかと、背中に手をやった。

「目が覚めたのか？」キャムが低い声で言った。もしまだ眠っていたら、声で起こさないよう気を使ったのだ。音が彼の胸の中で震動しているのを感じた。男らしい深い響きだ。もっとちかづきたい気にさせる。肉体的にそれが可能ならば。

「寒いの」彼女はささやき声で答えた。「手をどけていただけるかしら?」

「どっちの手? こっち?」お尻の窪みに向かって指を小刻みに動かした。ちかい、ちかすぎる。気持ちが乱れるじゃないの。

「ジャスティス!」鋭い警告を発し、目を細めて彼を睨んだが、暗闇では無駄な動作だ。

「おれは頭に損傷を負った、憶えてるか? 自分の行動に責任をもてない——というか、手の動きには。それ自身が意志をもって動いている。おれのあずかり知らぬところでね」

フフンと鼻を鳴らしたが、ほんとうは笑うまいと必死だった。こんなふうに暗闇で彼と寝るのは魅惑的だ。生き延びるためにこうしているのだけれど、彼の下心を知ったからといって、こういう状況で培われた親しさは少しも損なわれなかった。生来の警戒心が警報を鳴らしはじめた。用心しなければ、両親を含むたくさんの人間の人生に厄介事をもたらしてきた衝動的な関係に、彼女も流されていってしまいかねない。そういう行き当たりばったりの生き方は家族みんなに迷惑をかけるから、理性が感情に支配されないよう、細心の注意を払ってきた。

ベイリーは衝動的にならない。財政面でも、私生活においても。キャム・ジャスティスのことは知らない。数年前から顔は知っているが、人となりは知らない——親しい付き合いはしたことがない。この十二時間で彼がそんなに変わるとは思えないし、自分も変わるわけがない。ほんの短時間のあいだに、たがいをかろうじて我慢していた関係から、一緒に眠る——むろん文字どおりの意味——関係にまでいったことは、それだけでも度肝を抜くようなことだ。こういう状況だからといって、愚かな判断を下したりはしない。

だから、笑うかわりに言った。「どかせるか、失うか」

「使うか、失うか、なんじゃないのか？」おもしろそうな口調だが、それでも手をパンツから引き抜き、シャツのすぐ下あたりに指を押し込んだ。そのことにいちいち文句はつけなかった。彼女自身、彼の肌の上で手をあたためたままだから。

それに、彼に触っていたかった。そこでまた警報が鳴ったが、そのことにちゃんと向き合うのはもっと危険だという事実には目をつぶった。触れたいと思わないほうがおかしいんじゃない？　長身で筋肉質の引き締まった体だもの。ハンサムではないが、荒削りの顔は魅力的だ。その顔が、ベッドの上で自分を見下ろしている場面がパッと浮かんだ。力強い腕を彼女の両側に突いて、彼女は脚を腰に絡ませ——

そんな妄想を振り払う。暴走しないの。性的魅力に反応したことが、信じられなかった。脳の意思決定よりホルモンが優勢になる状況があるとしたら、まさしくこれがそうだ。魅力的であればあるほど、自分をきちんと抑えなければ。実を言えば、強く惹かれる男は、自分から避けるようにしてきた。これまでに情熱的な関係をもったことはないし、恋に落ちたことはないし、いまからそうしようとは思わない。愛と情熱にはかならずこういう看板がついている。『注意せよ。馬鹿な真似をしかねない』

背中と脚が痛くて寝ているのが辛かった。なんとか楽な姿勢をとろうと寝返りを打った。全身あざだらけだろう。墜落事故にあったのだから、痛くて当然だ。またゾクッと寒気がした。「いま何時?」朝がきたら、動き回れるし、気温もあがるだろう。

彼がまた左手をもぞもぞやってもちあげ、腕時計の横のボタンを押すと、文字盤が一瞬あかるくなった。「四時十五分。四時間眠ったな。気分はどうだ?」

彼が、あたしに、そんなこと訊く? 頭に裂傷を負った彼が。出血多量で死にかけ、低体温症で死にかけた彼が。脳震盪を起こし、自力では動けない彼が。支えがなければ十メートルと歩けないだろう。こういう現実離れしたところが、男の染色体の欠陥なのだろう。

「頭痛がして、全身の筋肉が痛くて、寒い。それ以外は元気です。あなたは?」

彼は返事をする代わりに、ベイリーの顔に触った。肌に触れる指が冷たい。「熱があるようだ。寒いと言ったね。でも、きみの肌は熱い。もしきみがこれだけの熱を発していなければ、おれもきっと寒いんだろう」

「熱はありません」筋がとおらないが、侮辱されたような気がした。「熱があれば病気に罹《かか》ったってことで、それはないもの。つまり、そういう病気には罹っていません。高山病には罹っていて、救急箱に入ってた手引書によれば、高山病は発熱を伴わないんですって。頭痛とめまいはたしかにある。あった。いまはめまいがしない。でも、立った状態にないからわかりません」

病気になんてなっていられない。やることが山ほどある。休暇中なのだ。この馬鹿たらしい山から救い出されたら、ローガンやピーチスと一緒に急流下りをするのだ。病原菌ごときに計画を邪魔されはしない。

「いまも言ったとおり、きみは熱がある」彼女が否定したのを無視して、彼が言いつづけた。「最近、ウィルスに感染した覚えはないか？」

「いいえ、それに、もしわたしが感染していたら、あなたにうつっているはずでしょ。おなじボトルの水を飲んだもの。だから、罹っていないことを祈るのね」頭にきた。彼と顔を合わせたくないから、右に寝返りを打った。とたんに右腕に痛みが走った。いったい――？

「クソッ」つぶやき、もっと大声で言った。「クソッ！」

「なにがクソッなんだ？　どうかした？」彼がブックライトをつけたので、発光ダイオードの小さな光に目がくらんだ。

「お気の毒さま。ウィルスではありません。けさ……きのうの朝……腕に金属の破片が刺さった。引き抜いてそのまま忘れていた。それがいま、腕が痛むの。傷口からばい菌が入ったんだと思う」むっつりと言った。オーケー、それで熱がある。くそったれ。

「つまり、きみはぼくの手当てをして、自分の手当てはしなかった」彼の声から呆れているのがわかった。「どっちの腕？」

「右」

「見せてみろ」

「夜が明けるまで待てます。ここじゃ起き上がることもままならないし、だから——」

彼女のいちばん上に着ているシャツのボタンを、彼がはずしはじめていた。彼に道理は通用しないから、その手を押しのけ、自分ではずした。「わかった、わかりました。数時間待ったからってちがいはないと思うけど、傷口に抗生剤入りの軟膏を塗ってバンドエイドを貼ったら、あたなの気がすむなら——」

「まったく、なんて怒りっぽいんだ。起きぬけはいつもそうなのか？」

「いいえ、熱があるときはいつもこうだけど」ぴしゃりと言い、最初のシャツをなんとか脱いで、二枚目に移った。「ちくしょう。クソッタレ！　病気になってる暇なんてないのに」

二枚目を脱ぐ。

「気をつけろ」彼は言い、興味深げに眺めていた。「いったい何枚着てるんだ？」

「三枚か四枚。寒かったし、すてきにあったかなダウンベストをあなたに譲ってしまいましたから」

「心から感謝しております」

「嘘ばっかり、ジャスティス。気づいてもいなかったくせに。なにもわかってなかったくせに」

最後のシャツを脱ごうとして、手をとめた。ブラをしていない。上半身裸になって、彼を楽しませるつもりはない。彼に付け込む隙は与えない。なんとかうつ伏せになろうとした。これだけの服をかぶって寝ていることを考えたら、思ったほど大変ではなかった。土手に放られた魚みたいな気分だが、なんとかうつ伏せになってシャツの袖から痛む腕を引き抜いた。

「さあ」スペースブランケットに向かってつぶやいた。

「おいおい、ベイリー、傷口を消毒もしなかったのか！」困惑の態《てい》だ。

「ええ、ほかのことで頭がいっぱいでしたから。あなたが大量出血で死ぬのを食いとめることとか、二人とも凍死するのを食いとめることとか」皮肉たっぷりに言った。ほんとうは自分でも困惑していた。「つぎのときには、自分のことをいちばんに考えます」

「ウエットティッシュはどこにしまった？」

左手で手探りし、ウェットティッシュのパックを見つけて放った。「さあ、これ」

ティッシュはひやっとしたが、気持ちよかった。彼が傷口に触れるとズキンと痛みが走った。「痛っ！」

「無理もない。なにかに刺されたような痛みか？」

「ええ、でも――」

「こいつのせいだ。いちばん大きな破片は抜き取ったんだろうが、小さなのが残っていた。針みたいに細いやつだ……じっとして……よし、取れた」

焼け付くような痛みに歯を食いしばった。彼は上腕三頭筋を摘んで傷口から血を出し、もう一方の手で流れ出た血を拭っていた。おもしろくないけれど、頭の傷を縫うあいだ彼は静かにしていたから、彼女だって、腕の傷を手当てされているあいだ、静かにしてられるはずだ。

「皮膚が熱をもち、少し腫れている」彼が言った。「だから、そうだな、これが発熱の原因だろうな。だが、赤い筋は見えない」軟膏がひやりとして、圧迫を感じるのは、傷口に接着ガーゼ包帯を当てたからだろう。二枚当てたから、傷口はふたつなのだろうか。ひとつか、ふたつか、自分ではわからなかった。「これで感染を抑えられることを祈ろう」

彼に背を向けたままシャツに袖を通し、ボタンをとめた。イブプロフェンを呑んで熱をさげれば、気分はよくなるだろうが、吞まないことにした。熱はそれほど高くない。体が疼く程度の熱だが、熱は感染に対する武器になる。免疫システムが侵入してきたバクテリアと闘うあいだ、少々の不快感は我慢しなければ。

「残っている水を飲め」彼が言い、マウスウォッシュのボトルを取り出した。「四の五の言いっこなしだ。熱があるんだから、水分を取らなければ脱水症になる」

四の五の言わなかった。なにも言わずに水を飲んだ。あと二時間もすれば夜が明ける。そしたら雪を融かせばいい。いまは休息が必要だし、少しはあたたかくなるだろう。

横向きのまま足を引きあげて丸くなった。ジャスティスが服をもっと掛けてくれたので、重くて動けなくなった。それから腕をウェストにまわして自分のほうに引き寄せた。彼女の背中が胸に、お尻が股にぴたりとひっつくように。腿《もも》で腿を抱くように。

体をぴたりとくっつけるのは……いい気持ち。それに、びっくりするぐらいあたたかい。あと二時間ほど我慢しよう……日が昇るまで。

彼が怪我していて、ほんとうによかった。あすになれば救助されるだろうから、そしたらもう大丈夫。そうでないと、彼に対する抵抗力を本気で強化しなければならない。

15

セス・ウィンゲートは、早起きが苦手だが、翌朝はそのことが問題にはならなかった。一睡もしていなかったのだから。いつもの晩なら、十時半か十一時ごろにシアトルのいちばんホットなナイトスポットに繰り出し、一時すぎに別の店に移っていただろう。どこかでかわいこちゃんを拾い、ちょっとクスリをやってその気になれば、人気《ひとけ》のないところで彼女といっぽつやり、浴びるほど酒を飲み、明け方に家に戻り、ベッドまでたどりつけなければソファに倒れ込んでいただろう。それがいつもの夜の過ごし方だ——だが、そうはしなかった。

クラブに繰り出す代わりに家にいた。地元のテレビ局はこぞって、消息をたった飛行機のニュースを流した。新聞とテレビの記者二人が電話をよこし、メッセージを残した。タムジンも二度電話をかけてきて、二度ともメッセージを残したが、馬鹿女と話をする気になれないので、こっちからかけ直さなかった。彼女がどんな途方もなく馬鹿な話をするつもりだったかは、わからずじまいだ。留守番電話に残っていた彼女のメッセージだって、馬鹿丸出しだ。「家に戻ったら電話ちょうだい。いつごろ、あたしたちのお金を手にいれられるようにしてくれるの？　それはそうと——ありがと。どうやったか知らないけど、すごいわよ、あなた！」

彼女は携帯にメールも送りつけてきた。もっと頭にくる内容だった。しまいには電話も携帯も電源を切った。留守番電話を処分して、あたらしいのと買い換えなければ。いま使っているのはデジタルだから、メッセージを消去しても、科研のコンピュータおたくが消去されたメッセージを読み取るかもしれない。用心するにこしたことはない。

これはあたらしい展望だ。〝用心〟という文字は彼の辞書にはないのだから。〝素面《しらふ》〟もしかり。だが、その晩、その言葉を辞書に加えた。酒かクスリ——種類は問わず——が欲しくてたまらなかったが、我慢して一滴も飲まなかった。その筋の人間が——今度の場合はどの筋でも——やってきて、義母や飛行機事故のことを尋ねたとき、ぬかりなく応対しなければならない。かっとなったり、酔っ払っていて、なにか馬鹿なことを口走ったらたいへんだ。綱渡りをやりきらなければ、ド壺にはまることになる。

セスは夜のあいだじゅう歩き回っていた。豪壮なコンドミニアムの部屋から部屋へと歩き回り、他人のものを見る目でそこにあるすべてを見て回った。己の魂を探す亡霊みたいにうろつき回って、酒を飲みたい衝動と闘い、自分の中の暗部と向き合っていた。

夜が明けるころには、自分がすっかり細くなり空っぽになった気がした。ほんものの亡霊になった気分だ。なにもやり遂げることはできない気がした。そんな気持ちははじめてだった。と同時に、これほどなにかをやり遂げなければと思ったのもはじめてだった。後戻りできない地点が、足元にぽっかり穴を開けている気がする。いま行動を起こさなければ、二度とチャンスはつかめないし、やり遂げようとする意志ももてないだろう。

空がようやく白みはじめ、南東の方角にあるレーニア山の雪をかぶった頂を美しく輝かせるころには、なにをすべきかわかっていた。

まず腹ごしらえをしようとキッチンに行った。自宅で食事をすることはめったにないから、食材は揃っていない。スライスチーズが冷蔵庫に入っていた。包みを開きもせず入れっぱなしだったから、カビが生えていた。取り出して捨てた。トーストにするパンもない。コーヒーがあったから淹《い》れた。戸棚に湿気《しけ》た塩味のクラッカーがあった。ボウルの中で腐らずに干からびたリンゴがあった。リンゴとクラッカーでとりあえず胃袋を満たすと、吐き気がおさまった。コーヒーを飲んだら頭がいくらかすっきりした——しゃきっと目覚めるところまでいかないが、ぼんやりもしていないので、さしあたりこれでよしとしよう。

シャワーを浴びてヒゲを剃り、いちばん無難な三つ揃えのスーツを着た。普段着やクラブに繰り出すときの服や、ヨット用の服はうなるほどあるのに、かちっとした背広を着なければならない状況を極力避けてきたので、選択の幅はかぎられていた。それに比べて、父はスーツを五十着は持っていただろう。あばずれベイリーは、あれをどうしたのだろう。ゴミ箱に捨てた。おそらく。

鏡に自分を映してみる。前日にやったように。目の下にくまができて、表情は……変だ。それ以外に表現のしようがなかった。まるで自分じゃないみたいだ。

それから車に乗り、ぜったいにやらないつもりでいたことをやった。ウィンゲート・グループの本社に向かって、一路車を飛ばしたのだ。

社員証を持っていなかったのでセキュリティ・チェックポイントを通過できないとわかり、驚いたし、むっとした。ここはたかがオフィスビルじゃないか。ホワイトハウスじゃあるまいし。郵便局でもあるまいし。父が生きていたころは、好きなときに出入りできた。もっとも、来たいと思って来たことは一度もなかったが。ここに来るのは……五年、いや六年ぶりか。ガードマンの一人として見覚えがないのも仕方がない。

ガードマンの一人が最高経営責任者（CEO）のW・グラント・シーボルドに連絡をとるあいだ、セスはまわりを見回した。子どものころ、シーボルドは〝グラントおじさん〟だったが、いまはちがう。父の葬式以来グラントに会っていないし、連絡をもらったこともなかった。葬式のときだって、あの野郎、ベイリーにやたらへいこらしやがって、だから声もかけなかった。ベイリーがいないいま、莫大な遺産の管理をしなくなったいま、グラントも態度を変えざるをえない。ざまあみろだ。

ようやく入館許可が出て、許可証を上着の胸ポケットにクリップで留め、ミスター・シーボルドのオフィスまでの行き方まで教えてもらった――父親のものだったオフィスなのに、道順を教わるとは、いやはや。

だが、オフィスのレイアウトは変わっていた。エレベーターが開くとそこは広々としたロビーで、その先がもっと広いウェイティング・エリアになっていた。掛け心地のよさそうな椅子が数脚、青々とした植木に、壁に作りつけの熱帯魚の水槽、さまざまな読み物が置いてある。つまり、長いこと待たされるのを覚悟しろということだ。ここを守るのが見事なまでにプロに徹した女で、歳のころは四十代半ばから後半、そのデスクは湾曲したダブルドアの脇にあった。デスクの上のネームプレートから名前はヴァレリー・マディソンだとわかった。会うのはこれがはじめてだ。彼が最後に会ったグラントの秘書は、白髪混じりの眼鏡をかけた五十代の女で、いつもキャンディをくれた。もう退職したか、死んだのだろう。

「お掛けください」ヴァレリー・マディソンが受話器を取り上げながら言った。「ミスター・シーボルドのアシスタントに連絡いたしますので」

おや、彼女はグラントの秘書じゃないのか？　このご時世、秘書――おっと失礼、アシスタント――が秘書を使っているのか？

セスは椅子に座らなかった。水槽の中で水泡がゆっくりとあがってゆくのを眺め、魚が目的もなく泳ぎ回るのを眺めた。こいつらはなにも成し遂げず、どこへも行かないが、それが人生の特別の目的であるかのように、水槽の中で果てしもない円運動を行なっている。あまりにも馬鹿だから、不幸だとも思わないのだろう。

背後で、アシスタントの秘書の電話が小さく鳴った。ささやき声がしたが、声が低すぎてなにを言っているのかわからない。彼女は受話器を戻して立ち上がり、ドアを開いた。彼は黙ってうなずき、ドアを抜けた。そこにはもうひとつの秘書室があった。こっちはもっと狭くてもっと居心地がいい。オフィスというより趣味のいいリビングルームだ。ニューエイジの音楽だろう、耳にやさしい音楽が、部屋の四隅から滲み出してくる感じだ。こんなのを一日中聞かされたら頭がへんになる。

フランスのアンティークのライティングデスクの上には湾曲した台座が置かれ、フラットスクリーンのマックが載っていて、それに向かう女は、さっきの女より少し歳をくっていて、少し丸みがあるが、事務的な感じはおなじだ。白髪混じりの髪はうなじのところで8の字に結ってあり、生き生きとしたブルーの目は穏やかで、あいまいだ。「どうぞお掛けください」女が言った。「ミスター・シーボルドは電話が終わりしだいお目にかかります」

ネームプレートは真鍮《しんちゆう》の棒に彫り込んだものだった。ダイナ・ブラウン。ふざけたことを許さないという感じの名前。まさに名は体を表わすだ。彼は言った。「グラントの前の秘書の名前を思い出そうとしていたところだ」

「それならエレノア・グレイズです」

「ミセス・グレイズ！」彼は言い、指を鳴らした。「そうそう。よくキャンディをくれたよ。いつ退職したの？」

「退職はしていません」ダイナ・ブラウンが言った。「重い心臓発作で亡くなりました。十二年前です」

十二年――知らなかった。知っている必要があるか？　でも、父が話題にしていてもよさそうなものだ。あるいは母が。シーボルドは彼らの親しい友人だったし、秘書を亡くしたらさぞショックだったろうに。

あるいは話題にしていたのかも。彼が耳を傾けなかっただけで。両親の言うことなんて、半分も聞いちゃいなかった。彼が人の話を聞かないことは、いまでは芸術の域にまで達している。

「そうぞお入りください」彼女が席を立ち、ドアを開けてくれた。「ミスター・シーボルド、ミスター・ウィンゲートがお見えです」

セスは父のだったオフィスに足を踏み入れた——少なくとも、ここがおなじオフィスであることはたしかだ。場所はおなじだ。それ以外のものは、あまりにも変わりすぎていて、とてもおなじとは言いがたい。父はすっきりと片付いた部屋が好みだった。スタイルより機能を重視した。家具は革張りだった。グラント・シーボルドのオフィスは、秘書室と同様に居心地重視で、スタイリッシュだが人を招き入れる感じだ。家具は布張りだ。ここにはニューエイジの音楽は流されていなかった。

「セス」グラント・シーボルドがデスクの向こうで立ち上がった。あいかわらず引き締まった体つきで、痩せぎすと言ってもいい。すっかり白くなった髪は少し薄くなっていた。その視線は鋭く、洞察力に富んでいる。「ベイリーについてなにか知らせは？」

シーボルドのほうから尋ねると思わなかったので、ちょっと驚いた。ほんとうに心配しているのが声からわかって、もっと驚いた。セスがベイリーを嫌っていることは、父の昔からの友人や仕事仲間にはつとに知れ渡っており、それはベイリーがしゃしゃり出て来て莫大な遺産の管理をすることになったせいばかりでなく、亡き母親のためだと思われているはずだ。父が亡くなると、彼らがベイリーとの交際を断ってしまったことが、彼に大いなる満足を与えた。

「なにも」セスはそっけなく言った。

「ひどいことだ。連絡があるかとひと晩中起きていた」グラントは言い、手ぶりで椅子のひとつを勧めた。「座ってくれたまえ。コーヒーは?」

「ええ、ありがとう」ここでまたカフェインを摂取しても毒にはならないだろう。椅子に腰をおろす。「ブラックで」グラントは握手の手を差し出さなかった。わざと省略したのだ。ビジネスの世界で、握手は呼吸とおなじあたりまえのことだ。セスを古い友人、息子みたいな存在と思っているから省略したとは思えない。いや、セスと会うのはおもしろくないから、歓迎しているふりをするのもいやだという微妙な意思表示だ。

コーヒーが出され、グラントが椅子に座り直すのを待って、本題に入った。「ベイリーが亡くなったいま——」

「彼女が?」グラントは眉を吊り上げた。「なにも連絡を受けていないと思っていたが」

「受けていません。でも、そう考えるのは当然でしょ。飛行機は消息を断ち、彼らはどこにも姿を現わしていない。機械の故障なら、パイロットは田舎の空港や道路や野原に緊急着陸しているはずだ——そういう知らせは入っていません。無線連絡しているはず。連絡がないということは、墜落したってことで、彼らは死んだ」

「裁判所はそういうふうには見ない」グラントが冷ややかに言った。「ベイリーの死が確認されるか、それ相応の時間が経過し、彼女の死が宣告されるまで、彼女はきみたちの信託資金の正式な管理者だ」

グラントの顔がそう言っていた。セスがやってきたのは、自分の金をいつから管理できるか知るためだ、と。その金の一部はウィンゲート・グループの株につながっている。グラントは信託資金の受託人の一人だが、顧問の立場で、最終決定はあくまでもベイリーが行なう。

「彼女がここにいないんじゃ、管理しようにもできないでしょ」苛立ちを声に出さないのがひと苦労だ。

「規定で自動的に分散されるようになっているから、きみは心配することない。小遣いはちゃんと受け取れる」

小遣い？　その言葉が脳裏に焼きついた。三十五の男をつかまえて、十歳のガキ扱いするのか。侮辱されたと感じるのははじめてだった。信託資金は自分に与えられた正当な遺産だと思っていた。それを小遣いとは。

「会計監査を求める」思わず言っていた。「あのクソ女がどれぐらい吸い出したか知りたい」

「それはまったくない」グラントが吠え、怒りに鋭い目を細めた。「それどころか、彼女のおかげで資金は順調に増えている。きみの父親がなぜ彼女を選んだと思っているのかね？」

「あの女が親父をたぶらかして、なにも見えなくさせたからだ！」セスも怒鳴り返した。

「その逆だ。そもそもあの考えは彼から出たことだ！　彼女を説得して、結婚にこぎつけて、すべての――」グラントは言葉を切り、頭を振った。「もういい。ジムが計画のことをきみに話さなかったのなら、わたしから言うことではない。きみのことは、彼のほうがよくわかっていたはずだからな。わたしに言えるのはこれだけだ。ベイリーはきみたちの金を、自分の金とおなじように大事に扱ってきた。それは大変なことだぞ。彼女ほど慎重な投資家はいないし、きみとタムジンに毎月払われるもの以外、一セントだって減ってはいない」

セスはほっとした。グラントが言った金のことはすべて聞き飛ばした。「計画？　なんの計画だ？」

「いまも言ったが、わたしは言う立場にない。話はそれだけなら――」

「いや」セスは手に持ったコーヒーに視線を落とした。自分から避けていたことに腹がたった。ここにきてベイリーについて話をしなかったし、自分の金のことを尋ねもしなかった。どんなふうに話題を持ち出すのがいちばんいいか考えてみても、単刀直入に言う以外なにも浮かばなかった。強制されているようで癪《しゃく》に触るが、いま言わなければ一生言えない。

「仕事が欲しい。そろそろビジネスについて学びたい……口があれば」自分から頼むのはいやだった。ここは父の会社だ。黙っててもポストが与えられてしかるべきだが、自分からわざと距離を置いてきた。黙っててもなにかしてもらえるわけがない。

グラントはすぐに返事をしなかった。椅子にもたれかかった。鋭い眼差しからなにも窺《うかが》い知れない。しばらくして、口を開いた。「どんな仕事がいいのかね?」

思わず言いそうになった。「副社長なんていいかなと」だが、言葉を呑み込んだ。お願いする立場だということは、いやというほどわかっていた。よい評判を築いてこなかったのだから、仕方がない。「なんでも」ぽつりと言った。

「それなら、メール・ルームであすから勤務してくれていい」

セスはやる気を失った。メール・ルーム? 角部屋にオフィスを構えられるとは思っていなかったが、オフィスぐらいはあてがってもらっても……いや、少なくとも仕切りぐらいは。どうせなら清掃係にしたらどうだ? 答えが頭に浮かび、わびしい笑みを浮かべた。「オフィスの清掃はプロに委託してるんだっけ?」

「そのとおりだ。本気で働くつもりなら、どんな仕事であろうと本気で取り組んでもらいたい。さぼったり遅刻したりしたら——あるいはまったく顔を見せなかったりしたら——いつもの気まぐれだったと判断する。わたしの時間は貴重だ。きみにかかずらって無駄にするつもりはない。きみが無駄ではないと証明してくれないかぎりは」

「わかりました」そんな言葉は言いたくもなかった。お願いする立場に立つなんてまっぴらだと思った。だが、自分でそうしたのだ。誰も責められない。「ありがとう」コーヒーをテーブルに置いて立ち上がった。グラントが指摘したとおり、彼の時間は貴重だ。

「ひとつだけ」グラントが言った。

セスは立ち止まり、待った。

「なぜここに来る気になったのかね？」

セスはまたわびしい笑みを浮かべた。今度は苦々しさも混ざっていた。「鏡で自分の顔を見たから」

16

ベイリーは、シェルターの入り口から服の入ったゴミ袋をどけ、灰色の朝の光のなかに這《は》い出した。片手を雪の上に突いて、まわりの白い世界を見渡した。「クソッタレ」

「どうかしたか？」ジャスティスが背後から尋ねた。

「また雪が降ってた。機体が雪におおわれているわ」完全にではないが、それにちかい。雪をかぶっていたのでは、空からの捜索が難しくなる。たとえ山が湿った雲の冠をかぶっていなくても。現実にはかぶっていて、視界はせいぜい十五メートルどまりだ。傷口に塩を塗られたのとおなじ。熱波がやってくるか、乾燥した暖風が吹きおろすかして雪を融かし、救助隊を少しは楽に待てるようにしてくれたっていいじゃない。寒いんだから、あたたかくなりたいんだから。頭はまだ痛かった。全身が痛かった。熱もまだあった。このクソいまいましい山から救助されることだけを望んでいるのに、いままた――雪だ。ありがたくて涙が出る。

夜明け前に、断続的な眠りに落ちた。いまはもう太陽が昇っている。雲がかかっているからこの目で見たわけじゃないけれど。それに、自然が呼んでいた。ジャスティスもそうだった。彼に手を貸さなければという思いと、それまでとても待てないという思いに引き裂かれていた。でも、とても待ってられない。「すぐに戻るから！」そう声をかけ、急いで——急げる範囲で急いで——木立の奥に分け入った。戻ってみると、彼は自分ですませていた。こちらに背中を向け、木にもたれかかって。

彼女はそこで立ち止まった。彼を一人にしておいてあげなくちゃ。少し動いただけなのに疲れ果てていた。目を閉じる。自分の具合の悪さを実感した——耐えがたいほどではないが、弱っていて足元もおぼつかなかった。発熱と寒さと高山病、それに加えて食事と水の不足から、きょうはあまり動けないだろう。やることもないし、それはそれでいい。キャンディバーがもう一本あるからそれを食べ、雪を融かして飲み、捜索隊が見つけ出してくれるまでシェルターで休んでいればいい。

ジャスティスはきのうよりよくなっていた。自力で数歩なら歩けるが、ひどいありさまだ。頭の半分に大きな包帯を巻き、目のまわりは黒ずんで腫れ、ほとんど目を開けていられない。それにあちこち傷だらけだ。シェルターで横になっているのがやっとだろう。

彼女はちょっと頭にきていた。不公平だ。なんで自分が熱を出して、彼は出していないのか。頭にすごい傷を負って、脳震盪も起こして、野外で素人に傷口の縫合をされたくせに。

彼女のほうは、ほんの小さな刺し傷だけだ。理屈に合わないじゃないの？　いまさら遅いが、マウスウォッシュを腕の傷にかけておけばよかった。

「もう目を開けてもいいぞ」ジャスティスに言われ、彼女はゆっくりと目を開けた。

彼は木にもたれかかっていた。用を足すだけのことで、疲れ果てているのがその姿からわかった。吐く息が白く見え、体が震えている。履いているのは黒い編み上げ靴で、防寒の役にはたたない。下は背広のズボンで、白いドレスシャツの下にTシャツすら着ていなかった。彼女のシャツ二枚を肩と首に巻いているが、寒さから身を守るにはとても足りない。そんな姿を見て、面倒をみてあげなければと、彼女はあらためて思った。

膝をガクガクさせながら、ゆっくりと慎重に彼のところまでおりてゆき、彼の腕を肩にまわさせ、自分の腕を彼の腰にまわし、転びそうになったら支えられるようにベルトをつかんだ。「シェルターに戻りましょう。頭はどう？」

「痛む。きみは？」

「変わりないわ。ものが二重に見えない？　吐き気は？」

「いや、なにもない」彼女に寄りかかりながら、途中で木があればそれにつかまって支えにし、必死で一歩また一歩と進んだ。ときどきぐらっとくるのでベルトをつかむ手に力を入れて支え、彼の足元がしっかりするのを待った。でも、前日にくらべれば、疲労度も時間のかかり具合もずいぶん減っていた。

一度、彼は立ち止まってあたりの山々を見回した。耳を傾けている。彼女には最初から聞こえているものしか聞こえなかった。沈黙の山々を渡る風の音。「なにか聞こえるの？」

「なにも」

その声から厳しいものを聞き取り、彼女は言った。「ヘリコプターかなにかの音が聞こえてもいいころなんでしょ？」

「聞こえればそれにこしたことはないが、がっかりすることはない。天候のせいで捜索が遅れているんだ。雪が降ったからね、気象状況に左右されているのだろう。現実的に考えて、お昼ごろかな。早くて」体を震わせ、寒さに全身を強張らせた。それから身も蓋《ふた》もないことを言った。「なにもやることがないんだから、ぼけっとここに突っ立ってケツを冷やしててもしょうがない」

ベイリーもそれには全面的に賛成だったので、彼を支えてシェルターまでの残り数メートルを進んだ。彼が半分這うように、半分自分を引きずるようにシェルターに入ると、彼女は言った。「ボトルをちょうだい。雪を詰めておくから。朝食にするけど、いい？」

「なにが食べられるのかな？」腫れて黒ずんではいても、彼の灰色の目にはユーモアが躍っていた。マウスウォッシュのボトルを差し出す。

「夕食とおなじメニュー。キャンディバー。まだ三本残っているから、一人一本丸ごと食べてもいいわよ」

彼の表情からユーモアが消えた。「食べる量を制限したほうがいい。万一の場合に備えて」

つまり、きょう救出されない場合に備えて。考えただけで気持ちが萎《な》える。暗く寒い山でもうひと晩過ごす？　暗さはなんとかなるが、ブックライトを使いっぱなしにはできない。救助隊がいつやってくるかわからないとは、不安がつのるばかりだ。もしあしたもやってこなかったら？

黙ってボトルを受け取り、きれいな雪を選んだ。手には靴下をはめており、トランプのカードで雪をすくう手元がおぼつかないが、きのうみたいに素手でやって冷たい思いをする気はなかった。

前日の重労働に比べればなんということもない作業だが、それでも体力を使い果たした。のろのろとシェルターまで這って戻り、風を避けられてほっとした。シェルターの中はおもてよりはるかにあたたかだが、それが風を遮断しているせいか、二人の体温によるものかはわからない。どっちだっていい。あたたかければそれでよかった。

小さな隙間から光が射し込んでいて、シェルターの中は真っ暗ではなかった。キャンディバーを探すのにブックライトをつける必要はない。お腹はすききっていたのに、割り当てのキャンディバー半分の最初のひと口を食べたとたん、食欲はうせ、キャンディが口の中で膨らんでいくような気がした。吐き気と闘いながらなんとか呑み込んだが、残りは紙に包みなおしてファスナー付きのビニール袋にしまった。

「腹がすいてないのか？」彼が顔をしかめた。

「すいてた。食べはじめるまではね。もうちょっとしてから食べるわ」口の中がねばねばするので、使い捨ての歯ブラシのパックを探した。二本取り出し、一本は自分の口に突っ込み、もう一本を彼に差し出した。「ほら」

「なんだ、それ？」彼は生き物を見る目でブラシに最初からついているピンク色の練歯磨きを眺め、顔をしかめた。

「使い捨て歯ブラシよ。水がいらないの。シェルターは狭いから、きのうから空気がこもりっぱなしでしょ。口に入れてブラシして」

彼はにんまりし、小さな歯ブラシを口に入れ、練歯磨きを口の中にまんべんなく伸ばした。ベイリーはミントの味に嬉しい驚きを感じ、磨き終えると口の中がすごく清潔になった気がした。これで熱いシャワーがあれば言うことなし……

勝手に夢見てれば。自分に言い、痛む体を伸ばして服の山をかぶった。服をちゃんと広げて重ねたほうが広い範囲をおおってくれるとわかってはいるが、疲れていてそうする気力もなかった。ジャスティスがかたわらに体を伸ばし、彼女を抱き寄せて服をかぶせ直したので、二人を隔てるのは着ている服だけになった。

なんて不思議、と彼女は思った。たったひと晩で手順のようなものができている。二人の体がいちばんうまく重なって居心地のいい姿勢が、おたがいにわかっていてそうしていた。彼はゆうに十五センチは背が高いので、スプーンを重ねるように並ぶと、彼女をすっぽりとおおい尽くしてくれる。彼の腕がウエストにまわされ、手が暖を求めてシャツの下から滑り込んできてお腹の上で憩《いこ》う。この状況で、あっという間に彼に馴染んでゆく自分が不思議だった。親密と言ってもいい。おそらくこれが生存のメカニズムなのだ。一人より二人でいるほうが、この山から生きて出られる可能性は高い。

「トランプをやってもいいわね」何時間も待つことを考え、彼女は言った。

「ただ横になっていてもいい」

「それがいいわね」正直に言って、いまはただ横になっていたかった。沈黙の時間が流れ、眠りへと漂っていった。

キャムの感じでは、ベイリーの熱は前日よりあがっていないが、見るからに具合が悪そうだった。彼女が目覚めるとすぐ、腕の傷口から放射状に赤い筋が入っていないか調べた。抗生剤入り軟膏と発熱が効力を発揮してくれることを祈るばかりだが、敗血症に罹っていたら、二人の状況は一気に危機的なものとなる。さしあたり、眠ることがいちばん――二人ともそうだった。消費カロリーが少なければ、摂取する食べ物も飲み物もそれだけ少なくてすむ。

不時着発進装置（ＥＬＴ）が、そろそろヘリコプターをここまで誘導してくれると思っていたが、天候の変化が事態を難しくしていた。ここの地形ではヘリコプターはむろん着陸できないが、救助隊に彼らの位置を正確に知らせたり、必需品を投下したりはできる。ベイリーの山ほどの服のおかげで、暖をとるのにそれほど苦労はしないが、キャンプストーブがあればそれにこしたことはないし、水のボトルもエナジー・バーもありがたい。

エナジー・バーと言えば、きのうの朝、出掛けにトレイルミックス・バーを上着のポケットに突っ込んだのを思い出した。上着がいまどこにあるのかわからないが、いま食べることができたらどんなにいいか。トレイルミックス・バーはまさに天の賜物だ。問題は、二人とも彼の上着を探す体力がなく、見つけたとしても、バーがポケットからこぼれ出てしまっているかもしれない。むろん、きょう救出されれば、上着もトレイルミックス・バーもどうだっていいが。

肉体的には大丈夫そうだ。出血で弱っているし、脳震盪を起こしたせいでひどい頭痛がするが、脳にも内臓にも損傷はなさそうだ。もしあったら、ゆうべのうちに死んでいただろう。

熱もない――あっても微熱程度だ。一日二日休養をとって、食事と水をとればなんとかなる。

だが、ベイリーのことは心配だった。高山病を軽くみてはならないし、怪我による感染症もだ。しかも彼女は両方に罹っているかもしれないのだ。それも、自分のことより彼の世話に専心したがために。

だから、ほかになにもできないが、せめて彼女が眠っているあいだしっかり抱いていてやろうと思った。息遣いに耳を傾け、体温に注意した。それに、ヘリコプターの羽根の音にも耳を傾け、すぐに来てくれることを祈った。

17

ブレットはオフィスで夜を明かし、ときおりデスクに頭を載せて仮眠をとった。カレンは着替えと食料の調達のため家に戻り、ジーンズとTシャツに着替え、テイクアウトの中華を持って戻ってきた。しかも、ボーイフレンドと一緒だった。革ずくめで刺青《いれずみ》を入れ、ピアスをしたヒゲ面の名前はラリーだとわかった。

ラリーはカレンの世話をするためにやってきたのだ。彼女が欲しがればコーヒーを持っていってやり、首や肩を揉んでやり、泣き出すと抱き締めてやった。勝気のかたまりのような彼女が、キャムの死の可能性に打ちのめされていた。

小さな空港だから夜間は閉鎖されるが、キャムのセスナが消息を断ったというニュースに、居残った者たちもいた。機長の消息がわからないかぎり、何事もなかったように帰宅するなんてできなかったのだろう。整備士長のデニスは憔悴《しょうすい》した顔で歩き回っていた。いつもの整備のあいだに見落としがあったのではないかと、気が気ではないのだ。

その問題は、テイクアウトの中華を食べながら徹底的に話し合われた。事故は機械の故障が原因にちがいないと、みなが思っているようだった。気象状況によって大気が乱れることはあるが、墜落の原因になるほどではない。キャムは飛行中にミスを犯さない。高度計を見誤ることはないし、山がどれぐらい高いか忘れるはずもない。それに、派手なことはやらない。緻密《ちみつ》で冷静だ。つまり、彼の意識を失わせるようなことが起きたか、機械的な不具合が生じたかだ。

小型機の墜落では捜索救助が行なわれるが、定期旅客機の墜落の場合のような、国家輸送安全委員会（NTSB）による徹底的な捜索は行なわれない。捜索はシアトルを基点に行なわれるわけでもないので、どうしてみんながターミナルビルに居残っているのか、ブレットにはわからなかった。彼みたいに不安でいたたまれなくて、眠るどころじゃないというなら話は別だが。

捜索の手順はわかっていた。第一段階は機体を見つけ出すことだ。残骸の位置が確認できなければ、どう対処していいのかわからない。あてもなく捜索隊を送り出すわけにはいかない。捜索の対象とすべき地域が広すぎるからだ。だが、待つことは苦痛だった――確実なことがわかるまで、ただ待っていることは。

九時をまわったころ、疲労困憊《こんぱい》で頭がぼうっとしているところに電話がかかってきた。カレンが受け、顔をくしゃくしゃにし、それから唾をぐっと呑み込んで落ち着きを取り戻した。「あなたによ」彼女はブレットに言い、それから声をひそめた。「ミセス・ウィンゲートの弟さんから」

ブレットは顔をしかめ、自分のオフィスで電話を受けた。「ブレット・ラーセンです」

「ローガン・ティルマン、ベイリー・ウィンゲートの弟です。いったいなにがあったのですか?」ブレットの耳に声が響いた。「こっちじゃなにもわからない。そっちでなにかわかっていないか、ベイリーの自宅に電話をしたら、義理の娘が出て、こともあろうに笑ったんですよ。自業自得だって、そう言うんです。いったいどういう意味ですか? 機体に細工されていて、仕組まれた事故だったんですか? どうなんです?」

矢継ぎ早な質問に、ブレットは答える暇もなかった。「まあ、まあ、落ち着いて! 機体に細工されていた可能性を示唆するようなことは、誰も口にしていませんよ。タムジンがどういうつもりで言ったのかわかりませんが、そういうことではないと思います」彼のオフィスの戸口にカレンが立っているのを、目の端で捉えた。立ち聞きしていることを隠そうともしない。デニスもそうだし、いまオフィスにいるほかの二人もそうだった。あたらしい情報が聞けるかとやってきたのだ。

「彼女はそう言ったも同然だった」ローガン・ティルマンは興奮し、大声でがなっていた。

「彼女の兄に逆らうなんて馬鹿だとか、そんなようなことを言ってた」

ブレットは鼻梁を揉んだ。「タムジンは、ええ、その、頭のネジがちょっとゆるんでますからね。思いついたことをなんでも口にする。現実の話であろうとなかろうと。いまの時点で、犯罪行為や妨害工作の可能性を考えてはいません。ああ、いまどこにおられるんですか？」

「デンバーです。ベイリーとはどこで会えるでしょうか？」

「ホテルにチェックインされましたか？」

「いいえ、空港で夜をあかしました。もしかしたら――」ローガンは声を震わせた。

「ええ、われわれもここで夜を明かしましたよ。いいですか、ホテルにチェックインして、休んでください。あなたが疲れ果てたってなんにもなりませんからね。あんたに言われたくないって、そうですよね。携帯の番号を教えてください。なにかわかったらすぐに知らせますから。いつでも電話してください」番号を控え、ローガンと名前も入れた。「いいですか、希望を捨てないで。キャム、わたしのパートナーですが、彼は前にもたいへんな状況を切り抜けてきていますから。最高のパイロットです」

ブレットは電話を切り、両手に顔を埋めた。ああ、疲労困憊だ。自分にできることがあれば、なんだっていい、そうすりゃ気が紛れるのに。待つのはきつい。それでも、彼にできるのはそれだけだった。みなにできるのはそれだけだった。

「可能性はあるわね」カレンが戸口に立ったまま言った。

ブレットは顔をあげた。「なんの？」

「機体に細工された可能性。セス・ウィンゲートがおととい電話をしてきて、ミセス・ウィンゲートのフライトについて尋ねたでしょ。何時に出発かって。あんなことはじめてだった」顎を引き締め、目をギラギラさせている。

「口を慎むんだ。機体になにかされたという証拠はなにもないんだから。もしほんとうに細工されていたとして、タムジンがそのことを人にしゃべると思うか？」

「あなたも言ってたじゃない、ボス。彼女は頭のネジがゆるんでるって。いまがそうなんじゃない？　彼女が口を滑らしたとき、合法なものでも違法なものでも、いろんなクスリの影響を受けていたのかも。だからって、事実でないとは言えないでしょ」

ボス。その言葉が炎の剣のように宙に浮かんでいた。彼女がその呼び方をするのは、キャムに対してだけだった。いっそ串刺しにされたほうがましだ。ブレットは拳を握り締め、ぼんやり窓のそとを眺めた。

一日中、二人はうとうととして過ごした。シェルターを出るのは雪を集めにいくか、用を足しにいくときだけだった。ベイリーが目を覚ますたび、ジャスティスは彼女に水を飲ませた。そのたびに、あなたも飲んで、と彼女は言った。途中で彼が場所を入れ替わろうと言い出した。彼女が奥の壁ぎわに、彼が傾いだ入り口にちかいほうに。たいしたちがいはないだろうに、と彼女は思ったが、おとなしく言うことをきいた。

彼が雪を集めに這い出していったときに、ベイリーはちがいに気づいた。

「あたしがやるわ」戻ってきた彼に、ベイリーは言った。「もう一度場所を入れ替えましょ」

「いや」彼が穏やかに言う。「おれは大丈夫だ、弱っているだけで。きみはじっとしていろ。体を高地に慣らすんだ」

どうしてそんなこと、じきに救助されるのに、と言いかけてやめた。いまだにヘリコプターの羽根の音は聞こえなかった。時間だけが刻々と経ってゆき、彼女は、もうひと晩山で過ごすことになるという現実を受け入れはじめていた。泣きたくなったが、なんの意味もない。水分を無駄にしてはならない。

「あなたは脳震盪を起こしたのよ。あなたこそできるだけ静かにしてなきゃ」

「ジョギングしてまわるつもりはないから、大丈夫。それに、おれは熱がない」

ベイリーはぶつぶつ言った。自分だけ熱があるのが、いまだに不公平だと思っていたからだ。それでもすごく疲れていたから、じきにまた眠りに落ちた。

午後遅くになって、キャムが言った。「日があるうちに、きみの腕を調べておきたい」

ベイリーは目を細めて彼を睨んだ。日があるうちにということは、シェルターのそとでということだ。「あたしにおもてでシャツを脱がせたいのね」

「ああ。包帯を替える必要がある。服をたんまり持って出て、腕以外はくるんでいればいい」

彼は救急箱を手に這って出た。ベイリーはシェルターの中で三枚のシャツを半分だけ脱いで右腕を出した。傷口から赤い筋が出ていないか肩越しに見てみたが、薄暗いところではなんとも言えない。彼に胸を見られないよう服にくるまり、這って出た。

パンツを濡らさずに腰をおろせる場所がないので、立ったまま彼に背中を向けた。包帯をはずし、「悪くはなっていない」と彼が言ったので、ベイリーはほっとした。「傷口のまわりはまだ赤いが、赤みが広がってはいない」彼は傷口に抗生剤入りの軟膏《なんこう》を塗り、包帯を巻いた。ベイリーはシャツの袖に腕を通し、ボタンをかけた。

「ここにいるあいだに、あなたの頭の傷の具合を見ておいたほうがよさそう」

彼は頭の分厚い包帯に触れた。「巻き直すのに充分なガーゼはあるのか？」

あるにはあるが、あと一回分だ。あすも救助されなかったら？　そう考えると背筋がゾクッとした。あるいは熱のせいかもしれない。どっちにせよ、山で三日目の夜を迎えるのはぞっとしない。

それでも包帯は替える必要があった。「前ほどたくさん使わなくていいと思う。傷口にパッドを当てて包帯を巻くだけにする。ゴミが傷口に入らないようにね」

座るところはないし、彼ははるかに背が高いので、包帯をほどくだけでもひと苦労だった。しょうがないので、彼がゴミ袋を一枚取り出してその上に膝を突いた。彼女は立ったままだ。

「このほうが楽だろう?」

「ずっとね」残りの包帯を取りながら心の中で願った。ガーゼが傷口にくっつくのを軟膏が防いでいてくれますように。防いでいてくれた。ほとんどの部分で。何カ所かで、ガーゼを剝がすのに引っ張らねばならなかったが、惨事にはいたらなかった。少なくとも彼は悲鳴をあげたり、悪態をついたりしなかった。助かった。

彼女の修復作業は、見たところ、傷とおなじぐらいひどかった。それがわかって唇を嚙んだ。針を通した穴のまわりはかさぶたになり、傷口はわずかに開いたままだった。縫合するとき傷口の両端を充分に引っ張らなかったせいだろうか。腫れが少しひいているのに、傷口が合わさっていないのは、縫合糸の結び方がゆるかったからにちがいない。「ひどい傷痕が残りそう。形成外科手術をうけたほうがいいわ」

彼は信じられないという表情を浮かべた。「傷痕のために?」

「あたしは医者じゃないもの、忘れたの？　上手に仕上げたとはとても言えない」テストに失敗したようできまりが悪かった。もっとも、ほかにどうすればよかったのかわからないけれど。腫れがすっかりひいてから縫合すべきだった？　実行可能な方法とは思えない。開いたままにしておけば、感染の可能性が高くなるばかりか、傷痕ももっと醜くなるんじゃない？

「気になるか？　傷痕」彼が尋ねた。

「ちょっと、あたしの頭じゃないのよ。あなたが気にならないなら、それでいいじゃない」彼女がアルコールを染み込ませた消毒綿で乾いた血を拭うあいだ、キャムはにやにやしていた。「きみには滲み出る同情心ってものがないのか？」

「そういう質《たち》じゃないの、おあいにくさま」

「おれが言いたいのは、傷口を見てぎょっとしたりしないのかってことだ」

「見なくてすむもの、包帯を巻いて隠してしまうから。でも、一般的な傷口は、見てもなんともありません。あなたの言いたいのがそういうことなら」抗生剤入りの軟膏を取り上げ、縫い痕に添って塗っていった。傷口をおおうのに滅菌パッドが二枚必要だった。それをテープで固定し、伸縮性のある包帯を巻いた。「さあ、いいわ。新品同様とはいかないけど、きのうよりはまし」

「ありがとう」彼が言い、立ち上がった。ベイリーは手を貸し、ちゃんと立つまで支えていた。彼が力強い腕を彼女にまわし、顎を上向かせ、キスした。

18

　驚くほど力強い腕で抱き締められ、ベイリーはびっくりして凍りついた。セックスが絡むのはいやだった。せっかくうまくいっていたのに。どうしてぶち壊すの？　こんな状態だというのに、彼は思っていたより強かった。押しのけるのに力がいるだろうが、それで彼が倒れたり、脳震盪《のうしんとう》がぶり返したりしたらたいへんだし――

　でも、キスは軽く短く、彼の唇は冷たかった。彼女がなにかする前に、彼は顔をあげていた。「ありがとう」そう言って、彼女から腕を離した。

　ベイリーはうろたえ、寒い中で立っていた。オーケー、たしかに混乱している。これって求愛行為なの、ちがうの？　彼がそのつもりだとしたら、これほどいやらしくない求愛行為も珍しい。これじゃ目的を達成できない。〝ありがとう〟のつもりのキスなら、言葉で言えば充分だ。

　求愛のシグナルを見分けるのが、上手とはたしかに言いがたい。関係者の片方が、あるいは双方が、間違った前提のもとに動いているような関係はおぞましいかぎりだ。わからなければ尋ねてはっきりさせるのが彼女の流儀だった。それがこういう状況における、ふつうの対処の仕方ではないとしても。軽いショックを振り払い、彼がシェルターに戻るのに手を貸した。彼の左腕の下に肩を差し入れ、両腕を彼の腰にまわして支えた。「あれは求愛行為なの?」そう尋ね、顔をしかめて見上げた。

彼は立ち止まった。穏やかな表情で彼女を見つめた。「どうして訊くんだ?」

「あたしにはわからないから。求愛行為なら、あたしにはセックスまで進む気はないことを知っておいてほしい。そうじゃないなら、気にしないでください」

彼は笑い出し、肩にまわした腕にぎゅっと力を入れた。「いいかい、おれが求愛行為を行なったら、きみにもわかる。あれはただのありがとうだ」

「口で言えば充分だったのに」

「だったら、『どういたしまして』って言ってくれ」彼がつっけんどんに言った。

彼女の青ざめた顔が紅潮した。「どういたしまして。ごめんなさい。悪気はなかったの」

「いいんだ」シェルターまで残りの四メートルほど黙って進んだ。彼が腕を離し、片側にずれた。先に入れと言っているのだ。彼女は先に入って気づいた。中に誰もいないと出入りがこんなに楽だということに。「待って――」彼女は言いかけたが、彼はすでに這い込んできていた。仕方なく両脚を引き寄せ、彼が動きまわる場所を空けた。彼は向きを変えた。長い脚が邪魔をしている。それからうつ伏せになって脚を伸ばし、ゴミ袋を引き寄せて入り口を塞いだ。

並んで横になり脚を伸ばし、服の山を直して体をすっぽりおおった。ベイリーはため息をつき、痛む体から力を抜いた。一日中、ただ横になってうとうとしていて、退屈したり焦れたりしそうなものだが、脚と腕におもりを付けられたみたいでだるくて仕方なかった。それに体がべとべとして気持ちが悪くてたまらない。体がきれいで病気ならまだいいが、体が汚くて病気なのは最悪だ。

憂鬱が塗れた敷物のようにかぶさってくる。「どうしてきょう来なかったの?」陰気な声で言った。

キャムは枕代わりに敷いているクッションに頭を休めた。夕暮れの薄闇の中、二人は向き合って横になり、寒い夜を迎えようとしていた。彼女の視線が憔悴《しょうすい》した彼の顔の上をさまよう。彼のまつげのカールや顎の無精ヒゲはまだ見えるが、まったくの闇になるより前に、彼は薄暗いシェルターの中のもっと暗い影でしかなくなる。

「わからない」彼がぽつりと言った。「ＥＬＴがヘリコプターをここまで誘導してくれるはずなのに」

「きっと壊れたのよ」その可能性を考えたら、心が沈んだ。二人の居所を誰も知らなかったら——

「ＥＬＴは酷使に耐える。機体の損傷が比較的少なければなおのこと」

「損傷が少ない？」彼女は信じられない思いでその言葉を口にした。「あなた、見てないの？　左翼はなくなってるのよ！　キャビンの半分がなくなってるのよ！」

彼の口元の片端がもちあがった。「でも、二人とも生きているし、五体満足だし、機体の大半はまだそこにある。残っているのは焼け焦げた金属片が数個だけだったという事故現場を見たことがある」

「露出した岩にぶつかっていたとしたら、そうなってた？」衝撃を受ける前の胸の悪くなる瞬間が甦《よみがえ》る。ごつごつの岩肌が迫ってきて、死ぬんだと思った。

「たぶんな。だからツリーラインまでさげようと思ったんだ。落下するのはとめられないが、木が生死を分けてくれる」

「衝撃をやわらげるのね」ぶつかったときのすさまじい衝撃を思い出し、体が震えた。巨人にボディスラムを食らったみたいな。木がなかったらどんなことになっていたか、想像もできないが、とても生きてはいられなかっただろう。

「そのとおり。ツリーラインの端のほうは木がとても細いからあまり助けにならない。でも、頑丈な木のあるところまでさがりたくもなかった。必要なのは中くらいの木だ。落下速度をゆるめ衝撃を吸収するだけの強さがあり、なおかつしなやかさもある」

「よい考えね。うまくいった」

「そう思う。おれたちは生きているからな」

彼の努力に感動したことを話したかった。上昇気流をたくみに捉え、重力と闘い、もてる技術と力のすべてを使って、できるだけ長時間機体を浮かせていた。でも、喉を動かしても言葉は形作れなかった。恐ろしいことに、涙が込み上げてきたので、歯を食いしばり堰止《せきと》めた。朝、目覚めると頰が涙で濡れていていやになることはあっても、メソメソするタイプではない。眠っているあいだにどうして泣くのかわからない。わかっているのは、弱虫にだけはなりたくないと思っていることだ。ただでさえ動揺し、怯《おび》えているのだから。なんとか落ち着いた口調で言うことができた。「あなたが命を救ってくれた」

薄闇の中でも、彼の鋭い目はなにも見逃さない。表情をやわらげ、彼女の髪に触れ、顔にかかるほつれ毛を掻きあげてくれた。「それから、きみがおれの命を救った。出血をとめてくれなかったら、おれはショック症状に陥り、死んでいただろう。それでおあいこだ」

顔を彼の手のほうに向けて、手のひらにキスしたい奇妙な、でも強い衝動を覚えた。いったいどうしちゃったの？　最初が涙で、つぎはこれ？　きっと熱が高くなったせい。外傷後ストレス障害を起こしているにちがいない。飛行機の墜落事故はすごいストレスだもの。神経がぼろぼろになるのも仕方ない。

「きみは荒野でのサバイバル・トレーニングを受けたことがあるのか？　緊急事態対応の心得があるのか？」彼が興味深そうに尋ねた。

話題が変わったので、感情のきりもみ状態から抜け出す余裕をもてた。それでも、しゃべれるようになるまで、何度か唾を呑み込む必要があった。九死に一生を得たばかりのように、心臓がバクバクいっていた。「いいえ、なぜ？」

「良識のある決断を繰り返し行ない、手元にあるかぎられたものだけで立派にやり遂げたから」

「良識なら任せてちょうだい」彼女は言い、自分で驚いて苦笑いをした。なんでも思いつきで決める両親のおかげで、ずいぶんと苦労させられた。なにかが欲しいとなると、そればっかりになり、子どもたちにどんな悪影響をおよぼすかはまったく考えない人たちだった。あはなりたくなかった。「わたしに良識があるから、ジムはわたしに管理を任せることに――」そこで口をつぐんだ。個人的なことは話したくない。

「あれだけの金をすべて？」キャムが後を引き受け、目をまん丸にする彼女に笑いかけた。

「周知の事実だろ。うちの秘書が話してくれた。悪魔と結託しているおっそろしい女で、地獄耳なんだ」

ベイリーは小さく笑った。「カレンね？　今度会ったら、言いつけてやるわよ。悪魔と結託しているってあなたが言ってたって！」

「おっと！　カレンと知り合いなのか？」片肘を突いて上体を起こし、驚いて彼女を見つめた。

「もちろんよ。ウィンゲート・グループは何年も前からJ＆Lを利用しているもの。ジムと結婚する前まで、わたしが電話でフライトの予約をとってたのよ」

「そりゃ初耳だ。いや、クソッ。もし彼女に言いつけたら、おれの人生は惨めなことになる。おれが死ぬか、彼女に平身低頭して謝らないかぎり」また仰向けに寝て天井を見つめた。

「言いつけないって約束してくれ」

「まさか秘書が怖いとはね」彼女はクスクス笑った。〝堅物〟ジャスティス機長の意外な面を知って、なんだか嬉しかった。彼の顔に笑みが浮かぶのが見えるようだ。〝ボス雌〟秘書のおかげで話がはずんだことを、彼も内心で喜んでいるのだ。

「おれたちは彼女に使われてるんだ」さも憂鬱そうに言った。「どこになにがあって、どうすれば仕事が円滑にまわるか、いまなにがどうなっているか、彼女はすべてを知っていて、すべてを手の内にいれている。ブレットとおれは、ただ出掛けていって、彼女がしろと言う書類にサインして、飛行機を飛ばすだけだ」

「クビにすればいいじゃない」わざと挑発するようなことを言った。

彼は鼻を鳴らした。「冗談じゃない。テキサス人は、もっと賢い。彼女がいなくなったら、ただ書類にサインしていればいいだけじゃすまなくなる」

「あなた、テキサス出身？」

「訛《なま》りがまるでないなんて言わないでくれ」彼は寝返りを打ち、腕枕をした。

「言わない。でも、パイロットってみんな南部訛りでしゃべるってなにかで読んだから、訛りで出身は判断できないと思ってた」

「イエーガー症候群。おれは南部訛りを覚える必要はなかった。生まれたときから身についていたからね。世界初、音速の壁を突破したテストパイロットのイエーガーはウェスト・ヴァージニア出身で、おれは生まれも育ちも生粋《きっすい》のテキサスボーイだから、アクセントはまったくちがうけどね」

「あなたがそう言うならそうなんでしょうね」一語一語から疑いを滴らせた。

「ヤンキーとはちがう。舌が奏でる音楽を聞いて育ち、違いがわかる連中とはね」

こんなふうにからかわれたんじゃ、笑わざるをえない。〝舌が奏でる音楽〟なんて古代インドの性愛経書〝カーマスートラ〟みたい、と言いそうになった。だめだめ。彼にセックスの領域に踏み込んでほしくない以上、自分から誘導するようなことはすべきじゃない。

「きみはどこの出身？」

「もともとはカンザス州。でも、オハイオにもカリフォルニアにもオレゴンにも、メリーランドにも住んだことがあるわ。アイオワにも」

「子どものころに、それともおとなになってから？」

「大学を出てからは、一カ所にずっと住むようになったわ」根を張ることはすばらしい。安定こそ大事だ。

「おれの家族は動き回らなかった。いまでもキリーンに住んでる」

「どこらへん？」

「学校で習わなかったのか？　ダラスとサン・アントニアオの間ぐらいのところ」

「それは失礼しました」彼女は言い、目をぐるっとまわした。「あたしが通った学校では、テキサス州の地理を重点的に教えてくれなかったもので」

「きょうびの人間の無知のレベルの低さには畏《おそ》れ入る。どうして学校でテキサス州のことを教えないんだ？」

「あたしに言わないでよ。それじゃ、あなたはキリーンで育ったのね？」

「そうだ。おれが育った家に、両親はいまも住んでいる。兄弟はほかに男が一人、女が二人。

みんなおなじ学校に通い、たいていおなじ先生にならった。だが、空軍にいたころにはあちこち渡り歩いたよ。見知らぬ土地に行くのは楽しかったが、引っ越しそのものは癪の種だった。きみはどうしてそんなに動き回ったんだ？」

「離婚ピンポン。ピンポンボールを使う代わりに子どもたちを使ってやる」

「そいつはひどい。兄弟は？」

「数えきれないほどいるわ」

「男と女の区別もつかないぐらい？」

彼女はクスクス笑った。彼との会話を楽しんでいた。「弟と姉が一人ずつ。片親ちがいの男兄弟が二人と姉妹が三人。この人たちには一度も会ったことがない。ほかに、名前もすぐには思い出せない義理の兄弟やら義理の姉妹やらがうじょうじょ。街でぶつかってもわからないでしょうね」たとえば、赤毛で真ん中が切れ込んだ顎の男の顔はわかるが、名前は思い出せない。たしか母の二番目の夫が二番目の妻とのあいだに作った息子の一人だ——母は彼の三番目の妻だった。そういうことを考えると、頭痛がひどくなった。

「弟や姉とは仲がいいのか？」

彼は両親のことに触れなかった。頭のいい人だから、無駄な質問だとわかっているのだろう。「弟はローガン。彼と奥さんのピーチスと一緒にラフティングをする予定だったの。姉とはあまり行き来がないわ。彼女には自分の人生があるから」

なんだか居心地がよかった。肉体的にではなく、精神的に。あすになれば救助隊がやってきて、この悪夢も終わりをつげるだろう。飛行機事故を人に勧めるつもりはない。どこをどう考えても楽しくない。でも、おかげで友人ができた。自分でも驚いていた。気難し屋の堅物《タイト＝アス》のジャスティス機長と友達になるなんて思ってもみなかったが、彼は実際は気難しくないし、彼の尻《アス》で堅《タイト》いのは見た目だけだ。それはそれはいい眺め。

「そろそろ眠くなったな」彼が言った。「息遣いでわかる」

ベイリーは喉の奥で同意の音をたてた。寝返りを打った彼の腕の中にすっぽりおさまり、ぬくもりに包まれると、前からずっとこうして眠ってきたような気がした。

19

三日目の朝、空は晴れていた。シェルターを這い出たキャムは、前日よりはるかに体力が戻っているのを感じた。それに頭痛もやわらいでいた。目の腫れもひいたようだ。ハードルを飛び越えたり、マラソンをする気にはなれないが、ゆっくりとならつかまらずに歩ける。

ベイリーも気分がよくなった。夜のあいだに熱があがり、汗をたくさんかいた。氷点下の気候では、あまり好ましいことではない。彼に向こうを向いてくれと言い、汗で濡れた服を脱ぎ、乾いたのに着替えた。シェルターみたいに狭い空間ですぐ背後で着替えているのだから、見るなと言うほうに無理があるが、キャムは覗き見しなかった。キスしただけで彼女が固まったことを考えると、脅かしたくなかった。屹立《きつりつ》したもので彼女を刺し貫くなどむろんできるわけもない。もっとも、切迫した衝動で何度か目を覚ましたが。もっとも、いずれ、そのときがくれば……

それよりも、このクソいまいましい山を抜け出すことが先決だ。

食糧事情は厳しいものになっていた。キャンディバーは二本を残すだけだし、栄養不足で弱ってきていた。この三十六時間、二人ともほとんど眠って過ごしたのでカロリーを消耗していないから、それでなんとか持ち堪えてきてはいた。だが、きょう、救助されなければ……

前日に救助されず、どんなにうろたえたことか。でも、顔にはださなかった。衛星がＥＬＴの信号を受信しているはずで、一日中山には雲がかかっていたとはいえ、救助隊はもっとちかづきやすい場所までヘリコプターでやってきて、そこから歩いて登ってくることはできるはずだ。

だが、ＥＬＴの電源はバッテリーだから、信号を送れるのは二十四時間から長くて四十八時間だ。前日の朝で二十四時間が過ぎ、四十八時間もじきに過ぎる。それまでに信号が受信されなければ絶望的だ。前日に救助隊がやってこなかった時点で、ＥＬＴのバッテリーがそもそも弱く、捜索がはじまる前にあがってしまったのではないかと心配になった。

顔をあげると、ベイリーが木立を抜けて戻ってきて、シェルターの前で立ち止まり、思いつめた顔をこちらに向けた。「しばらくそこにいてちょうだい」有無を言わせぬ言い方だった。「もうこれ以上我慢できない。自分が臭くていやなの。寒くたってかまわない。体を拭いて服を着替える。あたしがすんだら、あなたもそうしてね」

「ゆうべ、着替えたじゃないか」嫌味を承知で言った。「それに、おれは着替えをもっていない」

「自分がいけないんでしょ。一泊の旅行に着替え一組ですまそうなんて、あたしには信じられません」

「これまでずっとそれですんできたからな」

「これからは、緊急事態を想定して計画をたてなきゃね。朝食の席で、着替えたばかりのシャツにコーヒーをこぼしたらどうするつもり？　一日中臭ってるのよ」

笑いたかったがやめにした。しゃっちょこばって立っているその様子とか、頑固に引き結んだ顎の線から、笑うのはまずいと思った。だが、服のことで説教を受けていると、無性におかしくなった。飛行機に乗り込んできたときに着ていた流行のパンツルックをいまも着ているのなら、説教もそれほど場違いに聞こえないだろうが、いまの彼女ときたら、女ホームレスがファッショナブルに見えるほどだ。

たくさん重ね着してモコモコなうえ、頭にフランネルのシャツを巻いている。そいつがだめ押しだ。いや、手にはめた靴下のほうだな。もっとも人のことは言えない。こっちも彼女のシャツやパンツを体に巻きつけていた。小さくて着られないから。彼女のほうがましに見えるとしたらひどいもんだ。彼女の靴下に手がはいれば、きっと同じようにしていた。

「きみの勝ちだ」彼は言い、にっこりした。「着替えをもっと詰め込んでくるべきだった。きみが体をきれいにしているあいだ、おれは機体を調べてくるから、ゆっくりしてていい」

彼女のグリーンの目が不安で曇った。「そんなことして大丈夫――」

「ああ。きょうはずっと気分がいい」まあ〝ずっと〟はおおげさだが、寝るのはもう飽きたし、調べておきたいことがあった。

彼女は下唇を噛んだ。「めまいがしたりなにかあったら呼んでね」そう言ってから、膝を突き、シェルターに這い込んだ。

キャムは残骸をパイロットの目で調べた。まず木々や残骸の様子から、墜落の軌道を測った。左翼は突き出した岩に激突して吹っ飛んだのだろう。それから機体は右に傾き、木立をはずれて岩だらけの山肌に出た。大惨事になっていたかもしれない。

燃料に火がつかなかったおかげで、命拾いをした。墜落の衝撃は持ち堪えても、火災はそうはいかない。エンジンが切れていても、電気系統で火花が散って火災は起きることがある。ベイリーは生き延びられたかもしれないが、彼はだめだったろう。

胴体は折れた右翼と木に支えられるかたちで傾いでいた。胴体を突き抜けた枝が錨《いかり》の役目を果たし、滑り落ちるのを防いでくれたのだ。枝が折れないかぎり、機体はここに留まっているだろう。コックピットにいるあいだに折れないことを願おう。スリル満点じゃないか？

副操縦席のなれの果てに腰をおろす。ベイリーがクッションも張ってあった革も漁《あさ》っていったので、枠しか残っていない。最初にELTを調べた。「クソッ」スイッチを入れてみる。表示器のライトはつかない――バッテリーがあがっている。重大な問題――バッテリーがあがる前に、衛星が信号を受信したかどうか。それとも、最初からバッテリーはあがっていた？　ELTは規定により年に一度点検することになっていた。バッテリーはもう何カ月も前にあがっていたのかもしれない。毎年の点検以外に、誰も調べない。

衛星が信号を受信していれば、きのうのうちに救助隊がやってきているはずだ。だが、やってこなかった。この先もやってくるとは思えない。なにがいちばん不安かといって、民間航空パトロール（CAP）の飛行機が捜索パターンに添って旋空してもいないし、ヘリコプターの姿も見えないことだ。彼は無線で位置を知らせた。その位置までやってこなくても、ヘリコプターがその空域の捜索を行なっていれば羽根の音は聞こえているはずだ。

捜索隊は組織されているにちがいない。飛行機が消息を経って二日、捜索が行なわれないはずがない。CAPがどこを捜せばいいかわからないとしたら？　通常は、積んでいる燃料の量と最大飛行距離から位置を割り出すが、それでもあまりにも広域におよぶ。ベイリーと二人、自力で山をおりればいいのだろうが、言うは易《やす》しだ。

コックピットの表示装置は粉々で、無線は壊れていたが、驚くことではない。ベイリーが見過ごしたもので、なにか使えるものはないかとあたりを見回したが、彼女の捜索は徹底していた。キャビンに残っているもので使えそうなのはシートベルトだけだ。肩を押さえる部分をめいっぱい引っ張ってから切った。腰の部分はそれほど長くはないが、なにかに使えるだろう。丈夫だから、ものを運ぶときの紐《ひも》として使える。ベイリーのスーツケースにものを詰め直し、山を転がしておろすのは無理でも、スーツケースのひとつに必要最低限のものを入れ、バックパックのようにして担ぐときにシートベルトが役立ちそうだ。彼のバッグにすべておさまれば、それにこしたことはないが。

コックピットに常備している懐中電灯はなくなっていた。どこかに転がっているにちがいないが、あたらしく積もった雪に隠れてしまったろうし、墜落の衝撃でどこまで飛んだかもわからない。ここを歩いて出るためには必要だが、見つかる可能性はゼロに等しかった。

背広の上着も、ポケットに入れたトレイルミックスもあればそれにこしたことはない――上着よりトレイルミックスのほうがより重要だ。上着があればありがたいが、いまのままでもなんとかなる。だが、エネルギー補給源のトレイルミックスはぜひとも見つけ出したかった。

これから試練に立ち向かう覚悟で、残骸をいままでとはちがう目で見てみる。金属やガラスの鋭い破片はナイフとして使えるだろう。ポケットナイフをなくすか、刃が欠けた場合、予備を用意しておいて損はない。ベイリーがシェルターを作るのに使った材料で、スノーシューズのようなものを作れるかもしれない。作り方は簡単だ。だが、頑丈なものは作れないから、問題は、これから挑む行軍がどれほど苛酷なものになるか、だ。

山をおりればおりるほど、食糧は手に入りやすくなる。彼はテキサスボーイだ。罠《わな》を仕掛けてウサギやリスを捕まえるのはお手のものだ。だが、いま食べる物をどうするか。

機体の反対側に回ってみる。傾斜はきつく岩だらけで、木につかまってでないと進めなかった。機体が滑り降りてきた道筋を逆にたどった。足元が悪い場所は腕の力で体を引きあげた。

靴の下で雪がザクザクいい、なかまで沁み込んできて靴下を濡らし、足を凍らせた。ドレスシューズでこういう場所を歩くことが間違っているのだが、こんなことになるとは思ってもいなかったのだから仕方ない。寒さはとりあえず無視しよう。きっとベイリーが、凍えた足を胸であたためてくれる。だったら足を凍らせるのも悪くない。

まるで雷に打たれたような木があった。樹皮は吹き飛び、枝は折れ、地上六、七メートルほどのところで幹がやられていた。あたりを見回したが、翼の一部と思われる大きめの破片は落ちていなかった。

好奇心に駆られさらに登ったが、なにも見つからない。やがて寒さに阻まれ、探索を打ち切るしかなくなった。息が切れ体が震えるのは、大量の血を失ったせいだろう。怪我を負って動けなかった唯一の利点は、高所に体を慣らす時間がもてたことだ。

立ち止まって息を整えた。彼はいま墜落地点の左上方にいて、シェルターは右斜め上にある。ベイリーの姿は見えないから、まだ中にいて、ウェットティッシュでせっせと汗を拭き取り、体の臭いを取り去ろうとしているのだろう。いま大声で助けを求めたら、裸ですっ飛んでくるだろうか。おそらく。でも、あとで殺されるだろうから、やめておこう。彼女の裸を見たいが、それはまたいずれ。

視線をシェルターからさらに上へと移し、頂上はどのあたりかと――

――あった。翼が四十メートルほど先に。

「なんてこった」なくなったのは左翼だから、左側を下に突っ込んだと思っていた。実際には突っ込んだ瞬間のことは憶えていなかった。胴体から離れた左翼は胴体を飛び越して右下に落ちたのだ。それはシェルターのすぐ上にあったが、彼らはそこまで探しにいかなかった。足元に注意して左翼にちかづいていった。ひどく疲れたが、息はそれほどあがっていなかった。

衝突の瞬間、いかにすさまじい力がかかったかわかる。金属はやわらかな布のようにねじれて折れ曲がり、リベットは吹き飛び、ナットやボルトはスパッと切られたようになくなっていた。翼は木に激突した衝撃でふたつに折れ、折れ目の部分は金属がぱっくり割れている。翼の枠組みが見え、胴体にくっついていた部分から電線が垂れ下がり、ケーブルや破裂した燃料タンクが顔を覗かせていた。

燃料タンクから萎《しぼ》んだ風船のようなものがはみ出しているのが、目に留まった。

不意に危険を察知し、うなじがチクチクしてきた。怒りが湧き上がってきた。怒りのすさまじさに、赤い靄《もや》がかかったように視界が曇った。

機械の故障ではなかった。飛行機には細工が加えられていた。

20

ベイリーがシェルターから這い出したとき、キャムの姿は見当たらなかった。ほんものののお風呂にはおよばないが、それでもきれいになった気がした。体が少し震えていても、気分はずっとよくなった。頭痛はまだ残っていたが、これまでの二日間にくらべればずっと楽だ。熱はようやくさがり、あとは擦り傷が痛むぐらいだった。めまいと吐き気は完全におさまっていないし、発熱と栄養不足でかなり弱っているものの、全体的にみて、体の状態はぐんとよくなった。

「キャム?」呼びかけたが返事はない。不安で背筋がゾクッとした。一人でほっつき歩けるほど元気なわけがない。まさか、滑落? 心配になり、機体へとつづく足跡をたどってみると、機体を回りこんでその先へと向かっていた。見えるところにはいない。「キャム!」もっと大きな声でよびかけた。「キャム!」

「ここだ」

斜面のずっと上から声がした。木の間越しに斜面をおりてくる彼の姿が見えた。

「そこでなにをしているの？」

「翼を探していた」

翼がどこにあろうと関係ないでしょ？　機体にくっつけて、また飛べるわけでもあるまいし。すべてのパーツがどこにあるか知りたがるのが、パイロットの性《さが》なのだろう。心配なのは、弱っているくせに一人でキャンプから遠く離れたことだ――しかも、ドレスシューズのままで。膝まで濡れて、足は氷のようにちがいない。

苛立ちながら、斜面をあがって彼を迎えた――必要なら手を貸すつもりだったが、彼の不注意を叱《しか》るつもりもあった。一歩あがるごとに苛立ちはつのった。足元がおぼつかないからだ。木につかまり、岩の上は文字どおり這い進み、隠れた穴に足をとられて片脚が腿まで雪に埋まった。驚いて悲鳴をあげ、それから言った。「コンチクショウ！」

「どうした？」キャムが鋭い声をあげた。突き出した岩をまわり込んでいるところで、姿は見えない。

「穴に足をとられたの」彼からは見えないだろうが、声のするほうを睨みつけた。穴から足を引き抜き、パンツの雪を払い落とした。ハイキングブーツの隙間に雪が詰まっていた。冷たさが広がっていくのを感じる。これ以上濡れる前に、右手にはめた靴下を取り、ブーツの隙間の雪を掻き出した。

キャムが岩をまわってやってきた。彼女がしたように、木につかまりながらだ。「足首を捻《ひね》ったか？」

「いいえ、ブーツに雪が入っただけ」不機嫌に言った。上体を起こし、靴下をまた手にかぶせながら彼を睨む。その瞬間、腹に一撃を食らったように体を硬くした。

彼の顔は冷たく無表情だった。おもしろがって口元を歪めるのも、にやにやするのも、皮肉な意見を言うときに目を意地悪そうに輝かすのも見た。でも、この表情から窺えるのは、まったく別の人間だ。口を引き結び、細めたグレーの目に浮かぶ冷たい怒りに、彼女の背筋が冷たくなった。怒りに青ざめ、目はいつもよりずっと生き生きと刺すようだ。人を殺しかねない表情、これがまさにそうだった。

「どうかした？　なにがあったの？」彼女は身じろぎせず目を見開き、ちかづいてくる彼を見守った。

彼が手を伸ばして肘をつかみ、自分のほうに引き寄せた。「誰かがおれたちを殺そうとした」そっけない口調だ。「というより、きみを殺そうとしたんだと思う。おれは巻き添えを食った」

ベイリーはよろっとした。ショックで声も出なかった。「なに？」信じられない思いで尋ねた。声が裏返っていた。心臓が早鐘を打つようだ。

彼女がバランスを取り戻すまで、彼の力強い腕が支えてくれた。その指が肘に食い込んだ。

「実際より多く表示されるよう、燃料タンクに細工がしてあった」

彼女の思考が二方向に分かれた。半分は燃料タンクのことに集中し、どういうことか理解しようとしており、もう半分は、誰かが自分を殺そうとしたという彼の大胆な発言に集中していた。「あたしを？ どうやって？ なぜ――」口をつぐんで支離滅裂なおしゃべりを締め出し、深く息を吸い込んだ。「最初から説明して。燃料タンクに細工がしてあるとなぜ思うのか、標的はあたしだとなぜ思うのか」

「翼がもげ落ちて、燃料タンクが剝き出しになった。燃料タンクは翼の中にあることは知っているな？」

「どこにあるかなんて、考えたこともないわ。燃料が入っているかぎり、どこにあろうと関係ないもの」シェルターまで戻ると、二人とも少し息があがっていた。

キャムは彼女の両腕をつかんで顔を向けた。その口元には冷ややかな笑みが浮かんでいた。

「タンクの中に透明なビニール袋が入っていた。ローテクのきわみだ。袋に空気を入れてタンクに突っ込んでおけば、タンクの内容量を増やすことができる。バルブが持ち上がるので満タンと表示されるが、実際にタンクの大半を占めるのは袋だ。燃料が入ると、袋は透明だから見えない」

「でも……でも——なぜ？」彼女の口調から抑えた悲しみが伝わってきた。この経験は悪夢だったが、なんとか対処してきた。墜落の恐怖を乗り越えた。一日目は二人とも生き延びるため孤軍奮闘した。凍えるような寒さもひどい風も、食糧不足も、気分の悪さも発熱も我慢した。体の汚れにも耐えた。だが、何者かが二人を故意に殺そうとしたという考えに、立ち向かうことができるかどうか、彼女にはわからなかった。「どうしてあたしだと思うの——」喉が詰まった。

「セス・ウィンゲートが出発の前日に電話をよこし、きみのフライトについて尋ねた。いままで電話してきたことはなかった」

その言葉はボディブローだった。「セス——」敵意は剝き出しだったが、彼が肉体的に危害を加えるとは思ったことがない。彼はカッとなりやすい性質だが、怖いと思ったことは一度もなかった。彼とタムジンの敵意は理解できる。自分が二人の立場でもおなじように感じるだろうから。殺したいほど憎まれていたのかと思うと、胃がムカムカした。天使ではないけれど、殺されてあたりまえのろくでなしでもない。

「まさか」彼女は茫然と頭を振った。彼の言うことが信じられないのではなく、そのシナリオ自体をとても把握できない。「そんな、まさか……」最後に彼と話をしたとき、セスが刺々しく言った声が脳裏に響いた。「クソ女、殺してやる」あのときはつい彼の挑発にのり、毎月の手当てを減らしてやると切り返した。それまでは、彼にどんないやなことを言われても聞き流してきたのに。あれが彼を追い込んだのだとしたら……すべて彼女の責任だ。

キャムの説に欠陥がないか考えてみた。論理に穴がないだろうか。「でも……あなたのところには飛行機が一機だけじゃないし……あたしがどの飛行機に乗るか、どうして彼にわかる？」

「飛行機のことがわかっていれば、デンバーまでのフライトにどの機を使うか見当はつく。たとえばリアジェット――あれはいちばん大きな飛行機だから、国を横断するのに使う。スカイホークは飛行高度が低くて山を越えられない。となるとスカイレーンかミラージュだ。おれはいつもミラージュに乗っているが、いま修理に出ている――あるいは、ミラージュをわざと故障させて、スカイレーンを使わざるをえなくしたのかも」

「でも、なぜ？　どうしてそこまでするの？」

「おそらく彼はセスナに詳しいのだろう。彼は前にブレットに飛行訓練のことを尋ねたことがあった。たしかブレットは彼にインストラクターを紹介したはずだ。飛ぶことと、飛行機に細工することはおなじじゃないが、彼が興味をもっているのはたしかだ。それに、情報を集めるのは難しくない。彼がどうやったのかわからないし、ミラージュを自分の手で故障させたのかどうかもわからない。あるいはデニスと話をして、ミラージュが修理に入っているのを聞いたのかもしれない。たしかめる唯一の方法はデニスに尋ねること——あるいはまっすぐ警察に行って、取調べを行なってもらうか。おれはそっちのほうがいいと思う」

「救助されたらね——」彼女の言葉を、キャムが頭を振って遮った。

「ベイリー……誰も助けにやってこない。おれたちの居所を誰も知らない」

「ＥＬＴは。あなた、言ったじゃない、ＥＬＴが——」

「切れていた。バッテリーがあがっていた。あるいはＥＬＴも壊されていたのかもしれない。いずれにしても、使いものにならない。無線が通じていたのかも、いまとなってはわからない。最初のころは通じていたが、いま思い返してみても、無線のやりとりを最後に聞いたのがいつだったか、はっきり憶えていないんだ」

「でも、そういうことができるものなの？　特定の時間に、無線をストップさせることなんてできるの？　燃料がどのあたりで尽きるか、どうしてわかる？」

「位置は単純な計算で出せる。気象通報で風向きがわかるし、おれは通常のパワーで飛行していた。スカイレーンが飛ぶ空域はきまっている。正確な場所までは割り出せないが、頭のいい奴なら、Ｘガロンの燃料の代わりにどれぐらいの大きさのビニール袋が必要か計算できるし、どれぐらいの燃料があれば山岳地帯まで到達できるかもわかる」彼は顔をあげ、静かに堂々とそびえ立つ切り立った山々を見回した。「おれたちが山岳地帯に到達することが計画の要だ——人里離れた場所で、機体の残骸が人目に触れないことがな。それにはヘルズ・キャニオンはもってこいだ。ハイキングルートがオープンするのは一カ月先だ。つまり、飛行機が山に墜落するのを目撃する者はいない。捜索隊はどこを捜せばいいのかわからないって寸法だ」

「あたしが標的だとどうしてわかるの？」彼女が惨めな声で尋ねた。心が死んでいくような気がしていた。「どうして自分じゃないってわかるの？」

「このフライトはブレットが担当する予定だった。彼は具合が悪いのに飛ぼうとしたぐらいだ。ぎりぎりになってカレンがおれに連絡をよこした。奴は最後まで自分が飛べないことを認めようとしなかったんだ。事実に目を向けろよ、ベイリー」彼の声から苛立ちが窺えた。

「つまりあなたは——」言葉が喉に詰まり、吐き気が込み上げてきた。それを呑み込み、なんとか冷静な声を出そうとした。「つまり、あなたは——」

「きみと一緒に死にかけた、ついてない野郎さ」

その言葉に、彼女は怯《ひる》んだ。憎しみの涙が目を焼いた。泣かない、泣くものか。

「なあ」彼はいい、冷たい手で彼女の顎を包んで上向かせた。「つまり、彼ならそう思っただろうって言いたいんだ。だが、おれはちがう」

ベイリーは唇が震えないように、なんとか強張った笑みを浮かべた。でも、心に受けた傷は大きなボールのようにそこに居座っていた。いつものやり方でそれに対処した。蓋をしてしまい込んでしまうのだ。「あなたもそういうふうに思うべきよ。あたしだってそう思うもの。あなたは友達の身代わりになって死にかけたついてない男」

「別の見方もあるぜ」

「あら、そうなの？　あたしは思いつかないけど」

彼の表情の変化は、思いがけないものだった。冷ややかな怒りの表情が、なにかもっと危ないものに変わったのだ。眼差しが熱くなり、歪んだ口元は獲物にちかづく捕食者のそれだ。顎をつかむ手の位置をずらし、親指で彼女の下唇に触れ少し開かせた。「もし死にかけなければ」物憂げなしゃべり方だ。「きみが演じている冷たい嫌味女は、つまりは演技にすぎないってことがわからなかっただろう。きみは仮面を脱いでしまった、スウィートハート、もう後戻りはできない」

21

ベイリーは鼻を鳴らした。一瞬でも気が逸《そ》れたことに感謝したい気持ちだ。彼が話題を変えたわけもそれだろう。「それなら、あたしはあなたのことを、堅物の不機嫌野郎だと思っていたわ」誰かが彼女を殺そうとしたという問題は片付いていないが、ちゃんと理解するには時間がかかるし、気持ちを落ち着けるのに時間がかかる。

「そうなのか？」彼が上唇をちょっと摘んでから、手を離した。「そのことは後で話し合おう。時間はたっぷりあるからな。あと一日──いや二日はここから出られないだろうから」

彼女はあたりを見回した。この場所にすっかり馴染んでいる自分が不思議だ。自力でここを出るより、ずっとここにいたほうが安心な気がする。ひとつには──シェルターがあるから。運んではゆけない。毎日あたらしくシェルターを作ると思うと気が滅入る。でも、ここには食糧がない。誰も助けにこないのなら、自分で自分を守らねばならない。それはつまり、弱って動けなくなる前に、ここを出るということだ。

「わかったわ」彼女は言い、肩を張った。「それじゃ、荷造りしましょう」

彼はいつものように口元を歪めた。「そう慌てなさんな。これからじゃそう遠くまで行けない。体を高度に慣らすのにあと一日は必要だ」

「もう一日待ったら、出発する前に食糧が尽きてしまう」

「そうはならないかも。おれの上着が見つかれば、ポケットにトレイルミックスが二本入っている。いままで言わなかったのは、どっちも上着を探し回る体力がなかったからだ。それに、助け出されるだろうから必要ないと思っていた」

トレイルミックス二本あれば食糧は二倍に増える。それが生死を分けることになるだろう。それに、山をおりるのに、彼には上着が必要だ。どんな上着でもいい。服のことから思いは別のほうに向かった。「その靴じゃ歩けないでしょ」

彼は肩をすくめた。「歩くしかない。ほかに持っていない」

「あるかもよ。シートから切り取ってきた革があるし、縫い合わせるのにワイヤーは売るほどあるし。あなたの靴にかぶせるモカシンタイプの靴を作るのは、そんなに大変？」

「きみが考えている以上にな。でも、いい考えだ。きょうは準備にあてよう。水をできるだけ飲んで、水分を蓄えておこう。雪を速く融かすことができれば、それだけたくさん飲める」

「火が熾《おこ》せればいいのにね」少しの皮肉を込めて言った。ここにある熱源といえば体温だけだ。たしかにそれでマウスウォッシュのボトルに詰めた雪を融かすことはできる。ただ、速くはない。「どっちもマッチ箱を荷物に詰めてこなかったことが悔やまれるわね」

彼が顔をあげた。眼差しが鋭くなった。飛行機に向かって歩き出した。全身が、なにかを思い出したと言っていた。

「なに？」彼がなにも言わないので、ベイリーは焦れて尋ねた。「なんなの？　マッチ箱を機体のどこかに隠してあったなんて言わないでよね。あなたに貸した服、みんな返してもらうから」

彼は立ち止まり、考え深げに言った。「それほどおかしな脅しは受けたことがない」それからまた歩き出した。

ベイリーも雪をザクザク踏んであとにつづいた。「話してくれないつもりなら――！」

「まだなんとも言えないんだ。うまくいくかどうか、自分でもわからない」

「なにをするつもり？」彼の背中に叫んだ。

「バッテリー。バッテリーで火を熾せるかもしれない。すっかり放電していなくて、天候が寒すぎなければ。おれにわかっているのは、バッテリーがあがっているだろうということだ。あるいは破損しているか」機体の残骸のまわりの木の枝を取り去る。

ベイリーも枝をつかんで引っ張った。木立に突っ込んだときプロペラはまわっていなかったので、木々がこうむった損傷はそれほどのものではなかった。それはつまり、折れた枝はそう多くないということで、取り去るのが大変ということだ。必要なときにかぎって手斧《ちょうな》がないのはどうして？「バッテリーで火を熾せるの？」彼女は息を喘《あえ》がせて尋ねた。枝は手を離したとたんもとに戻った。歯を食いしばり、もう一度攻撃を仕掛けた。

「ああ。バッテリーは電気を作り出す。電気はすなわち熱だ。簡単に言うとな。バッテリー液が充分に残っていれば」――枝を捻って切り、脇に放る――「ワイヤーをそれぞれ電極につなぎ、それから、一本のワイヤーの絶縁体を剝ぎ取る。運とワイヤー液があれば、絶縁体を剝いでいないワイヤーが熱せられ、紙か、乾いた小枝が見つかればそいつに点火することができる」

「紙ならあるわ。小さなノートとペーパーバックや雑誌を数冊持ってきたもの」

彼は手をとめ、彼女を見つめた。「なんで？　本が一冊ならわかる。だが、きみは急流下りをするんだろう。おれもやったことがあるから、どれぐらい疲れるものか知っている。読書する気になんてなれない。それで、ノートはなんのために？」

「眠れないときがあるから」

「おれは騙《だま》されないぜ」彼はうんうん言いながら枝をつかんで引っ張った。「二晩とも、バタンキューだったじゃないか」

「あまりにもふつうの環境だったから。そうでしょ？」彼女が甘い声を出した。「退屈なあまり眠ってしまったのよ」

彼はクスクス笑った。「きのうは一日眠っていたことを考えると、ゆうべ、よく眠れたものだと思う」

「気分が悪いのと、脳震盪を起こしたおかげだと思うわ」

枝を取り去るとバッテリーが剝き出しになり、彼はほっとため息をついた。「大丈夫なようだ。すごく心配だった。後部の損傷がひどいからな」

「取り出せる？」

彼は屈み込み、バッテリーを一部おおっている金属をねじったりして調べ、短く頭を振った。「だめだな。金属カッターのようなものがないと。ただ、ここに手を押し込んで、指を切らずに――」

「あたしにやらせて」彼女は言い、彼の横に移動した。「あたしの手のほうが小さい」

「だが、強くない」彼は木に肩をもたせ、右手をできるだけ奥まで突っ込んだ。その指の爪が寒さで青くなっているのに気づき、ベイリーは顔をしかめた。この寒さと風の中、手を剝き出しにすることがどれほど辛いか、経験からわかっていた。

「凍傷になる前に手をあたためたほうがいい」

彼は、男がよくやる「そうだな」から「がみがみ言うな」までいろいろに取れるうなり声を発しただけだった。無理に手をあたためさせることはできないから、腕を組んで口をつぐんだ。言うだけ損だ。失敗するにしろ、うまくいくにしろ、決着がつけば、彼だって自分をいたわるだろう。

そうやって三秒我慢した。「男性ホルモン中毒の顕著な例ね、間違いなく」彼女はコメントを述べた。

彼は顔を向こうに向けていたが、頬にしわが寄ったので笑っているとわかった。「おれに話しかけてるのか？」

「いいえ、この木に向かって話してるの。結果はおなじだけど」

「おれなら大丈夫だ。火を熾すことができれば、それであたためられる」

悪魔の申し子が彼女の耳元でささやいた。「自信ありそうね」

「ある」

「あなたの足をあたためたのとおなじ方法で、手もあたためてあげようかと思ってたんだけど、その必要なさそうね——忘れて」

彼女の言葉が凍えるような大気の中に浮かんだ。頭がおかしくなったんじゃないの、と言う自分がいたけれど、口にした言葉は引っ込められないから、平気な顔を装った。

彼は固まったまま動かなかった。それからゆっくりとこちら向きになり、背筋を伸ばした。

「早まったこと言ったようだ。両手が本気で痛い」

「だったら、早く火を熾すことね」彼女は楽しげに言い、シッシッと手で払った。

彼は〝憶えてろよ〟の視線をくれ、作業に戻った。バッテリーが組み込まれている場所の関係で、ぶざまな格好での作業になる。それに木が邪魔だし。ようやく彼が言った。「オーケー。これからワイヤーを切る。その前に準備をしておかなくちゃ。残っているバッテリー液が少なければ、試せるのは一度こっきりだからな」

「なにが必要なの？」

「最初に、風を避けられる場所を確保する必要がある。そこを岩で囲って炉を作るんだ。焚きつけ用に乾いた枝も必要だな。シェルターの隙間を埋めるのに差し込んだ枝が、もう乾いているだろう。それ以外に乾いた枝を探すのは無理だろうな。枝を集めたら、樹皮を剥ぎ取って使う」

風が問題だった。そこらじゅうに吹き荒れているので、避けられる場所はないに等しい。こうなったら仕方ない。スーツケースの中身を空け、シェルターの前の空き地を囲うように立たせて並べた。スーツケースに火がつくといけないのであまりちかづけられず、完璧な風除けにはならないが、これで我慢するしかない。

彼女が囲った場所の雪をどけると、キャムがねじ回しを凍った地面に何度も突き立て、ハンマーの爪の部分でゆるんだ土を掘り返した。ほんの数センチ掘っただけで岩盤に当たった。これでよしとしなければ。

穴の底に敷き詰めるのに、石はいくらでも転がっていた。彼がそれを拾い集めるあいだ、ベイリーは乾いた枝を探した。彼が言ったとおり、いちばん乾いているのはシェルターに刺したやつだった。枝を引っこ抜いてできた隙間はべつの枝を刺し込んで埋めた。あとひと晩、シェルターで寝ることになるのだから、あたたかく保っておきたい。

キャムは枝の樹皮をナイフで削り、小鳥の巣作りに使うような小枝を両手にひと抱えほど作った。それを炉に敷き詰め、彼女のノートから破り取った紙を丸めてその上に置き、最後にもう少し太めの枝を載せた。「生材だから燃えてもあまり熱くはならないが、ありがたいことにすぐには燃え尽きない」それも火を熾せればの話でしょ、とベイリーは思ったが、口には出さなかった。

うまくいって火がついたとして、それを消さずに炉まで運ぶ算段をしなければならない。風はおさまる気配がないから、丸めた紙に火を移して炉までもってくるわけにはいかない。救急箱はくすんだオリーブ色の金属なので、ベイリーは中身をすっかり出し、それを彼に渡した。またねじ回しを使って、彼は箱の隅にいくつか穴を開け、炉を切ったときに出た泥を箱の底に敷き、常緑樹の針葉を抜いて泥の上に敷いた。また紙を丸め、それからガーゼを引き裂いて丸めた紙の中にそっと載せた。

ベイリーは黙って見守っていた。この三十分ほど、二人は無言だった。準備することがあまりにも大事だったから。火を熾すことがあまりにも大事だったからだ。そう思うとめまいがしたほどだ。

あとはワイヤーだ。彼は短いワイヤーの絶縁体をそっくり取り除き、それより長いワイヤー二本の両端を剝き出しにした。それから長いほうの二本の端を、それぞれ短いワイヤーにつないで捻り合わせた。

彼女が救急箱を持ち、彼がワイヤーを持って機体へと向かった。

「うまくいって紙に火がついたら、箱の蓋をして炉まで運ぶんだ」彼が指示する。「おれはバッテリーのパワーを無駄にしないように、ワイヤーをはずさなければならない。おなじことを繰り返す必要があるかもしれないから。丸めた紙はゆっくり燃えるから、炉まで行く時間は充分にある。先に行って火を熾しておいてくれ」

彼女はうなずいた。心臓がドキドキいって気分が悪くなりそうだ。どうかうまくいきますように。無言で祈った。なんとしても火を熾したかった。

キャムのかたわらに立ち、絶縁体がついたままのワイヤーの一本を持ち、剝き出しのワイヤーが丸めた紙の端に触れるようにした。キャムは両手が使えるよう木と残骸のあいだに体を差し込んで固定し、長いほうのワイヤーの一本をプラスの電極に、もう一本をマイナスの電極につないだ。終わってもそのまま動かず、ベイリーの手の中の救急箱に鋭い視線を送った。

彼女は紙につけた剝き出しのワイヤーが揺れないよう必死で握っていた。「どれぐらいかかるの？」

「数分かな」

一時間もかかったような気がした。時間はのろのろと過ぎてゆく。期待で胸が苦しくなりながら紙を見つめ、煙があがって紙が焦げるのを待ちながら、なにか起こってくれますようにと祈った。

「お願い、お願い、お願いだから」彼女は声に出さずに言った。なにも起こらない。とても見ていられなくなって目を閉じた。紙を見つめなければ、火がつくような気がした。子どもっぽい希望、馬鹿げた思いだが、見ることによって、なにかが起きるのを妨げているような気がしたのだ。

「ベイリー！」キャムの鋭い声がした。

ぎょっとして目を開けた。最初に目に入ったのは、はかなく揺れる煙だった。蜃気楼《しんきろう》のように透き通っている。ためらいがちにくねくねとあがってゆき、風に吹き飛ばされる。おそるおそる体の位置をずらし、救急箱を引き寄せて体で風を防いだ。

紙の上に茶色の焦げ跡が広がってゆき、中に突っ込んだガーゼに移る。あかるく小さな炎がガーゼを舐《な》める。紙の端に火がついて丸まりはじめた。

「行け」キャムが言い、ベイリーはそっと蓋をして体の向きを変え、急いで炉へと向かった。紙と枝で組んだピラミッド形の焚きつけのかたわらに膝を突き、弱々しい炎を守るためにそろそろと蓋を開けた。丸めた紙は半分ほど燃えていた。

そっと紙を取り出して、燃えているほうの端を焚きつけの真ん中の、削った小枝と紙でできた焚きつけの巣に押し込んだ。

火花が散り、すばらしくかわいい炎が高く昇って紙に燃え移り、それから小枝に燃え移った。焚きつけの小枝から煙が出て、炎があがった。

彼女は笑い出した。喜ぶ気持ちに寄り添うように、泣きたい気持ちもあった。振り向くとこっちにやってくるキャムが見えた。飛び上がって彼のほうに駆け出し、その胸に飛び込んだ。抱き上げられ、くるくるまわった。

「うまくいったわ！」彼女は叫び、広い肩にしがみつき、両脚を腰にまわして体を支えた。

彼はなにも言わなかった。両手で彼女のお尻をつかんで抱き寄せた。脚のあいだのやわらかく火照った部分を、岩のように硬いものがしきりに押してくる。驚いて顔をあげた。笑いが途中で引っ込んだ。生き生きとしたグレーの瞳を熱と渇望とで輝かせ、彼はキスした。

22

彼の唇は冷たかったけれど、キスは熱かった。抑えきれない渇望と熟練の技が、彼女から一瞬にして反応を引き出した。頭の中でいつもの警報が鳴ったが、それほど切迫したものではなく、ほんとうに久しぶりに、というか生まれてはじめて、彼女は警報を無視した。彼の首に腕を絡ませ、キスを返した。彼の唇の執拗《しつよう》さに口を少し開き、誘いかける舌のわずかな侵入を許した。

後ろめたさと歓びが混ざりあって彼女を満たし、当惑させる。こんなことをするつもりなんてなかったのに、こっちの道に来るつもりなんてなかったのに、足を踏み入れたら出たくなくなった。

腰にまわした脚をほどくべきだとわかっていた。大胆な格好はやめるべきだけれど、できなかった。彼の反応の強さに気持ちが昂《たか》ぶる。体の力を抜いて委ねてしまえば、歓びが待っているんだよと誘惑する歌が聞こえた。その底には、単純に抱かれる歓びがあった。肉体の触れ合いを求める、とても人間的な欲求があった。長いことそれに餓《う》えていた。不意にこれ以上自分を偽れないと思った。

これまでの二晩、抱き合って眠った。たがいの体温であたためあって生き延びるためだが、長く暗い時間のあいだに、相互の信頼や連帯意識は強まっていた。それはこれまで抱いたことも、欲したこともない感覚だった。自分の感情を守るためには、自分だけに頼り、他人をちかづけないのがいちばん。幼いころにしっかり学んだことだ。

それでも、彼はここにいる。身近で強くあたたかな存在として。どこにも行って欲しくなかった。

キスをやめたのは彼のほうだった。唇を離し、瞼《まぶた》が重く垂れ下がった目でじっと見つめた。目の下のくまと引っ掻き傷が、その眼差しの強さを損ねてもいいはずなのに、そうではなかった。燃える意志がもっと多くのものを約束している。両手は彼女の尻をつかんだまま、ゆっくりとしたリズムで膨張したペニスに押し付けていた。彼女の心臓は早鐘を打ち、息は喘ぎに変わった。それから、彼の口角が持ち上がって悲しげな笑みを浮かべた。「やめるのはいやだが」彼が物憂げに言う。「いまにもぶっ倒れる」

彼女は目をぱちくりさせて彼を見上げ、そこで気づいた。「あら、まあ！　忘れてた！　ごめんなさい――」慌てて腰にまわした脚をほどき、地面に足をおろした。恥ずかしさに頬が赤くなるのがわかった。彼が弱っていることを忘れるなんて。きのうまで、自力で動きまわることもできなかったのよ！

彼がよろっとしたので、ベイリーは腋の下に肩を入れ、腰に腕をまわして支えた。「自分で自分が信じられない。忘れていたなんて」彼を助けて焚き火に向かいながら、しどろもどろになった。

「おれとしては、忘れててくれてよかった。存分に楽しませてもらったから。でも、わずかに残っていた血が全部あそこにまわったんで、頭がくらくらしたんだな」彼はウィンクし、彼女の手を借りて焚き火の前に腰をおろした。お尻の下に敷くのに、シェルターの入り口を塞いでいた服の袋を使わざるをえないが、服はほかにもいろんなふうに使ってきたのだから、尻に敷くぐらいなんてことない。

「ああ、いい気持ちだ」彼が火に両手をかざし、うなるように言ったので、ベイリーははっとしてあたりを見回した。

焚き火のことも忘れていた。どうして？　そもそも火が燃え上がったのが嬉しくて、彼に向かって駆けていったのに。でも、彼にキスされたとたん、プシュッ、ほかのことすべてが消え去った。もし、炎が揺らいで消えそうになっていたら、風を避けるのにスーツケースの位置をずらす必要があったとしたら？　この火は貴重だ。ずっと見守って、世話をすべきだった。キャム・ジャスティスの胸に飛び込んで、ロディオの馬にまたがるみたいに彼にまたがらずに。

「なんて馬鹿なんだろう！」渦巻いて昇り風に巻かれて消え去る煙を、じっと見つめながらつぶやいた。水分を多く含んだ小枝にもだんだん火がついて、煙が濃くなった。ほんもののキャンプファイアーはこんなに煙が出ないが、それでもこれは奇蹟だ。「火の番をしているべきだった」

「でも、それじゃあんなおもしろい気分は味わえなかった。自分を責めるのはやめろ。世の中のことすべてに責任をもてるわけじゃあるまいし」

「そうかもしれないけど、もし火が消えていたら、二人とも幸せなキャンパーにはなれなかったわ」なるべく火にちかづいて立ち、そろそろと両手をかざした。顔にあたる熱があまりにも気持ちよくて、うめき声をあげそうになった。熱や食事や水はあってあたりまえのものだ。これからは旅に出るときには、かならず防水のマッチ箱を荷物に入れよう。衛星電話といった必需品も。足首まである防寒下着も。非常用携帯口糧も数十個は入れないと。

「生きてはゆける。あと二日ぐらい、火がなくても生きてゆける。でも、あれば多少は快適に過ごせる」

　肉体的にはそうだろう。でも、火はおおいに士気を高めてくれる。きょうはすでに意気消沈していた。しかもまだ午前のなかばを過ぎただけだ。

「もっとも」彼が考えながら言葉をつづけた。「もっと前にバッテリーのことを思いつけばよかったと思う」

「なぜ？　思いついても、なにもできなかったじゃない、二人とも。あなたは怪我をして動けなかったし、あたしは気分が悪すぎた」

「火を熾したらあんなご褒美をもらえるとわかっていたら、裸で雪の中を這ってでもバッテリーまでたどりついていた」

ベイリーはプッと吹き出した。あまりにも馬鹿ばかしくて――裸で、という部分がではない。そりゃたしかに、彼の裸は一見の価値があるだろう。いままで目にしたパーツからわかる。そうじゃなくて、キスひとつのために、雪の中を這ってでもいこうとすることのほうが。

彼が手を伸ばし、彼女のウエストバンドに指を引っ掛けて引いた。「座れ。話したいことがある」

有無を言わせぬ言い方に、ベイリーは眉を吊り上げた。「踵《かかと》をくっつけて敬礼したほうがいいのかしら？」

「指揮下にある野郎たちには効き目があったけどな」

「おあいにくさま、あたしはちがいます」

「ちがっててよかった。もしそうなら、きみを巻き込む計画は規律違反だからな。そいつを聞きたいか、どうなんだ？　聞きたければ、座れ」

　彼がまたウェストバンドを引っ張った。ちょっとぼうっとして、気がつけば服の袋の上に彼と並んで座っていた。中身が平らに詰まっていないので体が傾くと、彼が肩に腕をまわして支えてくれた。

「あくまでも正直でいたいと思う」彼が言い、輝く目で彼女をちらっと見た。「だから、公正を期してきみに警告しておく。ただし、一度しか言わないから心して聞くように」

　警告するって、なにについて？　そう尋ねようとして口をつぐんだ。答えを知るのが怖かったから。〝怖い〟とはちがうのかも。警戒する、そう。苛立つ。怯える。でも、ほんとうのところは、心躍っていた。

「いずれ救助されると思っていたときには、きみを怯えさせるようなことは、断じてしないつもりだった」株式市場について話し合うような、あっさりした言い方だった。「おれが事を急ぎすぎれば、きみは自分の縄張りに戻ってからおれを避けるようになるだろう。でも、いま、救助隊はやってこないとわかって、これから数日、長くて二週間、きみはおれから離れられない。だから、話しておくのがフェアだと思う。一日か二日して、もっと低いところまでおりて、あたたかくなって、体力が戻り気分がよくなったら、きみを裸にするつもりだ」

ベイリーはなにか言おうと口を開き、なにも思いつかずに口を閉じた。頭の中が空っぽだった。なにかすべき……でも、なにを？　男の誘いに対する通常の反応は、自分の中の女に休みをとらせることだ。男をそういう対象として見られないから。もう一度、なにか言おうと口を開き、あえなく口を閉じた。彼を冷たく拒絶すべきだ。ズカズカと人の領域に入り込んでくる人間には、つねにそうしてきた。彼に対してそれができないことが、ベイリーをうろたえさせた。

「グッピーの真似をするのにはわけがあるのか？」彼が小さな笑みを浮かべ、頭を傾げて尋ねた。

支離滅裂なことを口走りそうで、ただ頭を振るにとどめた。

「質問は？」

質問なら百万個ほども浮かんでいる。その大半が言葉にならず、言葉になっても口にできないことばかりだった。また頭を振った。

「そういうことなら、そろそろ仕事につこう。準備しておくべきことは山ほどあるからな」

彼が立ち上がろうとした。今度はベイリーがウェストバンドを引っ張る番だ。

「アロエのウェットティッシュとあなたの下着の替えを出しておいたわ」彼女は言い、シェルターを指差した。また声が出たのでほっとした。およそ馬鹿げたことを言ってはいたが。

「体をきれいにしてちょうだい。そうでなきゃ、今夜はおもてで寝てよね」

五分後、シェルターの中から、まだ彼のクスクス笑いが聞こえていた。

実際的なことを考えられるようになるには、努力が必要だったが、山をおりるためにはいろいろと準備が必要だとわかり、もりもりと元気がでた。

キャムが言うには、まず最初に体に水分を吸収することで、それにはできるだけたくさん、できるだけ速く雪を融かす必要があった。炉のまわりを囲った石は熱を吸収しているが、熱すぎてマウスウォッシュのボトルを融かしてしまう恐れがあった。そこで雪を詰めたボトルを炉の外側に置いた。

二番目は、キャム自身のことだ。こういう天候にたいする備えをしてこなかった。彼女は服を山ほど持っているが、一枚として彼が着られるものはなかった。一枚では無理でも、二枚をつなぎ合わせれば着られるかも。靴も大問題だが、シートから革を切り取ってある。靴に雪が入らないよう、断熱の役目を果たし雪の上で滑らないオーバーシューズを作る必要がある――ベイリーには手におえない。靴の修理屋じゃないんだから。革を切って適当な形に縫い合わせるなんてできない相談だ。へたに切って使い物にならなくなったら大変だ。

革を切る前に、靴の形を図にしておいたほうがいいと思い、手帳とペンを手にした。ペンの芯を出し、紙に線を引こうとしたがまっさらなままだ。ペンのインクが凍り付いていた。苛立ちを抑え、ペンも炉の外側に置いた。マウスウォッシュのボトルの中の雪が融けはじめていた。それはそうだ。火はすばらしい。

飛行機には細工が施されていた。キャムの推理は反駁《はんばく》する余地はなさそうだ。セスが彼女を殺そうとし、キャムを巻き添えにすることも厭《いと》わなかった。とても受け入れがたいし、理解しがたいことだ。この二日は悪夢のようだった。痛みと体を凍らす寒さ、めまいと吐き気。体力の限界を超えるまで自分を追い込んだ。でも、こうして炎を眺めていると、魂が昂揚するのを感じる。原始人が焚き火のまわりで踊ったのも不思議はない。熱と光を手にし、喜びにわれを忘れたにちがいない。身を乗り出して両手を広げ、手のひらに熱を感じた。熱をあってあたりまえのものと思うことは、二度とないだろう。

気分はよくなっていた。腕の腫れや赤みはひいた。キャムも元気になった。救助隊が来ないのなら、自力でなんとかするしかない。生き延びることができる。はじめてその自信をもてた。火を手にしたおかげだ。

シアトルに戻ったら、面倒なことが待っている。

23

J&Lのオフィスは死体安置所みたいだった。ブレットもカレンも、肉体的要求には勝てず、二日目の夜は自宅に帰って眠ったが、帰り際にカレンが言った。「なんだか彼を見捨てるような気がする」

民間航空パトロールの捜索は成果がなかった。ブレットはスカイレーンの運行記録を集めて、整備士長のデニスとともに、事故につながるような未解決の問題はなかったか繰り返しチェックした。スカイレーンは信頼度の高い飛行機で、通常の整備でも、操縦席の窓のデフロスターの故障のような小さなものしか見つかっていない。

捜索の指揮を執《と》るのは、胡麻塩頭のずんぐりした男で、名前はチャールズ・マグワイアといい、捜索のベテランで、仕事熱心だが悲観論者だった。二人が生きて発見されることはないと考えていた。生存者がいればすぐにわかる。事故が人里離れた場所で発生した場合、遺体あるいはその一部はいずれ発見される……たいていの場合。

「応答機《トランスポンダー》の信号が途絶えたのは……ここだ」彼は言い、ワシントン州南東部のワラワラの東の地点を指差した。「ユマティラ国有林のあたりだ。そこを碁盤目状に捜索した。だが、それから十五分後に、FSSが不明瞭なメーデー・コールを受信している。雑音がひどくて数語しか聞き取れなかったそうだ。おなじ飛行機かどうかはわからないが、メーデー・コールに該当するものはほかになかった。スピードと高度はわからないが、トランスポンダーの信号が途絶えた後に、なんらかのトラブルが起きたと考えられる」

「キャムならそのときに無線で知らせているはずですよ。十五分も待つはずがない」ブレットが指摘した。

「知らせようとしたのだろう。無線も故障したんじゃないか。無線もトランスポンダーも駄目になるような電気系統の故障は考えられないが、なんらかの事故に見舞われたとか……なにかがぶつかったんだろう、おそらく」

「それだけの時間、機体を維持できたとしたら、キャムのことだから不時着したにちがいない」ブレットがきっぱりと言った。「奴はけっしてパニックに陥らないし、翼をつけて生まれてきたような男なんです」

「なにかが機体に当たったとしたら、彼が負傷した可能性もある」マグワイアが言った。

「乗客のミセス・ウィンゲートだが……彼女はパニックに陥って使いものにならなくなるタ

イプか、それとも、代わりに操縦桿を握って垂直降下を回避できるタイプ？」

「彼女なら操縦桿を握る」カレンが即答した。いつものように彼女はそこにいて、すべてを聞いていた。「それから無線。天才でなくても無線ぐらい扱えるでしょ。でも、彼女は後部シートにいた。キャムの代わりに操縦桿を握るには、シートから身を乗り出して、キャムの体越しに腕を伸ばさないと」

「空の上ではなんでも起こりうる。風防ガラスがなくなったら、すさまじい風圧を受けることになり、スピードを充分に落とすことができなければ墜落する。彼女が減速の仕方を知っているとは思えない」マグワイアが言い、肩をすくめた。「問題は、機体に大変な不具合が生じたということだ。あれこれ想像はつくが、なにが起きたのかはわからない。なにかが起きたということ以外は。トランスポンダーの送信が途絶えた時点から、メーデー・コールが受信されるまでの時間に飛んだであろう距離を計測すると、捜索地域をヘルズ・キャニオンまで拡大することになる。広さは半端じゃないし、国中でもっとも険しい地形がつづく地域だ。うちの連中が昼間はずっと飛びつづけるが、こいつは時間がかかるだろう」

ブレットも民間航空パトロールのメンバーだが、いくつかの理由により捜索からはずされた。もっとも辛い理由は、キャムの飛行機が消息を断ったからといって、会社を閉鎖するわけにはいかないことだ。仕事はつづけなければならないし、従業員の生活がかかっている。

前日は一睡もしなかったので飛ばなかったが、きょうはチャーター便の操縦桿を握ることになっていた。カレンも業務を停止することには反対だった。もっとも目を泣き腫らし、頻繁にトイレに駆け込んで泣いていたが。ブレットとしては、彼女が立てたスケジュールどおりに飛行機を飛ばせるだけだ。

「機体に細工をされた可能性もあるんですよ」カレンがマグワイアに言い、ブレットに挑戦的な視線を送った。彼がなんと言おうと、カレンは自説を曲げようとしない。ブレットは鼻梁《びりょう》を揉《も》んだ。

マグワイアが驚いた顔をした。「どうしてそう思うんだ?」

「ミセス・ウィンゲートの義理の息子が、フライトの前日に電話をしてきて、いろいろ尋ねたから。そんなことはじめてでした。二人は仲良くなかった。控え目に言ってね。彼女が遺産を管理してて、彼はそっくり欲しがっていた」

マグワイアは顎を掻きながらブレットに視線を向けた。「そいつは興味深い。だが、それだけじゃなんの意味もない。義理の息子は機体にちかづけたのか? それに、見つからないように細工する方法を知っているのか?」

「飛行機についてある程度の知識はあります」ブレットは言った。「飛行訓練を何度か受けたこともあるんじゃないかな。でも、彼にそういう知識があるかどうかは――」肩をすくめた。

「そうだな」と、マグワイア。「ちかづけたかどうかは？」

ブレットは顔を手で擦った。「ここは小さな飛行場です。使うのは自家用機とうちのチャーター機ばかり。周囲にはフェンスがあって、防犯カメラも設置してあるけど、商業空港とはまるでちがう」

マグワイアは窓辺に行き、ポケットに手を突っ込んだままそとを眺めた。「不正行為があったとは、あんたたちも考えたくないだろう。長く捜索活動に携ってきたが、機体が故意に破壊されたと考えうるような事故に、おれは遭遇したことがない。細工が施された証拠が提出されないかぎり、そういう心配をしても意味がない。もっとも、安全面について考えるのはいいことだ。ここには二十四時間誰か詰めているのか？」

ブレットはカレンをちらっと見た。彼女は目を細めけんか腰だが、なにも言わなかった。

マグワイアがここで働くことになったら、彼宛ての私信は未来永劫手元に届かないだろう。

「ときにはそういうこともあるけど、決まってません。整備士が遅くまで仕事をすることもあれば、夜遅い便を飛ばすこともあります。自家用機が出たり入ったりしているし。予測可能なパターンはありませんね」

「いつ誰が現われるかわからないんじゃ、そういうことを計画するのは難しいな。フェンスに穴が開いていたり、ターミナルに不法侵入した形跡があるならべつだが、ここの捜索は行なってもしょうがないと思う。それより、手元にある情報で墜落事故の場所を突き止めることに全力を尽くそう」

それが厳しい決断を重ねてきた男の正しい反応だが、カレンは自説があっさり退けられておもしろくなかった。キャムの死は受け入れたが、責める相手がいないことは受け入れがたかった。「現実を直視するのを避けるわけね」彼女はぴしゃりと言い、足音も荒くブレットのオフィスを後にした。

ブレットはため息をつき、ぐったりと椅子にもたれかかった。「申し訳ない。彼女には受け入れがたいことなんです。おれもですよ。スカイレーンの運行記録や修理記録を集めて、整備士と一緒にじっくり調べてみたけど、故障しそうな箇所はまったく見当たらなかった。なにが起きたかわからないのは、正直言ってきついです」

「気の毒にな」マグワイアが言う。「もっとなにかできればいいんだが。消息を断ったことはわかっているが見つけられないという状況が、いちばんしんどいからな。なんでもいいから知りたいと思うのが人情だ」

「ええ」ブレットが重苦しい声で言った。駆り立てられるようにスカイレーンのファイルをつかんで開き、整備報告書や給油記録など、一機ごとに必要とされるたくさんの書類をパラパラとめくった。カレンはすべてをコンピュータ化し、オンラインのデータベースにバックアップをとっているが、最初のころに、コンピュータのクラッシュですべての記録が失われ、納税書類を作るのにえらく苦労したことがあった。それ以来、どんなに無駄だろうが旧式だろうが、紙の書類もファイルするようにしていた。ブレットとデニスは、コンピュータのファイルとそれとをくらべ、付け落としがないか、入力ミスがないか調べた。だが、それはカレンに内緒だ。彼女にミスがあったと臭わしただけで、どんなに恐ろしい目にあうかわかったものではない。

マグワイアは同情の眼差しをブレットに向けた。ときにまるで筋の通らないことが起きる。なかなか受け入れられるものではない。

不意にブレットが体を強張らせ、ファイルの最初のページに戻った。その様子に、マグワイアは顔をしかめ、ブレットのかたわらに寄った。「まさか、なにか見つかったのか」

「わかりません。おれの読みが間違っているのかも。あの朝の給油記録です」彼はまたファイルを繰り、最初から三枚目の書類を引き抜いて目を通した。「間違ってる！　こんなわけないじゃないか！」

「なにが？」

「これです！　給油した量を見てください。ありえない」

マグワイアは給油記録に目を通した。「三十九ガロン」

「ええ。スカイレーンの通常の許容量は八十七ガロンですよ。こいつはおかしい。満タンにするよう注文を出しているのに。満タンにしても、ソルト・レイク・シティで補給しなければならない。必要な量の半分以下で飛ぶなんてありえない。たとえ飛んだとしても、計器を見て少ないとわかれば、無線で連絡してきてワラワラで補給しているはずだ。通過せずに」

「ああ」マグワイアは報告書を睨みつけ、考え込んだ。カレンが戸口にやってきて、聞き耳を立て、全身で警戒警報を鳴らしていた。「燃料会社に連絡して、記録がどうなっているか尋ねてみよう。こっちが間違っているのかもしれない」

燃料を扱うのは認可を受けた請負業者だ。電話一本で情報が得られた。彼らのほうの記録も、フライトの日の朝六時二分に三十九ガロンをスカイレーンに給油したことになっており、その日の給油記録は、ポンプの総量と一致していた。さらに何本か電話をして、トラックの運転手と連絡がついた。彼はぶっきらぼうに言った。「注文どおり満タンにしましたよ。バルブをチェックして、この目でたしかめました。タンクにそんなにたくさん残っているのはおかしいと思ったけど、給油した後にチャーター便がキャンセルになったんだろうと思って」

飛行機、とくにチャーター機や民間機は不必要な燃料を積まない。燃料は重いから、多く積めばそれだけ多くのパワーが必要となる。通常は、コースの変更やなにかの事情で着陸が遅れる場合に備え、目的地まで飛ぶのに必要な量より少し多めに給油する。〝少し〟は相対的な表現だが、前日にスカイレーンでユージーンまで飛んだマイクは、タンクに半分以上燃料が残るようなことはけっしてしない。マイクが飛んだ日の給油記録を見てみる。ユージーンまで行って帰ってきて、そんなに大量の燃料が残っているわけがない。

「つまりどういうことなの？」カレンがきつい声で尋ねた。「キャムはソルト・レイク・シティまで行くのに充分な燃料が積まれていると思っていたけど、そうじゃなかった？　誰かが燃料計に細工したってこと？」関節が白く浮き出るほど、きつく拳を握り締めていた。

マグワイアの顔にあらたなしわが加わったように見えた。「燃料タンクは満タンじゃないのにそう見えた可能性があるということだ」

ブレットは目を閉じた。気分が悪そうだ。「いちばん簡単な方法は、タンクに透明なビニール袋を仕込むことだ」彼はカレンに言った。「そいつに空気を入れると見た目はわからず、タンクには必要な燃料が入らない。難しいことじゃない」

「だから言ったでしょ！」やり場のない怒りに彼女は震えた。「なにか思うところがなけりゃ、彼が電話してくるはずないじゃない！」

「防犯ビデオになにか映ってないか調べてみよう」マグワイアがきびきびと言った。

24

セスは、ウィンゲート・グループの社員になるための書類に必要事項を書き込み、上司に紹介され、職場に案内され、社員証を渡された。グラント・シーボルドが手をまわしてくれたので、新入社員がかならず受けさせられる採尿による薬物検査は受けずにすんだ。彼がこれまでに吸ったり呑んだりした薬物が体内から一掃されるまでには時間がかかる。この〝省略〟措置はシーボルドが与えた猶予期間であり警告だ。彼がそれを無視して自堕落な生活をつづけ、つぎの薬物検査で陽性とでたら、その場で叩き出す。そういうことだ。

マリファナがどれぐらい長く組織に留まっているか、オンラインでチェックしてみなければ。薬物に浸かっていたといっても、もっぱらマリファナをふかす程度だった。意識を朦朧《もうろう》とさせるのには、アルコールに頼ってきた。だが、それもいまはやっていなかった。

買い物に出掛けた。メール・ルームで働こうと、ドレスコードはある。黒っぽいズボンに白いシャツ、ネクタイ。靴は紐靴かローファーが望ましく、運動靴の類はご法度。靴下は黒。

これまでずっと、退屈そうなサラリーマンやさえないドレスコードを見下してきたが、いまはなにがなんでもそう見えるように自分を変えるつもりだった。ノードストローム・デパートで、もっとスタイリッシュな服を買いたい気持ちをぐっと抑え、必要なものを揃えた。帰る途中でボイスメールに入っている伝言を聞いた。ほとんどがパーティ仲間からで、ゆうべはどこにいたんだと尋ねる内容だった。こちらからはかけない。タムジンからのメッセージは聞かずに消去した。

自宅に食料がまったくないことを思い出し、グローサリー・ストアに寄った。ここでもらしくない行動をとった。ワインやビールの棚は素通りしたのだ。買ったのはオートミール。シリアル。果物。オレンジジュース。ミルク。コーヒー。こういうものを口に入れると考えただけで胃袋が縮んだが、食べなければいけないとわかっていた。クラッカーと缶詰のスープでメニューは完結だ。

これまでの人生は幕を閉じた。もしうまくここを通過できたら、二度と間違った選択や無責任な行動はとらない。雨の日のような侘《わび》しさに包まれる。これが何週間も何カ月も、何年もつづくのだ。つかの間の陽射しも望めない、おなじことの繰り返しの日々が。それはそれで仕方ない。自分で選んだことだ。

家に帰ると、腐りやすいものを冷蔵庫にしまい、服を脱いでベッドに横になった。うとうとしたかった。前夜は一睡もしておらず、疲労困憊なくせに眠れなかった。記憶が軍隊アリのように頭の中を行進した。

それでもうとうとしたのだろう。電話のベルではっとなって起き上がった。受話器をつかみ、かすんだ目で発信者番号を確認する。誰の番号かわかり、心臓が跳ね上がった。「ベイリー？」信じられない思いで言った。

「ベイリー！」タムジンのクスクス笑いが聞こえた。「ねえちょっと、口を石鹸で洗ったほうがいいんじゃない！」

クソッ。セスは体の向きを変え、ベッドから足をおろした。「タムジン。ベイリーの家でなにしてるんだ？」

「ここはベイリーの家じゃないわよ」意地の悪い声で言う。「お母さんの家。いまはあたしの家よ。あなたにはこんな広い家は必要ないでしょ。あたしには家族がいて、あなたにはいない」

「どうやって入った？」

「彼女が防犯装置の暗証番号を変えると思う？　父さんが生きていたころとおなじよ。それに、あたしはもちろん鍵を持ってる」

むろん〝もちろん〟ではない。訪ねていったさいに、鍵をくすねたにちがいない。おそらく父が亡くなる前だ。

「さっさとそこから出て行け」彼はつっけんどんに言った。「法的にはベイリーはまだ生きている。そこにあるものに指一本触れるわけにはいかない」

「どういうことよ、法的にはまだ生きているって？　死亡証明書はまだ発行されてないの？」

「ニュースを見てないのか？　墜落現場はまだ見つかっていない。死体もない。死体もなく、墜落の証拠もなければ、死亡証明書は発行されない」

「どうしてそんなに時間がかかってるの？　飛行機を見つけるのに、なぜそんなに時間がかかるのよ。どこかのトウモロコシ畑に落っこちたのに、農場主が気づかないとか？」

全身を洗う嫌悪感のあまりの激しさに、つい口をつきそうになった言葉を呑み込もうと頬の内側を噛んだ。感情に身を委ねてはならない。結果も考えず頭に浮かんだ言葉をそのまま口に出すことは、けっしてしない。だからこう言った。「もし彼女が死んでいなかったらどうするんだ。自分の家をおまえが好きなようにしたことを知ったら、おまえへの支払いを月二十ドルに減らすぞ。彼女のことだからしかねない」

一瞬の沈黙があり、タムジンががらっと変わった口調で尋ねた。「つまり、彼女が戻ってくる可能性があるってこと？」

「危ない橋は渡るなってことだ。家はどこにもいかない。彼女の死が宣告されるまで六カ月かかったとしても、家はまだそこにある」

「だって、もうみんなに言っちゃったし……誤解だったってことにすればいいか。そうそう、いいこと教えてあげる。彼女の馬鹿な弟が電話してきて――ほら、父さんの葬式に来てたあれよ。彼女はデンバーで彼と会う約束だったんだって。だから言ってやったわよ。彼女がいかにひどい女で、いなくなってあたしたちがどんなにせいせいしてるか」

よしてくれよ。「なんだって、正確にはなんて言ったんだ?」

「怒鳴りつけてやったわよ。あいつには我慢できない。父さんが死んだばかりだというのに、やけに馴れ馴れしくしてきてさ。あたし、言ってやったわよ。うちの兄に逆らうのは馬鹿だって。それから、彼女は自業自得だってね」

ほくそえむような声に虫唾《むしず》が走った。セスはハッと気づいた。妹が自分を憎んでいるということに。彼が刑務所に入れば、遺産はすべて自分のものだと思っているのだ。遺産をひとり占めするためなら、平気で彼を殺すだろう。父がウィンゲート・グループをセスに継がせたがっていたことで、ずっとセスを恨んでいたのかもしれない。理由はなんであれ、妹ほど彼を憎む人間はこの世にいないということに、彼は気づいた。

「おまえの思っているとおりだ」彼はゆっくりと言った。「遺言を作ってある」

「だから？　まるでほかに兄弟がいるみたいな口ぶりね」つまり、彼が遺言を作ろうと作るまいと、彼の金はすべて自分がもらうと言いたいのだ。

「おれになにかあったら、遺産はそっくり慈善事業に寄付する。おまえには一ペニーもやらない」電話を切り、震えながら座っていた。それから弁護士に電話をし、いま言ったことを文書にしてもらった。

初出勤の日は三十分前に出社した。前夜はよく眠れなかった。車が渋滞して遅れたらどうしようと心配だったからだ。わけがわからないほど不安だった。郵便物の仕分けと配達のどこが難しいんだ？　いちばんきついのは、好奇の目に曝《さら》されるのを耐えることだ。メール・ルームのいちばん若い社員の倍は歳をくっている。上層部のごくかぎられた人間以外に、彼を見知っている者はいないし、彼らと会うことがあるとは思えなかった。郵便物を彼らのオフィスに届けても、受け取るのは本人ではなくアシスタントだ。それぐらい切り離されていることに、ほっとしてもいた。

メール・ルームで働く社員が出勤してきた。ほとんどがお定まりのスターバックスのカップを手に持って。セスはここでは流行遅れだ。コーヒーは嫌いじゃないが、フレーバーを加えないふつうのが好みだし、なくても心が張り裂けたりしない。みんなに合わせて、味覚を開拓すべきかもしれない。あるいはスターバックスでコーヒーを買い、中身を捨ててカップだけとっておき、自分好みのふつうのコーヒーをいれてくるとか。ああいうカップは何度ぐらい使えるものなのだろう。

同僚たちがちらちらとこっちを見ている。どう接していいのかわからないのだ。彼のことを上の階の人間だと思っているのかも。彼よりずっと若い連中なのだから仕方ない。こちらから話しかけよう。「おれの名前はセス、きょうからここで働くことになった」

同僚たちが目を見交わす。若い女の一人、マングースみたいに冷たい目をしたひょろっとしたのが言った。「ここで？　メール・ルームで？」

「そうだ」

さらに目を見交わす。「刑務所から出てきたばかりとか？」

入らずにすむように努力しているところさ。「いや」軽い口調で言う。「昏睡状態で十五年経って、やっと目を覚ましたのさ」

「冗談でしょ？」若者の一人がびっくりした顔で言った。「なんでそんなことに？」

「ノンスティックスプレーを吸い込んだ」

「まさか」マングースが言う。「そんなに長いこと昏睡状態だったら、脳に損傷を受けるはずでしょ」

意地が悪いが、ほかのガキどもよりは頭がいい。「受けてないって誰が言った？」彼はそれだけ言って背中を向けた。

メール・ルームの責任者はずんぐりむっくりの白髪混じりの女で、およそ似つかわしくないキャンディ・ズーチンという名前で、ファッションセンスはロシアの老婦人並みだ。ネイビーブルーのブレザーに灰色のスカート、黒の編み上げ靴といういでたちで、メール・ルームをカトリック系の学校も真っ青というぐらい徹底して効率的に運営していた。ガキどもを指揮下におさめているのは一目瞭然で、あのマングースでさえ、キャンディになにか言われると「はい、マム」と応える——それも皮肉混じりにではないのだから、すごいことだ。セスはエゴもプライドも怒りも抑え、彼女に言われたことを、文句も言わずになんでもやった。仕事そのものは脳細胞を必要としないが、客観的にみるとよい訓練の場だとわかる。すごく退屈ではあるが、細部に神経を配ることや規律正しさが求められるからだ。さぼりたい誘惑は切実だった。同僚のなかには手抜きをしている者もいた。もし彼が経営幹部だったら、キャンディ・ズーチンの忠告や意見に耳を傾けているだろう。

二日前なら、まったく注意を向けなかっただろうに。

仕事は単純だった。届けられた手紙や小包を仕分けして配達する。発進郵便物を集めてきて、切手を貼るか発送票を貼るかし、必要なら包装し、その日のうちに投函する。それを繰り返すのだ。変化はなく、終わることもない。カタツムリ郵便（電子メールに比べ届くのが遅い普通郵便）の多さには驚かされる。電子メールがあることを知らないのか？　どうやら電子メールは部署間や社員間のやりとりにのみ使われているようだ。外部への手紙や契約書のような重要書類は、いまだに紙が使われていた。

彼を地下室にこもらせるな、とシーボルドからキャンディに指示が出ていたようだ。初日から、手紙やクッション封筒や小包を山積みしたカートを押して、郵便物の配達にいかされた。「仕事は体で覚えろってね」彼女がてきぱきと言った。「オフィスごとにちゃんと表示が出ている。「受取人が見つからなかったら、尋ねること」

彼が配達にまわるのは、むろん上のほうの階だった。こういう姿を見られるのが屈辱だからと辞めるなら、早いほうがいい、とグラント・シーボルドは思ったのだ。

セスは多くを学んだ。メール・ルームの事務員は、誰の目にも留まらないことを学んだ。あるアシスタントはマニキュアにうつつを抜かしていることを学んだ。誰がコンピュータゲームをしているかを学んだ。誰が好かれていて、誰が好かれていないかを学んだ。アシスタントの態度ですぐにわかる。副社長の一人は仕事中に飲んでいた。カートを押してオフィスに入ってすぐに、かすかだが紛れもない匂いを嗅ぎつけた。匂いを消すために空気清浄スプレーを拭きかけていることもわかった。彼が鼻をひくつかせると、アシスタントが気づいて冷ややかな目で睨んだ。「あなたはなにも知らない、なにも見ていない、なにも嗅いでいない」とその目は言っていた。彼はうなずき、仕事をつづけた。

自分が大いなる幻想を抱いていたことを学んだ。彼だと気づいた者は一人もいなかった。

25

その日の午後遅く、キャムはあたらしい革のオーバーシューズのテストドライブを——というか、テストウォークを——行なった。革にナイフで穴を開け、自分の靴の紐と電線を使って編み上げただけの大雑把なものだが、しなやかだし、ドレスシューズからふくらはぎまでをすっぽりおおってくれる。しかもベイリーは大きめに作って、服の切れ端——シャツを犠牲にした——を断熱材として足のまわりに押し込んだ。紐を取り除いたため靴がゆるくなったので、足を入れる前に布でくるむことができる。そんなわけで足はすっかり保護され、焚き火のおかげで実際にあたたかだった。

その日はとても忙しかったが、不思議なことに少しも辛くはなかった。焚き火の前の服の入ったゴミ袋の上に並んで座り、彼女がオーバーシューズを作るあいだ、彼は貴重な必需品を積んで引っ張るための〝ソリもどき〟と、二人分のスノーシューズを作った。マウスウォッシュのボトルの雪が融けると、それを飲んだ。火のおかげで融けるのに時間がかからないから、墜落以来はじめて、喉の渇きを意識する前に充分な量の水を飲むことができた。

彼と仲良く並んで黙々と作業をすることに、ベイリーは妙な満足を覚えた。不安がなくなったわけではない。どうやったら不安を感じずにいられる？　これから長く危険な試練が待っている。もしかしたら生きてくぐり抜けられないかもしれない。山は信じられないほど起伏が多く、危険だ。ミスは許されない。たとえ無事に下山できたとしても、誰かが故意に二人を殺そうとした事実は残る。そして、すべての矢印がセスに向いていた。

彼が犯人だということを証明するのは難しい。まず、証拠はすべてここにある。山腹に散らばっている。残骸をふたたび見つけ出すことができたとしても、証拠はすべて悪天候によって破壊されてしまうかもしれない。あるいは、寒さが証拠を保存してくれるかもしれない。彼女にはわからなかった。誰かが二人を殺そうとしたことはたしかだが、誰がやったか証明できないかもしれない。殺されそうになったと知りながら、いままでどおりに暮らしていけるだろうか？　セスとどう向き合えばいいの？　とてもできない。でもそれはジムとの約束に背くことで、なにがあってもそんなことはしたくなかった。

もっともすべては、先の話だ。彼女に未来があるという前提にたっての話だ。確実なのはいまこの瞬間だけ。そう思うと解放されたような、楽な気持ちになれる。救助隊を待ってやきもきすることはない。来ないとわかっているのだから。二人には計画があり、それを実行に移そうとしている。頼るのは自分たち自身、自分たちの創意工夫、決断力と不屈の精神だ。それなら自信があった。

オーバーシューズのつぎは服だ。フランネルのシャツ二枚を——ありがたいことに、二週間のラフティングのために服はうなるほど詰めてきた——ボタンで留め合わせ、大きな不恰好な一枚の衣類にした。いくら不恰好でもしょうがない。一枚だけで彼の胸や肩をおおえるものは、彼女の持ち合わせの服のなかにはないのだから。袖は短すぎるし、使わない袖二本が背中に垂れ下がってはいても、何枚もの服をただ重ねて体に巻くよりはずっといい。二枚のシャツは柄が合っていないが、二人とも気にしないのだからそれでいい。問題はあたたかいかどうかだ。

ダウンベストは彼女が着ることにした。そもそも彼女のものだし。彼は新品のレインポンチョを着る。断熱効果は低いが風を遮断してくれる。下に重ねるものについて、彼女にはいくつかのアイディアがあった。うまく形にできるといいのだが。

彼の脚をあたたかく包むにはどうすればいいか。彼女はスウェットパンツを二枚重ね着すればいいが、キャムはスーツのズボンしか持っていない。スウェットパンツはウェストがゴムだが、それでも彼は穿《は》けなかった。背が高すぎるのだ。一方の彼女は、ワークアウトのせいで痩せていた。

彼女にいいアイディアが浮かんだ。「チャップス（カウボーイが穿く革のオーバーズボン）みたいなのを作ったらどうかしら」

枝とワイヤーでスノーシューズを作っていた彼が顔をあげた。驚いたふりで眉を吊り上げる。「まさか牛の生皮も詰めてきたとは言わないよな」

「口は達者なんだから。そのままじゃ凍えるでしょ」

彼がもたれかかってきて、肩と肩をぶつけた。「ごめん。きみのアイディア工場から今度はなにが生まれてきたのかな？」

「マイクロファイバーのタオルを四枚持ってるの」

彼は考え込み、うなずいた。「オーケー、二週間のキャンピング旅行にタオルを携帯するのは理に適《かな》っている」

「ありがとう、ミスター・懐疑論者」彼女はそっけなく言い、説明をはじめた。「片端に沿ってスリットを入れて——端を切り落とすんじゃなく、三センチほど内側にスリットを入れるの——服の切れ端をスリットに通していってベルトみたいにして、あなたの腰に巻く。おなじように縦の端に沿ってスリットを入れて二枚を継ぎ合わせる。あっという間にチャップスのできあがり」

「縫い物ができない人間にとって、きみは持ち運びのできるお針子みたいなものだな」

思わず笑った。「皮肉な話ね。あたしは裁縫が大の苦手だっていうのに、いまじゃ、いろんなものを作っているうえに、あなたの頭まで縫い合わせた。こんなの間違ってる」

彼は手の中のスノーシューズを見ながらクスクス笑った。「それならおれもだ。昔から雪は大嫌いで、寒いのが大の苦手だった――それがいまじゃこのざまだ」

「雪が嫌いなら、どうしてスノーシューズの作り方を知ってるの？」

「原理は単純だからな――体重を広い平面に分散すること――つまり、格子状のものを作って足にくくりつければいい」

彼は大きな手で常緑樹の細くしなやかな小枝を器用に編み、スノーシューズを作っていた。見るからに手馴れた感じだ。彼女はまた満ち足りた思いに浸った。自分の居場所が見つかった感じ――この山がそうなのではなく、この瞬間がそうなのだ。

生き延びるための闘いは苛酷だが、あくまでも肉体的なものだ。精神的には、不思議なことにストレスから解放されていた。単純な選択だからだろう。必要なことをやる。やらなければ死ぬ。シェルターを作る。できるだけあたたかく過ごす。雪を融かして飲む。それだけのこと。サバイバルに複雑な要素はない。それにくらべて人生は複雑そのものだ。

とは言っても、一刻も早く終わってほしかった。熱いシャワーを浴びたい。水洗トイレを使いたい。スーパーマーケットで買い物したい。

「いまいちばん食べたいもの、なんだかわかる?」うっとりとした声で言った。

彼はウッと喉を詰まらせ、それからゲラゲラ笑った。ベイリーの頭は生産活動に勤しんでいて、セックスとは切り離されていたので、きょとんとして彼を見つめた。それから気づいて、顔が火照るのを感じた。「そういう意味じゃなくて」彼をピシャリと叩いた。「笑うのやめてよ。あたしが思い浮かべていたのは、コーンとポテトのチャウダー。熱々で、カリカリに焼いたベーコンとすったチーズが載ってるの」実際に味わったみたいに唾が湧いてきた。

彼が親指で涙を拭って、言った。「おれは肉食人種だから」キラリと輝いた目が、プライムリブを思い浮かべているのではないと言っている。彼女の顔がさらに火照る。

彼を押してゴミ袋から転がり落とそうとした。「離れて! あたしのそばにいないで。いやらしいんだから」

「仰せのとおり」彼は梃子《てこ》でも動かない。「あらゆる点で」

「本気よ! 離れて。オーバーシューズの履き心地でも試したら」

彼はクスクス笑いながら立ち上がり、歩み去った。大股で飛行機に向かうその後ろ姿を、ベイリーは眺めた。無意識にお尻や長い脚に目がいき、はっと気づいて視線をまっすぐ前に向けた。必要ないのに、せっせと焚き火に枝をくべた。

彼は誘いかけている。そう、ぜったいに誘いかけている。言葉や笑いで誘いかけ、相手を頼らざるをえないこの状況を利用して誘いかけている。彼から離れられない。壁を作って彼を締め出すわけにはいかない。二人が生き延びられるかどうかは、二人の緊密さ、二人の協力にかかっているのだから。

彼が望むならそうさせればいい。生来の用心深さがそうささやきかける。彼にセックスさせればいい。そうすれば、誘いかけてくることもなくなる。彼女の心に攻撃をしかけてくることもなくなる。自分のものにしたと思うから。彼女の感情は安全なままだ。

恋に落ちたことはない。恋をしたいと思ったこともなかった。生まれてはじめて、恋に落ちそうな危険を感じていた。キャム・ジャスティスにちかづいてこられたら、心の中まで入ってこられたら無傷ではすまない。罠にはまってしまった。そう思うと恐ろしくなった。彼はほかの男たちとはちがう。彼女の本質を見抜いている。どうしてだかわからないが、そうなのだ。あまりにも多くを曝け出しすぎて、もう後戻りはできない。

無防備な自分には耐えられなかった。たった二日間で、彼のことをいとしく思うようになったのではないかと、疑う自分がいやでたまらなかった。弟をのぞけば、自分以外の人間をこんなふうにいとしいと思ったことはない。それに弟はまったく別だし。

キャムを視線で追いかけたいという衝動は、痒《かゆ》みのように人を苛々させる。不本意ながら衝動に従い彼のほうを見ると、しゃがみこんで右翼を調べていた。頭に包帯を巻いているので、髪の毛はほとんど見えないが、おかげで頭は寒さから守られていた。つぎはぎの服のせいでホームレスみたいに見える——服のほとんどは体に巻きつけているだけだが、まるで軍服を着ているように堂々としていた。ホームレスみたいに見えようが、本人はまるっきり気にしていないからだ。女物を着ざるをえなくても、まるっきり気にしていない。もっとも、彼女が選んだスウェットパンツやフランネルのシャツは女らしい服とは言えないが。フリルのついた服ばっかりだったとしても、やはり彼は気にしなかっただろうか。あの自信の前では、フリフリの服も影が薄い？

彼が不意に機体の下に手をやり、膝を突いて右翼の下でなにかやりだした。彼女は心配になって立ち上がった。なに無茶やってるの？　これまでに機体は一センチもずれていないが、だからと言ってぜったいにずれない保障はない。とくにいまみたいに、下にもぐって叩いたり引っ張ったりしたら。

「いったいなにやってるの？」急ぎ足で彼のほうに向かった。彼が自発的に出てこなかったら、力ずくでも引っ張り出すつもりで。

彼がにんまりしながら、黒いものを引きずって出てきた。

「上着を見つけた」得意げに言った。

機体は黒だ。上着も黒。機体が雪に埋まったとき、ひしゃげた黒い金属や黒い影に溶け込んでわからなくなったのだ。彼が上着を手に入れたのは喜ばしいことだが、彼女にはほかに気になることが――

「バーはまだポケットに入ったまま？」

にんまりしてポケットを叩く。「ああ」

「いま食べる、それとも朝までとっておく？」あまりの空腹に、牛半頭分の肉でも平らげられそうだ。

「朝までとっておく。エネルギー補給用だ。今夜は残っているキャンディバーを半分こしよう。糖分を分解するのにエネルギーが消費されるが、今夜は寝るだけだからな」

ため息が出た。彼の言うとおりだ。それはわかっていた。いやだけど同意するしかない。バーは凍っているだろうから、ひと晩かけて解凍したほうがいい。

彼は上着の雪を払ってベイリーに差し出した。着る前に乾かす必要があるが、焚き火があるので乾かせる。彼もおなじことを考えたのだろう。空を見上げた。「明るいうちに薪を集めておいたほうがよさそうだ。ほかにやるべきことはあるか？」

「タオルでチャップスを作ること。時間はかからない。三十分もあればできると思う。ところで、オーバーシューズの履き心地は？」

「すごくいい。雪が靴に入り込まないし、前より滑らない」彼女のうなじに手をまわして引き寄せ、短いキスをした。名残り惜しそうなキス。それからおもむろに額と額をくっつけた。

「それじゃ片付けてしまおう。そうしたらベッドに入れる」

26

キャムの言った〝ベッド〟は〝眠る〟こと以外を指しているのだろうか。ベイリーは不安になった。でも、彼は策士である以上に、自分の体の状態をよく知る現実主義者だ。二人はスニッカーズを半分ずつ食べ、水を飲み、歯を磨いてシェルターに入った。炉の中で焚き火の炎が揺れ、シェルターの壁から点々と光が射し込んでくるから、漆黒の闇ではなかった。一緒に入り込んでくる焚き火の熱はたいしたことないが、あたたかさがやはりちがうし、気持ちの上でもずいぶん慰められた。

わずかな熱ではむろん充分でないので、たがいの体温であたためあう必要があった。彼の腕の中で体を丸めるたび絆《きずな》が深まっていくことを、ベイリーは痛いほど意識していた。ほかにどうしようもなかった。道をはずれることも、前方にそびえ立つ感情の絶壁を避けることもできない。このドライブの最後は絶壁に激突するしかないのだし、それまではドライブを楽しむしかない。

肉体的には前より快適になったのに、眠りはなかなか訪れなかった。うとうとはするのだが、彼が焚き火に薪をくべ足すためシェルターを出るたびに目が覚めた。一度、彼に揺り起こされた。「ベイリー。ベイリー。起きろ。大丈夫だ、ハニー。起きろ」

「なに――?」ふらふらしながら尋ね、片肘を突いて上体を起こし、淡い光の中で彼を見つめた。「どうかしたの?」

「こっちが訊きたい。泣いていた」

「あたしが?」濡れた頬を手で拭う。「もう、いやだ」彼のかたわらにドサッと体を落とす。

「なんでもないわ」気恥ずかしかった。「ときどき泣くの」

「眠りの中で泣くのか? どんな夢を見ているんだ?」

「夢は見ていないと思う」片方の肩をすくめた。無造作にすくめたつもりだ。「どうしてだか泣いてるの」馬鹿みたいだ。泣くのは大嫌いだが、涙に理由がないのだから迷惑な話だ。涙は人を弱々しく見せる。それが我慢ならない。寝返りを打って彼に背を向け、腕で頭を抱えた。「眠りましょう、大丈夫だから」

彼の腕が腰を滑ってきてお腹を押さえた。「いつごろから泣くようになった?」

いっそ身の上話をしてしまおうか。そうすれば彼も、なんでもないことだと思って忘れてくれるだろう。でも、頭が追いつく前に口が事実を告げていた。「一年ほど前から」

「ご主人が亡くなってからだな」お腹を押さえる手に力が入った。

彼女はため息をついた。「一カ月ほど後だった」

「つまり、彼を愛していたんだな」

彼の声が急に一本調子になった。怪しむような調子もある。誤解や憶測に満ちた人生には、もう心底うんざりだと思った。「いいえ。ジムを尊敬していたし、好きだった。でも、彼が愛してくれたほど、あたしは彼を愛してはいなかったわ。仕事上の取決め、それだけのこと――それに、彼のアイディアだったの、あたしのではなく」言い訳がましく聞こえたのなら、そうなのだ――弁解しているし、すべてにうんざりしている。それと同時に、ようやく人に話せたことでほっとしてもいた。このことを知っているのは、彼女以外にグラント・シーボルドだけで、ジムが亡くなってから彼にもめったに会っていない。

「仕事上の取決めって？」

彼の口調からはなにを考えているのかまるでわからなかったが、どうだっていい。ジムの計画に乗って利益を得た自分を、彼が悪くとるとしたら、それはそれで仕方がない。

「ジムは……権謀術数に長《た》けていた。人の心を読む名人だったわ。ぬかりなく決断を下し、人を操ることが習慣になっていた。誤解しないで、彼が良心的でなかったと言ってるんじゃないわ。彼にはしっかりした道徳律があった」

「彼のことは好きだったな。気さくで感じがよかった」感情のこもらない口調だ。

「彼の下で仕事をするのは楽しかったわ。彼は奥さんのリーナひと筋で、女性社員を遊び相手と見ることはけっしてなかった。だから、あたしも警戒しなくてすんだ。彼は親切で、おもしろくて、投資のアドバイスをくれた。それに従うこともあったし、従わないこともあった。あたしは慎重すぎるって、よく言われたわ。自分の老後を一発勝負に賭けたりしませんって言うと、彼は笑っていた。でも、あたしの選択に興味をもっていた」大きく息を吸い、吐いた。「それから、リーナが亡くなった」

「彼は孤独になった」

「そういうのとはちがうの」苛立って言った。「つまりね、ジムとリーナは何年も前に遺言を作成していた。セスとタムジンがまだ小さかったころにね。たいていの夫婦がそうだと思うけど、おたがいを受取人にする遺言。遺された者が、なにを子どもに遺すか決めることになる。ジムは仕事で巨万の財をなしたけれど、遺言は彼にとって死角だった。夫婦は昔作った遺言に一度も手を加えていなかったの。リーナが亡くなったとき、彼は遺言を書き換えるべきだと思った。でも、子どもたちを見るにつけ、情けない思いをした」

「誰が見てもそうだ」キャムが冷たく言う。「いまだに」

「あたしたちはそのことで完全な合意に達したの」候補者がセス一人だからなおさらだった。

「それで、子どもたちの信託資金を作っている最中に、彼は癌だと知った。それもかなり進行していた。セスが目を覚まし、身を落ち着けて、会社に興味をもってくれることを、彼はずっと願っていた。でも、自分の死期を知り、セスに時間を与えてやれないことを悟った。それでこの計画を立てたの」

「おれに当てさせてくれ」

「あら、どうぞ」

彼女の皮肉な口調に、キャムはおもしろそうに喉を鳴らした。「きみはタフな奴だ、自分でもわかってるんだろ？　彼がきみを選んだ理由はそれだな。オーケー、つまりこういうことだ。彼は信託資金の管理者にきみを雇いたかった。だが、そうなるときみは生涯、セスとタムジンに付き合っていかなければならない。きみにとって負担が大きすぎる。きみに報いるために彼ができることはただひとつ、きみと結婚することだった」

苛立ちが笑いに変わった。なぜなら、ああ、それがわかってさえいれば！「あたしがそこまで深読みできていたらって思うわ。あなたの言うとおりなのかも。でも、さっきも言ったけど、ジムは人を操ることが習慣になっている人だった。こっちから巻き上げて、あっちの鼻面にぶらさげてみせて、こっちで糸を引っ張って、あっちには骨を投げてやる。そうせずにいられなかった。そういう性格だったから。ジムはタムジンになんの希望ももっていなかったわ。でも、セスのことは諦《あきら》めきれなかった。もしジムがあたしと結婚して、彼らの信託資金の管理をあたしに任せたら、セスはものすごく屈辱を感じて激怒するだろう。すると光を見て、生活を一新するのではないか」

「ああ、その計画はすごくうまくいったわけだ。セスは光を見た。だが、それは馴染みのナイトクラブのバーの上に灯るライトだった」

「ええ」彼女は言い、ため息をついた。「セスが大人らしく振る舞ってくれたら、信託資金の管理を彼に任せることになっていた――でも、取決めのその部分をセスは知る由《よし》もない。セスは頭が働くから、信託資金を自分の自由にするために、それらしく振る舞うことぐらいするだろうって、ジムは言っていたわ。お金が手に入れば、また自堕落な生活に戻ってしまう。だからこういう計画をたて、それがうまくいくとジムは思った。いまのところは、うまくいっていないけど」

「それなら、なにもきみと結婚する必要はなかったじゃないか。信託資金をそのように設定しておけばいいだけの話だ」

「あたしとの結婚は、セスの目を覚まさせるための鞭《むち》だったの。あたしが信託資金の受託人という目立たない存在でいるだけなら、セスは腹をたてるだろうけれど、屈辱を感じることはなかったはずよ。すべての鍵はあたしにあった。あたしはセスより若い。余命幾ばくもない老人を、あたしが手玉にとった、と彼は思う。あたしは彼らの母親の家に引っ越した。あたしに遺産の管理を任せるなんて、ジムも耄碌《もうろく》したものだとまわりは思う」

彼が言った。「なるほど、疑問がひとつ解けた」

「それで、その疑問というのは……？」

「なぜ彼がきみと結婚したか」

会話の目的はそれじゃないでしょ？ ほかになにを訊きたいの？「ほかに疑問があるの？」

「なぜきみが彼と結婚したか」

その質問にはすでに答えたつもりだった。肩越しに彼を見つめたが、ごく小さな焚き火の火明かりだけでは、彼の表情まで読めない。「言ったでしょ。取引の一部だって」

「だが、きみはなぜ同意したんだ？ 結婚は一大事だろう」

うちの家族にとっては、そうじゃない。両親にとって結婚は法的便宜にすぎず、ほかに気が向けばさっさと解消した。でも、そういうことは口にしなかった。「あたしは人を愛したことがなかった。だから、思ったの――べつにかまわないんじゃない？ 彼は死にかけていた。彼のためにそうしてあげようって。その見返りに、経済的安定を彼が保障してくれる」

「つまり、彼はきみに遺産を遺したんだな」

「いいえ」ほっとしたのもつかの間、こういう話をつづけることがたまらなくなってきた。「特権を与えられたわ。いま住んでいる家に住む権利、経費は会社がみてくれる。信託資金の運用という仕事にたいし、かなりのお給料をもらっている。でも、なにも相続してはいないわ。あたしが再婚した時点で特権は剝奪されるけど、仕事をつづけるかぎりお給料は払われるの」

「なるほどその〝かなりの〟給料についてきみがどう考えているかは、尋ねないことにする」

「そのほうがいい。あなたに関係ないことだから」辛辣《しんらつ》に突っぱねた。

彼はベイリーを抱き寄せて肩に顎を休ませた。「でも、気になっていることがある。きみはほんとうに人を愛したことがないのか？　一度も？」

話題が変わって不安になった。もぞもぞと体を動かした。「あなたは？」

「あるさ。何度か」

その〝何度か〟にひっかかり、彼女は顔をしかめた。ほんものの愛はたった一度のものなんじゃない？　ほんものの愛なら消えるはずがない。ほんものの愛は広がっていって、子どもたちやペットや友人や親戚を包み込むはずだ。賞味期限が切れたらよそに移るというようなものではないはずだ。

「六歳のとき、担任の先生を本気で好きになった。名前はミス・サムズ」彼が懐かしそうに言った。声が笑っている。「大学を出たてで、大きなブルーの目で、生まれてからあんなにいい匂いを嗅いだことがなかった。とんでもない出来損ないと婚約していた。彼女はそいつにはもったいなさすぎた。おれは嫉妬で頭がおかしくなりそうだった。奴を叩きのめしてやりたかった」

「あなたはおりこうさんだったから、そんなことはしなかったんでしょうね」ベイリーは言い、緊張を解いた。六歳の子が担任にのぼせた話など、本気にするほうが馬鹿だ。

「ベイリー。おれとしたら、婚約者を殺してミス・サムズを動揺させたくなかっただけだ」

クスクス笑う彼女を、キャムはつねってお仕置きした。「笑うな。心臓麻痺《まひ》を起こすぐらい真剣だったんだ。大きくなったら、ミス・サムズに結婚を申し込むつもりだった」

「それで壮大な愛の物語はどうなったの？」

「二年生になった。分別がついてきた」

「ムム、フムム。分別ね」

「つぎはもっと自分にふさわしい相手を選んだ。名前はヘザー。おなじクラスの子で、ある日、スカートをめくりあげてパンツを見せてくれた」

クスクス笑いをなんとかこらえた。「おやまあ。ヘザーはおませだったのね」

「わかってないな。彼女がほかの男子にもパンツを見せているのを目撃し、おれの心は破裂した」

「さぞ幻滅したんでしょうね。よく立ち直れたわね」

「それから、十一歳のとき……ケイティだ。ああ、ケイティ。彼女は速球をあざやかに打つことができた。すごいんだぜ。おれが勇気を振り絞って告白する前に、ほかの男にもっていかれた――だが、十四の歳に戻ってきた。十六の歳、ケイティはおれを押し倒して一線を越えさせた」

「そんな、まさか！　だって、女の子のくせに！」

「彼女は強かった」彼が真顔で言う。「おれは彼女がおっかなくて、二年ほど、彼女の言いなりだった」

今度はベイリーが彼をつねる番だ。

「イテッ！　それが男にすることか？　女に利用され、もてあそばれてきたこのおれに、同情するのが筋ってもんだろうに、苛《いじ》めるなんてひどいじゃないか」

「まあ、かわいそうに。きっと心はズタズタだったんでしょうね。男の体のある部分のことを〝遊び好きのチャーリー《グッドタイム》〟と呼ぶのはそのせいね」

「おれは〝のんびり屋のジョー《ゴースロー》〟だと思ってるけどな。ただし、心が伴わなきゃだめだ」

ベイリーは込み上げてくる笑いをどうしても抑えきれなかった。「ジャスティス、あなたの馬鹿話で、これ以上シェルターをいっぱいにしないでちょうだい」

「ロマンス部門におけるおれの苦難を、よくも笑えるもんだ。残りの話はしないでおくほうがよさそうだ」

「あといくつあるの?」

「ひとつだけ、今度のは真剣だった。結婚したんだから」

それは真剣だ。ベイリーから笑いが消え去った。彼の口調の変化で、冗談ではないことがわかった。「なにが起きたの?」

「正直に言うと、おれにはわからない。おれは浮気してないし、彼女も浮気してなかったと思う。空軍士官学校時代に結婚したんだ。彼女は父親が将校だったから、軍人のライフスタイルには馴染《なじ》んでいたし、どういうものかわかっていた。彼女の名前は、ローラ。基地から基地へと渡り歩く生活も、別れ別れの生活も上手にこなしていた。だめだったのは民間人の生活だったんだと思う。おれが除隊してから、なにもかもうまくいかなくなった。子どもがいれば別れない努力をしただろうが、いなかったから、どうしても一緒にいたいと思うほど愛し合ってはいないという事実と向き合わざるをえなかった」

「子どもがいなくてほんとうによかったじゃない!」彼女は言ってからはっとなった。「ごめんなさい。あたし、ただ――その……」

「きみはそういう場面に居合わせたんだな」

「何度もね」

「きみが人を愛することにためらいを覚えるのは、そのせいだな」彼が言った。ベイリーの胸の中で、心臓が激しく跳び上がった。他人をなぜ遠ざけようとするのか、理由はわかっていた。でも、他人にここまで自分を曝け出したことは一度もなかった。気づいたのが遅かった。彼の気さくなユーモアにガードをゆるめ隙を与えてしまった。彼がそれに飛びつかないわけがない。

彼女の思いを読み取ったように、彼が満足げに喉を鳴らした。獲物をいまその手に捕らえた捕食者のように。「きみのことがよくわかった」

27

「男ってもう！」ベイリーはぶつぶつ言った。二人は雪の中を行軍していた。「理屈が通じないし、撃ち殺すわけにもいかないし」

「聞こえてるぞ」キャムが肩越しに言った。「でも、きみは武器をもっていない」

「眠っているあいだに窒息死させられる」ぶつぶつとひとり言を言う。顔の下半分をおおう布のせいで声はくぐもっていたが、それでも聞こえているようだ。

「それも聞こえた」

「だったらこれも聞こえるわよね。あなたは頑固で強情で、マッチョな大馬鹿野郎よ。もし頭がくらっとして滑り落ちたら、すぐには死ななくても骨の何本かは折るだろうから、そしたら、血を流しているあなたを雪の中に放りっぱなしにするからね、憶えといて！」声がつい大きくなった。

「おれも愛しているよ」彼が笑ったので、蹴《け》飛《と》ばしてやろうかと思った。

こんなふうに人に腹をたてたことはめったになかったが、そもそもカッとなることもめったになかった。怒りをぶつけるときには気をつけたほうがいい。怒りはそれでおさまらず、ますます腹がたつから。彼のことなんて気にしたくなかった。彼はひとつの決断をくだし、彼女から見ればあまりにも馬鹿ばかしい決断だから、頭の中で肩をすくめて知らん顔をしたかった。彼だっておとなだし、馬鹿ばかしい決断から生じる結果に耐えることはできるはずだ。ところが、彼女は苛々していた。そして、彼のことが心配だった。彼の身に起きるかもしれないおそろしいことをあれこれ想像して、やきもきしていた。しかも、彼女にできることはなにもなかった。それもこれも、彼は頑固で強情で、マッチョな大馬鹿野郎だから。

彼はソリを牽《ひ》いていた。ソリには道中で必要だと二人が思ったもの以外に、彼がその朝、思いついて付け加えたものが載っていた。バッテリーだ。機体から取り出すのがひと苦労で、彼は青ざめ汗びっしょりになった――しかも、バッテリーは四十キロちかくを超す重さがあった。でも、バッテリー液がまだ残っているので、もし彼になにかあっても、彼女は自力で焚き火を熾せる、と彼は言い張った。

焚き火なんてなくてもなんとかなる、と彼女は抗議したが、彼は聞く耳をもたなかった。雪が積もる地域を抜けたら、乾いた薪を見つけ擦って火を熾してみせる、と彼は言った。なんせおれはボーイスカウトだったから、やり方を知っているんだ、と。

「すごい。だったら、あたしに教えて。そうすれば、四十キロのバッテリーを引きずって歩かなくてすむじゃない！　あなたは脳震盪《のうしんとう》を起こしたのよ。大量の血を失ってるのよ。そんなふうに自分を痛めつけてどうするのよ！」

「四十キロもないぜ」彼はそう言っただけで、彼女のほかの意見は無視した——バッテリーが四十キロちかい重さがあるという事実も。

そんなわけで、彼はウンウン言いながらバッテリーをソリに載せ、重みで木の滑走部が雪に埋まった。彼を思い留まらせることができないとわかると、ベイリーは自分でソリを牽くことにした。だが、彼も強情で、自分がソリを牽く犬になると言って聞かなかった。

「きみはバックパックを背負えばいい」彼は断固として言い、紐をくくりつけて背負えるようにした自分のバッグを指差した。

あんまり腹がたったから、雪玉をぶつけてやろうかと思ったが、頭にぶつかりでもしたら大変だからやめにした。どんなに軽く当たっても傷口に障ったら大変だ。それに、彼の服を濡らすのもいやだった。彼があたたかくいられるように、せっかく苦労して作った服だもの。彼が眠っているあいだに窒息死させるというのは……それもひとつの可能性としてとっておこう。

地形は起伏が激しく、雪の下に見えない危険がひそんでいた。傾斜があまりにも急なところでは、ソリが滑り落ちて彼を引きずり落とさないよう、彼女が上で支えなければならなかった。ロープや山登りの装備がないとおりられない場所もあり、来た道を引き返して迂回路を探さざるをえなかった。三時間ほどかけてジグザグに数キロは歩いたのに、せいぜい三十メートル下っただけだった。そのころも彼女はまだ怒っていた。

スノーシューズは歩きにくく、行進する楽隊員みたいに膝を高くあげなければならなかった。脚の筋肉が焼けるようだ。足を充分高くあげなかったからか、右のスノーシューズが雪に隠れているなにかに引っ掛かり、前に投げ出されそうになった。

両手を突き、右膝を軸にして横に転がりうずくまる格好になった。両手も膝も痛かったが、右足首に刺すような痛みが走った。声に出さずに悪態をつきながら、向こう脛《ずね》をつかんでゆっくりと足首をまわしてみた。

「痛めたのか?」キャムがかたわらで膝を突いた。鼻と口をおおう赤いフランネルの布地の上で、グレーの目が心配そうにこちらを見つめた。

「捻挫《ねんざ》。でも、歩けると思う」足首を曲げると痛むが、最初の激痛はひいたようだ。立ち上がろうとしたが、足にしっかりと結びつけたスノーシューズが邪魔をする。倒れたときに右のスノーシューズが脱げていれば、捻挫することもなかっただろう。「手を貸して」

彼が両手をつかんで引っ張りあげ、支えてくれたので、ベイリーはそろそろと足を突いて体重をかけてみた。一歩目はかなり痛かったが、二歩目には痛みもやわらいだ。「大丈夫」彼女は言い、彼の手を離した。「たいしたことないわ」

「ソリに乗ってもいいんだぜ」彼が言い、サラブレッドの歩様を見るような目で、彼女の動きをじっくり観察した。

ベイリーは彼の言葉にハッとして立ち止まった。この男には理性ってものがないの？「あなた、正気？　あたしを引っ張って山をおりられるわけないじゃない」

彼の目の表情は冷静で揺るぎがなかった。「おりられるだけじゃない。きみを無事に家に帰すためならなんだってやる」

その単純な意思表示が、彼女をどぎまぎさせた。頭を振って、言った。「そんなふうに考えることないわ。墜落事故はあなたの責任じゃない。むしろあたしの責任だもの」

「どうしてそう思うんだ？」

「セス。彼があたしを怒らせ、あたしは、毎月の受け取り分を減額すると彼を脅し、彼が復《ふく》讐《しゅう》した。あたしのせいよ。あたしがわれを忘れたせい」

彼は頭を振った。「きみがなんと言おうと、彼が二人の人間を殺そうとしたことを正当化はできない」

「彼の行動を正当化するつもりはないわ。引き金を引いたのはあたしだと言ってるの。だから、あなたが責任を感じる必要はない――」

彼は顔のマスクを引っ張りおろした。「墜落事故に責任は感じていない」

「――それに、あたしにたいしても」彼女は意固地に言った。

「そんな単純なことじゃない。誰のせいであろうとなかろうと、責任は感じるものだ。きみだって、宝物があれば、なんとしても守ろうとするだろう」

宝物。言葉が矢となって彼女を壁に留めた。そういうことは言ってほしくなかった。男はそういうことを言うものじゃない。本性に反する。「あたしを宝物にはできない」彼女は言い、反射的に彼から身を引いた。肉体をではなく、心を。「あたしのこと、知りもしないで」

「それは考え方のちがいだな。計算してみろ」

最後の言葉は彼女にとってまったく意味不明だった。「計算って？　あたしたち、計算について話してるの？」

「いまはそうだ。だったらここで休憩をとろう。説明してやる」

ソリが斜面を滑り落ちないよう木にくくりつけ、あかるい陽射しにあたためられた岩に並んで腰をおろした。ベイリーはたくさん重ね着していたので岩のぬくもりは感じなかったが、少なくともじわじわと寒さが伝わってくることはなかった。顔のマスクをおろし、目を閉じて陽射しに顔をあたためているふりをした。

水を飲み、トレイルミックス・バーの残りをひと口食べた。その朝、一本を半分ずつ食べ、残りは道中ですこしずつ食べることにしていた。一日目はエネルギーをたくさん消費するだろうと考えてのことだ。高度がさがれば、酸素が濃くなるので、理論上はエネルギーをそれだけ得ることができる——あくまでも理論上は。そう願っていた。いまは悪戦苦闘していたから。

彼が言った。「きょうは四日目だ、いいか?」

「ええ」

「一日目の八時、つまりおれたちが離陸したときから数えると七十六時間が経過した」

彼女はうなずいた。一日目、墜落事故の日は丸まる二十四時間ではない。離陸した時間から数えれば、二日目の朝の八時で丸二十四時間だ。「わかった」

「ふつう、デイトには何時間ぐらいかける?　四時間?」

「四、五時間ね」

「オーケー、それじゃ五時間としよう。七十六割る五は、ええと——十五デート。四で割るとすると、おれたちは十九回目のデートをしている勘定だ。あいだをとって、十七回目のデートだな」

「わかった」彼の説の斬新さに興味を掻き立てられた。「十七回目のデート。ステディの関係になっててもいいころね」

「ステディどころじゃない。同棲をはじめるかどうかってところだ」

冗談を言ってるのかと思って彼をちらっと見た。ところが、反対に彼の決意もあらたな視線に射竦《いすく》められた。彼は本気だ。彼女がこれまで人に与えた以上のものを求めている。セックス以上のものを。誓約を――それほど彼女を怯《おび》えさせるものはなかった。

でも、彼は……大事に思っていると言った。自分の幸せより彼女の幸せを第一に考えてくれた人は、いままでにいなかった。キャムが言っているのはそういうことだ。

「あたしにはできない――」言い訳をするつもりだった。なんでもいいから、係わり合いにならずにすむ言い訳を口にしたかった。

「できる」彼が遮った。「これからそうするんだ。のんびりやっていこう。きみがそういう考えに馴染めるまで。きみは子ども時代の荷物を背負っている。すぐに肩からおろせるようなものじゃない。だが、いずれきみはおれを信頼するようになる。きみを大事に思う人間がいるということを、受け入れられるようになる」

そういう問題じゃない、と言いたかった。これまでにも、大事に思ってくれる人はいた。ローガンがそうだ。ジムも好いてくれた。友人たちもいた……というか、ジムと結婚する前には、親しい知り合いが何人かいたが、彼らのほうから離れていってしまったのだから、ほんものの友人ではなかったのだろう。両親ですら、彼女を大事にしてくれた。子どもたちを大事にしていた。もっとも、最終的には自分たちがいちばん大事だったのだ。

そういうことを、彼に話したかった。頭の中で言葉は形作られるのに、舌に載ることを拒む。自分に嘘をついているのかも。信頼が問題なのだ。自分を大事にしてくれない人に壁を作るのは、そもそも彼女が相手を大事にしていないからだ。〝大事にしない〟部門では、彼女がトップを走ってきた。

彼に会うまでは。彼から離れられない。彼を忘れられない。彼を大事に思わずにいられない。

そして……宝物、と彼は言った。

鋭いグレーの目を見つめていると、足元の地面が抜けた気がした。途方に暮れた。彼から身を守る壁がない。彼女はわっと泣き出した。「ああ、だめ」屈辱を感じた。「泣いちゃだめなのに」

「危うく騙されるところだった」彼が抱き寄せて前後に揺すって慰めてくれた。「なかなかのもんだ」

彼は見え透いた芝居だと思っているのだ。体を引いた。ほんとうに面倒なことになる前に、気を引き締めてかからなければ。「それほどでも。つぎのときには氷を顔にくっつけるわ」

「任せとけ、それなら融かせる」彼は言い、ゆっくりと笑みを浮かべた。
なんて人よ。ほんとうに面倒なことになった。

28

頑丈なものを作るには時間がかかるので、午後の三時には行軍をやめ、シェルター作りをはじめた。まだそう下っていないので、寒風は吹き荒れ、気温は零下で、空は晴れていてもいつ雪になるかわからなかった。ウェザー・チャンネルで早送りの天気予報を見ているように、気象状況は刻々と変化した。そこでキャンプすることにしたもうひとつの理由は、岩をいくつか跨《また》ぐ格好で大きな木が倒れているのに出くわしたからだ。倒木が既製の梁《はり》を提供してくれて、作業をずいぶん省略できる。さらに一時間ほど進んだところで、もっといい場所が探せるともかぎらない。

ベイリーはくたびれていたが、高山病がぶり返さないのでほっとしていた。あすはもっと長く、もっと遠くまで歩けるだろう——たぶん。食糧は底をつきかけており、最後のキャンディバーがなくなれば、体力は急速に落ちてしまう。ベリーやナッツや食べられる葉っぱ——なんでも——が見つかる高度までおりてゆかないと、事態は悪化の一途をたどることになる。

「最初に火を熾すべきだと思う」彼女は言った。暖をとって元気を回復したかった。

「今夜はそうしよう」彼はうわの空で言い、周囲の山々に視線を向けた。「もっと下ったらこれほど風も吹き荒れないだろうから、それまでバッテリー液を残しておきたい」

彼女は片目を閉じて彼を横目で睨《にら》んだ。理屈に合わない気がしたからだ。「いまのほうが火を必要とするんじゃないの？」

「暖をとるためなら、そうだ。だが、二晩ぐらい、火がなくても生きていけるから、ぜったいに必要というわけではない。位置を知らせる合図として火を使うつもりなんだ。いまやってもしょうがない。風で煙が雲散霧消してしまうからね。風が渦を巻いて吹いていることを考えれば、完全に遮断できる場所が見つかるとも思えない」

ベイリーは彼の視線をたどって、振り向いた。空は晴れ上がり、空気はピーンと張り詰め、景色は細部まではっきりと見えた。威容を誇る山々の白い頂が、澄み切った青を背にくっきりと浮かび上がっていた。雪面と豊かな緑の境界線まで見える。あの緑のあたりまで下れば、気温も高くなり、食糧も手に入るだろう。「どれぐらい下らなければならないの？」

彼は肩をすくめた。「わからない。すでに雪線（万年雪のある最低境界線）より下がっていることを願うだけだ。ここいらは国の自然保護区域だから、林野部が山火事の監視をしている。人為的な火災と思われるものは、かならずチェックするはずだ」

つまり、風のない場所までたどりつくのにどれぐらいかかるかによるが、せいぜい一日か二日したら救助される。二日前なら、いや、きのうなら、どれほど嬉しかったろう。でも、いまさら……いまさら遅すぎる。二日前の彼女は、まだ恋を知らなかった。あたたかくて、お腹いっぱい食べられるのはそりゃ嬉しいけれど、協力してことに当たる必要がなくなったら、キャムの彼女にたいする関心も薄れていくのでは？　感情というものを、彼女は信用していなかった。緊急時に芽生えた感情となればなおさらのことだ。

心が掻き乱される。それがいやでたまらない。一方で、彼と別れるのなら早ければ早いほどいいと思っていた。でも、もう一方で、これがずっとつづけばいいと思っているのだ。ああ、もう。長い年月、一人の人を愛しつづけた例を、彼女は知っていた。たとえばジムはずっとリーナを愛していた。でも、どこかで疑ってかかる自分がいる。ジムはリーナを愛していたかもしれないが、リーナはジムを愛していたの？　ジムは超がつく大金持ちだ。リーナのほうは、まわりにもっといい相手がいなかっただけかもしれない。そういうシニカルな考え方は好きじゃないが、世の中をいろいろと見すぎて、おとぎ話のような愛を信じられなくなっていた。

愛は賭けだ。そして、彼女はギャンブラーではない。どうしていいかわからない。この事態にどう対処すればいいかわからない。頭の一部では、成り行きに任せ、楽しめるあいだは楽しめばいいと思っていた。なんやかんや言っても、一生幸せに暮らせるわけがないのだから。いつも幸せなのは愚か者だけだ。

幸せな時期は、破局のあとの不幸せを埋め合わせてあまりあるものなの？　たいていの人はそう思っているようで、懲りもせずに愛の列車に何度も乗り込んでいく。列車から振り落とされるとしばらくふさぎ込み、自棄《やけ》になって馬鹿なことをやり、やがてまた切符を手に駅に戻ってくる。つぎの列車に乗るために。短期間の利益が苦痛を相殺するとは思えないから、彼女を乗せないまま列車が走るのを眺めているだけだ。いま、彼女は待ち伏せにあい、貨物列車に投げ込まれてしまった。ほかに選択肢はなさそうだ。

キャムが彼女の頬を指でなぞった。「心が迷い子になったみたいだな。じっと宙を見つめて五分は経つぜ」

現実に引き戻され、頭の中がまっ白になった。「ああ……考えていたの。うちに戻ったらどうなるんだろうって」頭の中で自分に拍手した。お見事！　この状況ではとても理に適った返事だ。

彼は顔をしかめた。「なんとも言えない。彼がやったという証拠がない以上、訴えるわけにはいかないし、へたな動きをしたら、逆に名誉毀損《めいよきそん》で訴えられるだろう」

「彼はそれこそ鬼の首でもとった気になるわね。彼があたしについて言ってきたことを、公開の場で述べられるんだもの。タムジンの応援を得てね」セスがでっちあげた誹謗《ひぼう》中傷の数々が、法廷でほじくり返されると思っただけで気分が悪くなる。でも、なにを言われようと身に覚えがないのだから恐れることはない。過去に後ろ暗い取引をしたこともなければ、不倫も麻薬もやっていないし、前科もない。

だが、それで諦めるようなセスではない。きっと証人を五十人ばかりも並べ、彼女と寝たとか、一緒にクスリをやったとか、死にかけている男と結婚して財産をそっくり管理できるよう遺言を書き直させるつもりだと言っているのを耳にしたとか、宣誓証言させるだろう。彼がいままでにそれをやらなかった唯一の理由は、信託資金の管理に関することは、ジムの遺言に書かれていなかったからだ。ジムは信託資金を死ぬ前に——実際には結婚する前に——設定し、彼女をその管理にあたらせ、彼女はめざましい成果をあげていた。セスがそのことに異議申し立てすれば、まわりから馬鹿だと思われるのがおちだ。さらに、毎月の支払額はかなりのものだ。信託資金全体に比べれば微々たるものだが、それでもかなりの額だ。

「こっちが知っているということを、彼に知らせるべきだと思う」キャムが言った。「それから、おれたちが疑っていることを第三者に話しておく。そうすれば、なにか疑わしいことがまたきみの身に起きたとき、まっさきに彼に嫌疑がかかる。彼がクスリのやりすぎかなにかでおかしくならないかぎり、いっさい手は出せないと理解するだろう」彼が身を乗り出してキスし、下唇を噛んでやさしく引っ張った。「きみはおれのところに越してくるといい。彼に居所を知られないために。あの屋敷に一人で住んだら頭がへんになるにきまってる」

興奮で心拍があがり、恐怖で胃袋が縮み上がった。彼の提案と、それにたいする自分の複雑な反応の両方に困惑して、彼女は言った。「数回のキスと一緒に暮らすことのあいだには、大きなギャップがあるのよ、ジャスティス。引っ越すことは、理に適っている。あなたと暮らすことは、そうでもない」

「おおいに理に適っていると思うけどな」彼が穏やかに言う。「だが、そのことは後で話し合おう。いまは仕事をしなくちゃ、そとで眠ることになる」

彼が炉を掘るあいだに、ベイリーは石と枝を集めた。焚き火とシェルターの両方に使うために。焚き木は倒木が提供してくれた。倒れて長い時間が経っているので、内部は干からび枝は簡単に折れた。前とおなじようにバッテリーを使って火を熾し、三十分もすると小さな炎が楽しげに枝を舐めていた。

二人で作業したし、初日にシェルターを作ったベイリーとちがって、キャムはなにをどうすればいいかよくわかっていたからあっという間にできあがった。大きな岩に斜めにもたれかかる倒木が梁の役目を果たし、上体を起こすだけの高さを確保できた。キャムは、発せられる熱が岩に当たってシェルターに入り込むように、焚き火の位置をきめた。炎を風から守るのがひと苦労だった。キャムは、炉の反対側に枝を組んで、炎の揺れがおさまる高さまで壁を作った。

作業が終わるころには、二人とも少し汗ばみ、汚れていた。汚れのほうは、ベイリーが鼻にしわを寄せたが、危険なのは汗のほうだ。キャムが焚き火にあたっているあいだに、彼女はあたらしい〝わが家〟に入り、クッションを千切ったもの――重さはないに等しいのだから、彼女は持っていくと言って譲らなかった――で体を擦って乾かした。

また何枚も服を重ね着してそとに出ると、キャムが焚き火のまわりに松ぼっくりを並べていた。「まぁ。クリスマスの匂い。松ぼっくりが焼けたら、中から実を取り出して食うことができる。どうしてきのう思い出さなかったんだか」

「どんなもんだい。松ぼっくりが焼けたら、中から実を取り出して食うことができる。

「ほんとに？　それって松の実？　ほんとうに松ぼっくりから取れるの？」松の実はなんらかの理由でそう呼ばれているだけだと、ずっと思っていた。焚き火のそばにうずくまり、松ぼっくりを指で突いた。誰がこんなこと考えつく？　食べ物のことを考えると恍惚《こうこつ》となる――それも、あたたかな食べ物。どんなものであれ木の実では、空腹を満たすのに相当な量がいるけれど。

「正真正銘、松の実だ。燃えないように、よく見張っててくれ」キャムが言い、シェルターに入っていった。「汗で体が冷えないうちに拭いてくる」

腰をおろし、焚き火に両手をかざした。キャムが服を脱ぎさっと体を拭く音に、気がつくとじっと耳を傾けていた。すっ裸になっていないのはわかっていても、その姿を想像してしまう。彼もこんなふうに耳を傾け、わたしの裸を想像していたの？　松ぼっくりを集めるのに忙しくて、それどころじゃなかった？

不意に気づいた。体を拭くことは、セックスの前の儀式なのだと。たがいのために、準備をしているのだ。これまでともに過ごした三晩は、彼と一緒にいても気詰まりではなかったが、そのときにはセックスはテーブルに載っていなかった。いまは載っている。セックスそのものが気詰まりなのではなく、彼とセックスすると思うと不安になり、自分を妙に意識してしまう。

気をまわしすぎているのかも。なんといっても、彼の頭の怪我はまだ治りきっていないのだ。彼は思慮深い男だ。いまは無理をすべきでないと知っている。

なるほど。苦笑いが浮かんだ。それでわざと雪の中を一日中、ソリを牽いて歩いたわけね。つまり、彼は一日中ソリを牽いて歩いたわけで、おそらく疲労困憊《こんぱい》しているだろう。セックスが頭に浮かぶとしても、きっと最後の最後だ。

たしかに。最初の日、死んだも同然だったときに、その気になっていた男だ。しかもあれ以来、何回かそういうことがあった。彼にとってセックスは最後に思い浮かべるもの……眠りに落ちようとしているときに。そして、朝目覚めたとき、最初に思い浮かべるもの。

そんな彼が、とても控え目だったことに、ベイリーは気づいた。無理強いすることはけっしてなかった。問題は、彼が控え目な性格ではないということだ。穏やかだが、決断力があり意志が強い。やると決めたらどんなことがあろうとやり遂げる人間だ。それは控え目とはちがう。

それで、彼とセックスしたいと思っている？　イエス！　でも、ノー。二人のあいだがそこまで進んでしまうのが怖い。でも、ためらいは、精神的な面と感情的な面でだ。純粋に肉体的な面では、彼の重みを体で感じたいし、脚のあいだに割って入ってきてほしい。体の中に彼を感じたい。

どちらかに決めなければ。イエスかノーか。ノーと言えば、彼はやめる。その点で、彼を全面的に信頼していた。

賢い女なら、ノーと言うだろう。慎重な女なら、ノーと言うだろう。ベイリーはつねに賢く、慎重だった。

いまのいままで。シェルターの入り口に目をやる。本能がささやく。イエス。

29

キャムにはべつの考えがあった。救急箱をまた空にして雪を詰め、焚き火の縁の熱い石の上に置き、松葉をひとすくい加えた。松葉のお茶は栄養があるし、熱いものを飲むと気持ちがとても安らぐ、と彼は言った。

ベイリーはそわそわして、じっと座っていられなかった。三十分前なら、熱い飲み物に歓喜していただろうが、いまは来るべき夜のことしか考えられなかった。彼に教わったとおり、松ぼっくりを開いて小さな黒っぽい実を探した。小葉のひとつひとつに松の実が入っているわけではなかった。最初の松ぼっくりから十から十二個ほども取れたが、どれも小さくて集めてもたいした量にはならなかった。嬉しいことに松ぼっくりはいくらでもあった。焼いて、実を集めるのは時間がかかるが、ほかにやる仕事があるわけでもない。

二人分に充分な実が集まったころには、実際にお腹に入れた気になっていた。手のひらにひとすくいも食べていないのに、驚くほどの満腹感があった。生焼けで味はあまりよくなかったが、気にならない。食べ物は食べ物だ。蛆虫《うじむし》でも口にするほど餓えてはいなかったが、蛆虫でも食べるほどの空腹感がどんなものか、生まれてはじめてわかった。

救急箱の雪が融けはじめると、キャムはさらに雪を詰めた。これでカップ二杯分のお茶が入るだろう。松葉が煎《せん》じられて液が淡いグリーンに染まってゆくのを、彼女は眺めていた。

「ボーイスカウトでは、こういうことを教えてくれるのね？」沈黙を破りたくて、尋ねた。

「何年ぐらいやってたの？」

「ずっと。カブ・スカウトからイーグル・スカウトまで。当時も楽しかったけど、その経験があとになって役立った。撃墜された場合の脱出と回避訓練を受けたときにね」

「撃墜？　あなたは給油機《タンカー》に乗っていたんだと思ってたわ」

「そうだ。だからといって、敵機が空対空ミサイルを撃ち込んでこないとはかぎらない。だってそうだろ。タンカーを飛ばすのは、爆撃機に給油するためだ。単独で飛行するためじゃない」

給油中のタンカーにミサイルが命中する場面を想像したら、気分が悪くなった。すさまじい爆発と火災を生き延びられる人間なんている？

タンカーの操縦はパイロットにとって安全な仕事のひとつだと思っていたが、それは巨大なガソリンの缶の前に座っていて、かたわらにマッチを持った馬鹿がいるようなものだ。そういうストレスに、軍人の妻たちはどうやって耐えているの？　彼が軍隊を辞めてからの生活に耐えられなくなったなんて、キャムの元妻はいったいどういう神経をしているの？

彼女がなにを考えているか気づきもせず、キャムはお茶にちょっと指を差し込んだ。「これぐらい熱ければいい」彼女がデオドラントの缶の蓋《ふた》を差し出すと、彼はそれに湯気をあげる液体を半分ほど注いで、彼女に戻した。

そろそろと口に含む。想像したとおりの味だ。青臭く、松葉の味がして、ちょっと苦い。そんなことはかまわなかった。飲み込むと、すてきに心地よい熱が体内にじんわりと広がってゆき、恍惚となって目を閉じた。「ああ、なんていい気持ち」もうひと口飲み、蓋を彼に差し出した。「飲んでみて」

「きみは『いい気持ち』って言ったな。おいしい、じゃなく」彼が蓋を受け取って口をつけた。その顔に広がる嬉しそうな表情を見て、自分もおなじ表情を浮かべたんだ、と彼女は思った。キャムが熱いプラスチックの蓋を両手で握り、ため息をついた。「きみの表現は適切だった」

彼がお代わりを注ぎ、また分け合って飲んだ。「ボーイスカウトに乾杯」彼女は蓋を掲げてから、彼に渡した。

この四日間でこれほどあたたかな思いをしたことはなかった。痛いほどの空腹感もおさまっていた。並んで座り、沈みゆく太陽を眺めた。すべてがとても自然に思えた。高度だけでなく、彼にも、彼と二人きりでいることにも、順応したのだ。テレビにショッピング、コンピュータ上で行なう市場分析——すべてが別世界のこと、別の人生のことのようだ。生活は煎じ詰めればごく基本的なものになる。食と住。

「こういうことに慣れてきてはいるんだろうけど、でも、慣れたいとは思わない」

彼が笑みを浮かべた。「アウトドア・タイプにはなれそうもないんだろ?」

「短いあいだならいいの。休暇でラフティングをするとかね。でも、食料はたんまり用意するし、テントも寝袋も必要だわ。退屈したら抜け出したいし。無理して我慢するなんて意味がない」

「ガキのころはそれが楽しかったけど、凍えそうになったこともないし、脳震盪も起こさなかったし、誰もおれを実験台に縫い物の練習をしなかったし——麻酔薬なしで」

彼をちらっと見た。「悲鳴をあげなかったじゃない」

「だからと言って、人に勧めたいとは思わない」

彼の頭に巻いた包帯は汚れていたが、傷口に汚れが入るのは防いでくれているはずだ。彼は熱を出さなかった。つまり感染していないということだ。そんなこんなで、彼女は自分の治療を誇らしく思っていた。

彼が包帯に手を触れた。「もうはずしても大丈夫だと思うんだが、どうかな?」

ベイリーは肩をすくめた。「巻いていれば頭があたたかいわよ」

「鬱陶しくてたまらない。頭に巻くならほかのもののほうがいい。包帯はもっと小さいのでいい」

彼女に異存はなく、包帯をほどいて傷口のガーゼパッドをはがした。腫《は》れはすっかりひき、額の大きな縫合痕がフランケンシュタインの怪物を彷彿《ほうふつ》とさせるものの、傷そのものはかなりよくなっているようだ。アロエのウェットティッシュで、そっと傷口を叩き、乾いた血を取り除いた。そういう手当てを、彼が我慢していたのは一分ほどだった。「貸して」苛立たしげに言って彼女からウェットティッシュを取り上げ、髪の付け根をそれでゴシゴシ擦った。

「痒《かゆ》いの?」

「ものすごくな」ウェットティッシュは髪に絡まって乾いた血で錆《さび》色に染まった。マウスウォッシュを傷口に注いで洗い流したが、落としきれていなかったのだ。彼があたらしいウェットティッシュで気がすむまで擦ったので、髪はすっかり濡れ、凍りついてしまう前にフランネルのシャツで拭いて乾かす必要があった。ベイリーが救急箱の中身に手を伸ばすと、彼が頭を振った。「手当てはあすの朝でいい。今夜はこのままで大丈夫だ」

松葉のお茶を飲み終えると、彼が枝を使って救急箱を熱い石の上からどかした。それを見て、いい考えが浮かんだ。シャツで箱をくるむのだ。

「昔は熱した煉瓦《れんが》をフランネルでくるんで、ベッドをあたためるのに使ったのよ」即席の〝ベッドあたため器〟を持って、シェルターにもぐり込んだ。シェルターの中には、上掛け代わりの服が放り込んであった。それを広げて効率的に重ね、真ん中に〝ベッドあたため器〟を入れた。

いままではブーツを履いたまま寝ていたが、これで脱ぐことができる。ブーツを脱いで足や足首を曲げ伸ばしし、ほっとため息をついた。〝ベッドあたため器〟の下にそろそろと足を滑り込ませる。重ねて履いた二枚の靴下を通して、あたたかさがじわじわと沁み込んできた。

キャムがあとからもぐり込んできた。彼女の姿を見て笑い声をあげ、自分も革のオーバーシューズを脱ぎ、靴を脱いだ。並んで座るときに肩と肩がぶつかった。岩に背中をもたせ、足と足を絡ませる。

彼女の心拍が一気に高速ギヤに入った。世間話をしながらも、表面下では欲望がジュージューいっていることに、彼女は気づいていた。お茶の入った蓋をやりとりするのに指が触れ合ったとき、包帯を取るのに彼の顔に触れたとき、欲望に体が震えた。指を絡ませ合いたかった。ザラザラの顎に手のひらを擦りつけ、皮膚の下の力強い骨を感じたかった。毎晩やっていたように、彼にきつく抱き締めてほしかった。

生まれてからずっと、心から安全だと思ったことがなかったのだと、彼の腕の中で眠ったときにはじめて気づいた。彼といると安全だと思えるなんて、筋が通らない。だって、こんな危険なことはないのに、それでも安全だと思えた。彼とはぴたりと合う。パズルのふたつのピースがぴたりとはまるように。

「少し眠ったほうがいい」彼女の表情を見て、キャムが言った。「大変な一日だった」

太陽は沈み、漆黒の闇が黄昏《たそがれ》に追いすがる。じきに暗くなる。上掛けの下で体を伸ばしながら、そう思った。彼が靴を履いておもてに出て、焚き火に枝をくべ足して戻ってきた。彼の重たい腕がお腹にまわって、抱き寄せられる。顔を彼のほうに向け、喉元にくっつける。アロエの匂いがした。焚き火の煙の匂いと、男の匂いも。

彼の手がシャツの下に入ってきて乳房を包み、荒れた親指の腹で乳首を擦り、ツンと立たせた。ハッと息を吸い込む。冷静でいようと思ったのに、冷静さなんて吹き飛んだ。心臓はバクバクして、息ができない。こんなこと、なんでもないはずなのに。彼なんて、どうでもいいはずなのに。はずだとか、はずではないなんてことは、実際に起きていることとまったく関係なかった。

彼がキスした。唇が軽く触れるキス。緊張のあまり、すぐには応えられなかった。彼のほうに沈み込んで、キスを返そうとしたとき、彼の唇がこめかみへと移っていった。「おやすみ」

おやすみ！　信じられなくて、体を強張らせた。こっちは不安と期待とでどうかなりそうだというのに、彼は眠りたい？

「だめ！」声に怒りを滲ませて言った。

「だめじゃない」彼はまたキスした。手は乳房を重く包んだまま。「きみは疲れている。おれも疲れている。眠ろう」

「あなた、いつから人に命令するようになったの？」彼女は激しく迫った。ああ、もう、まるで十代の女の子の台詞《せりふ》じゃない。彼のせいでカッとなるのは、きょう、これで二度目だ。波風をいっさい立てない人生を送ってきたというのに。人に心を動かされないよう、慎重に生きてきたというのに、それがこんなことになるなんて……

必死で避けようとしてきたのに、いまにも力尽きそうだった。なんとか理屈付けをして、危険を分散しようとしたのに、その時間と努力が無駄になった。たった四日間で彼に恋するなんてことがありうる？　彼が言ったように、二人で過ごした時間はデート十九回分、二十回分に相当するの？　理論的に彼は正しい。

これはまさしく愛だ。人の話に聞いたことのある、これは愛だ。苦しくて目がくらむようで、せつなくて、嬉しく、いろんな感情がごった混ぜになって爆発して、理性がまったく通じなくなる。酔っ払ってはいるけれど、思考や機能を低下させる憂鬱《ゆううつ》な気分はまるでない。途方に暮れているのに、舞い上がりたい気分。なんだか体が膨張して、皮膚がきつくなった感じ。

キャムは彼女の挑発に乗らず、額にキスしただけだった。彼女の中で感情の嵐が起きているのはわかっていると言いたげに。そう、彼にわからないわけがない。恋に落ちたことがあるのだから。経験があるのだから。彼女も経験を積めば、馬鹿みたいに振る舞うこともなくなるのだろう。でも、こんなこと、二度も経験したくなかった。一度で充分。この恋が駄目になったら、修道院に入ろう。それともフロリダに引っ越そうか。年寄りばかりに囲まれて暮らすのだ。心を掻き乱されることなく。

胸を包む彼の手を邪険に払った。「セックスしないのなら、あたしに触らないでちょうだい」彼に恋したのかもしれないと思うと、怒りがますますつのった。癇癪《かんしゃく》玉を破裂させそうになっていると思うと、屈辱を感じた。セックスしてと、誰がお願いするもんか。たとえ彼がしてくれとお願いしてきても、誰がやらせてやるもんか。蹴飛ばしてやりたかった。ペニスをつかんで、捻ってやりたかった。そうすりゃ彼も懲《こ》りるだろう。〝遊び好きのチャーリー〟なんて悠長な呼び名はやめて、〝コルク抜きチャーリー〟と改名すべきだ。

彼が震えているのを感じる。ほんの少し、呼吸が乱れているのでわかる。まさか、彼は笑ってる？　もっとも、笑っているのを隠そうとする分別はあるようだ。

ベイリーは彼に背を向けた。彼に触れないよう体を離したいのにできないという単純な事実に、怒りが倍加した。触れ合っていなければならない。たがいのぬくもりを共有するために、体を寄せ合っていなければならない。

彼のことなんて、なんとも思っていないことを示すために、眠ろうとした。いびきをかけたらどんなにいいだろう。

衝動に駆られる。彼を殺したい。彼をずたずたにしたい。もう、最悪——これは愛にちがいない。

いっそ疫病に罹《かか》ったほうがましだ。少なくとも治る見込みがある。

気持ちを抑えるのに三十分かかった。そのあいだ、彼はずっと身構えていた。彼女がつく息のひとつひとつに合わせていた。そこまであたしのことが気になるの？　ほんとうに気にしているのなら、あたしが欲しがっているものを与えてくれればいいじゃない。

ベイリーの意志の力もたいしたものだ。ほんとうに眠りに落ちたのだから。

30

彼のあたたかな手が、片方の乳房からもう一方の乳房へと移動しながら、揉んだり撫でたりを繰り返すのがとても気持ちよくて、ベイリーは目を覚ました。ここはどこ、とは思わなかった。彼だとすぐにわかった。抱かれてこんなふうに安心できるのは、彼しかいない。軽く乳首を引っ張ったり、摘んだりする。ゆっくりと確実に、ツンと立たせるコツを心得ている。乳房で生まれた歓びが小波《さざなみ》となって全身を洗い、熱く熟した欲望を目覚めさせてゆく。

歓びと眠りの狭間《はざま》を、ぼんやりと漂っていた。もっと欲しければ、その先っぽで彼女を突く屹立《きつりつ》したものを押し返せばいいだけ。必要なのは単純な誘い……

記憶が甦《よみがえ》り、彼女はパッと目を開いた。

「そのくそいまいましいものを、どけてちょうだい！」寝返りを打って、重たい服の層からも、拘束しようとする彼の腕からも自由になろうとした。彼の気まぐれに飛びついて喜ぶと思っているとしたら、考え違いもはなはだしい。

彼がごろんと仰向けになってゲラゲラ笑い出した。きっとそのうち喉を詰まらせる。なんだったら手を貸してやってもいい。なんとかうつ伏せになり、肘を突いて上体を起こした。顔に垂れる髪の隙間から、彼を睨み付ける。彼は焚き火に薪をくべ足してきたばかりらしい。眠っていたから、彼がシェルターを出たのに気づかなかったが。火明かりが彼の背後の岩の上で揺らめき、シェルターに充分な光を投げかけていたので、お腹をつかんでヒーヒー言いながら笑っている彼の姿がよく見えた。刺すような眼差しを向け、彼女のほうはおもしろいともなんとも思っていないことに、彼が気づくのを待った。

「まだ使ってもいないのに、取り出してポケットにしまうわけにはいかない」彼がようやくそう言い、目の涙を拭った。

「どこにしまおうと関係ないわよ」彼女はにべもなく言った。「突くのをやめてさえくれれば」

「眠りについたときより多少は機嫌がよくなったか尋ねるまでもないな。答えはすぐにわかる。ノーだ」彼はにやにやしたまま横向きになり、筋肉質の腕を曲げて頭を載せ、空いているほうの腕を伸ばして彼女のウェストに絡ませ、引き戻した。おおいに不満だったが、眠るときにはこういう姿勢をとらざるをえない。もうひとつの姿勢は、向かい合わせで腕を絡めるものだが、そんな姿勢はとりたくなかった。選択肢としてはもうひとつあって、向こう向きになった彼をこっちが包み込む姿勢だが、それもいやだった。彼が腿《もも》を腿に添わせてきて、彼女は肩を彼の胸に休めた。彼の体温にまたすっぽりと包まれた——そして、彼のズボンの膨らみがお尻を突く。さっきとおなじに。

顔にかかる髪を撫であげられ、彼女は苛立って顔を背けた。「この三十分、きみを起こそうと努力してきた」彼がささやいた。

「それはまた、どうしてかしら。あたしを眠らせたかったくせに。あたしは眠ります。ほっといてください」

彼の腕に力が入った。「おれは思いやりを示したつもりだ。きみはすごく神経質になっていたから、楽しめないだろうと思って」

彼女は口をすぼめた。「どうしてわかるの？　チャンスを与えてもくれなかったくせに」

「チャンスを与えるとかいう問題じゃない。午後のあいだずっと、きみは緊張しつづけていた。なにを悩んでいるのかわからないけど、話す気になるまで待とうと思った。きみが自分と折り合いをつけるまでね」

「そんなふうに人を理解しようとするの、やめてちょうだい」彼女は不機嫌に言った。「あなたらしくもない」彼がすり寄ってきても、肘で押しのけはしなかった。

「だったら、話す気になったのか？」

が、彼に知らせることはない。

「いいえ！　言ったでしょ、ほっといて。眠りたいんだから」これっぽっちも眠くなかった
「なんだか知らないが、折り合いはついたのか？」

「いいえ」

　彼がうなじの髪をどけて鼻をすり寄せた。唇と吐息が肌を焦がす。「人を信用することが、きみにとってたやすくないのはわかっている」彼がささやいた。唇の動きは、こよなくやさしく、こよなく軽い愛撫だ。「きみは一人が好きだ」

　いいえ、好きじゃない。一人でいるほうが楽なだけ。まったくちがう。

「大変なことだ。人を好きになるというのは」彼がささやき声でつづけた。熟成したウィスキーのように、彼の声は心を和ませる。「それに、きみは危険を冒すのが好きじゃない。きみは人を寄せつけまいとする。自分が傷つきやすいことを知っているから。自分を守る最良の方法は、人をちかづけないことだ」

　小さなショックが体を駆けぬけ、後にパニックが残った。「あたしは傷つきやすくない」冷静でよそよそしいふうを装った。なぜなら、あたしは冷静でよそよそしい人間だから。あたしは泣かない。泣き虫じゃないから。でもなによりも、傷つきやすい人間ではない。

「きみは傷つきやすい。墜落事故の後、おれのことを堅物の気難し屋だと思っていたときに、

きみがおれに話しかけてくれたこと、憶えていないのか？　まるで赤ん坊に話しかけるようにやさしい口調だった。おれをやさしくあやしてくれた」

「そんなことしてません」した？

「ああ、したとも」

したかもしれない。「憶えていません。したとしても、それは感謝していたからよ」

「嘘つけ。おれを機体から引きずりだしたのは、感謝したからだろう。だが、感謝の気持ちからだけで、自分を犠牲にしてまでおれの面倒はみなかったはずだ。自分が凍えかけているのに、いちばんあたたかい服をおれに与えてくれはしなかったはずだ」

彼女は鼻を鳴らした。「本気で感謝していたから」

「ハハン。きみはほんもののマシュマロだな」人を馬鹿にしながら、手をウェストに沿って滑り込ませ、シャツの下にくぐらせてお腹の上に休めた。少し荒れた指先が肌を擦り、小さな円を描きはじめた。「でも、おれはマシュマロが好きだ。その味わいが好きだ。感触もな」彼の唇がうなじから肩のカーブのはじまりへと移動し、そこの肉にやさしく歯を当ててそっと噛んだ。

全身がギュッと締まった。欲望の波は突然で激しく、顔はのけぞり、背中は弓なりになった。

「マシュマロを噛むのが好きなんだ」あるかないかの噛み痕を舌で弄《なぶ》ってから、また歯を埋めるあいだにも、手は乳房を撫で上げて乳首におなじ攻撃を仕掛けた。

不意に心臓がドキドキし、息遣いが荒くなり、腿のあいだで深い疼《うず》きがはじまった。こんなに早く、こんなに激しく興奮したことはなかったのに、体はすでに彼の刺激に馴染んでいた。彼の腕に抱かれて眠る四日目の夜だから。彼はキスし、触れてきた。心が追いつくずっと前に、体は準備ができていた。

長いひと撫での後、手がまたお腹までおりてきて、スウェットパンツのゴムの下に指が滑り込んだ。手がさがってうしろにまわる。冷たい尻を包む彼の手のひらは焼けるようだ。手が来た道を引き返し、スウェットパンツが下に引っ張られるのを感じ、お尻が剝き出しになるのを感じた。

緊張のあまり震え出したが、前に感じた緊張とはまったくちがうものだった。お尻以外はしっかり服を着こんでいて、何層もの布に守られているのに、腿のあいだの濡れた襞《ひだ》まで剝き出しにされ、耐え難いほどに無防備な感じがした。

彼はまっすぐに中心へと向かってきた。しなやかで硬い指が襞を掻き分け、彼女を見つけだし、開いた。「桃も好きだ」二本の指を深く埋めながら、ささやく。「果汁たっぷりで、太陽にあたためられた桃。両脚を少しもちあげて、スウィートハート。それでいい」

彼に遊ばれた。手のゆっくりした動きが、強烈に感じやすい神経の先端を擦って、ヒリヒリするほど活気づかせた。繰り返しそうされて、喘ぎ声を吞み込みながら、狂おしさと歓びを一度に掻き立てられる。指が離れた。彼女の体から離れた。残された身は渇望に震え、欲しがるばかりだ。期待しながら、痺《しび》れて身動きがとれなかった。目を固く閉じたまま、ファスナーがおりる音を聞いた。それから、コンドームの袋を引き裂き、丸めて装着する音。彼が少し位置を変えてそのものを押しつけてきた。

待たされて焦らされて、息が喉に引っ掛かる。腕を後ろに伸ばして彼の顔に触れ、そのまうなじまで滑らせた。

ゆっくり、とてもゆっくりと、彼が押す……ほんの少し、それから引いた。彼女の肉体はやっと彼に与えはじめた。やっと彼に向かって開きはじめた。待っていると、彼が戻ってきた。ゆったりと前後に揺れる動きが充分な圧迫を与えて、侵入をはじめ、と思うとまた引いた。

「キャム……」彼の名をささやくと、音が闇に浮かんだ。大気は冷たくても、二人はシェルターの中でぬくぬくと体を絡ませ、裸の体が触れ合う場所は熱く燃えていた。彼の名を呼んだ。名前だけを。ほかにはなにも必要ない。

彼がまたやってきた。手のひらをお腹にぴたりと当てて支えとし、圧力を加えてゆき、そこに留まった。濡れてくるのがわかった。開いてゆくのが。押し戻して急ぎたい衝動は耐え難いほどだけれど、彼のしていることはあまりにも快くて捨て去るのが惜しい。すすり泣きが聞こえ、自分の声だとわかった。それでもじっとしていた。

自分の肉体を、セックスという行為の熱い現実を、これほど意識したことはなかった。厚く膨らんだ亀頭がただ押してきて、入れさせろと要求していた。体がゆっくりとその要求を受け入れ、やがて唐突に降伏は完全なものとなり、忍び込んできた先端をしっかりと包んだ。

彼はそれ以上深く入ってはこなかった。そこで留まり、彼女が小刻みに震えながら彼の侵入の熱いかさばりに馴染むのを待っていた。痛みと紙一重の興奮のあまりの強烈さに驚いた。とても久しぶりだったし、多少の不快感は覚悟していたが、こんな衝撃は予想外だし、こんなふうに圧倒されるとは思ってもいなかった。

悶々とするほどに緩慢な動きで、彼が引き抜いてゆく。受け入れたときと同様にしぶしぶと、彼女の肉体が彼を解き放つ。内側の筋肉が縮まって彼を引きとめようとした。無理に引き抜いて、彼はため息をついた。

「いったいなにしてるの？」彼女が抗議の声をあげた。

「遊んでる」声がしわがれていた。もう一度彼が押してきて、彼女が開くと、先端だけを埋めて引き抜いた。浅い突きを繰り返していくうちに、彼のものは楽に出入りができるようになり、彼女の体は燃えて、頭には靄《もや》がかかって彼のことしか考えられなくなった。欲しいのはただ彼だけ。彼が震えているのをぼんやりと意識した。彼は必死で抑えている。息を荒らげ、ペニスを彼女の体に埋めるたびに、喉から低くしゃがれた叫びを洩らしている。嬉しくなった。彼も苦しんでいる。いきたかった。なにがなんでもいきたかったけれど、二人の体勢がそれを阻んでいた。脚を彼に絡めたい。彼女が望むものを得られないのに、彼が得られたら不公平だ。

どれぐらい時間が経っただろう。彼の〝遊び〟に二人とももう一分たりとも耐えられなくなるまでに。キャムが彼女を仰向けにして、スウェットパンツを足元まで押し下げた。彼女も協力しようと身をよじってなんとか片足を抜いたときに、彼がおおいかぶさってきて脚を押し広げ、一度の強烈な突きで根本まで一気におさめた。

ベイリーは両脚を彼に巻きつけ、両手でお尻をつかんで自分のほうに引き寄せて最初の突きを迎え、体を弓なりにし動物じみた叫び声をあげた。彼に乗られて駆り立てられる。絶頂に達し、全身をだらんとさせたとき、彼が絶頂を迎えて全身を震わせた。

まるでまた墜落した気分だった。

漂い流れ、意識の水面に顔を出す寸前でまた沈んだ。激しく脈打つ鼓動に妙な響きが混ざっていた。やがてそれが、早駆けする彼の心臓の鼓動だと気づいた。二人の体から熱がうねりとなって立ち昇り、下半身裸でなにも掛けていないのに寒くはなかった。二度と寒さを感じることはない気がした。

「すごい」疲れきった声で彼がぽつりと言った。

だらんとして力の入らない手をなんとか持ち上げ、彼の肩を叩いた。

彼がやっとのことで体をずらし、かたわらにごろんと横になり、投げ散らかした服を一、二枚つかんで二人の体に掛けた。

「眠るなよ」彼が警告を発したが、その声から眠りに引きずり込まれそうなのがわかった。

「これを片付けて……きみに服を着せて……焚き火を見てこないと……」言葉が尻切れとんぼに終わった。

一分後、彼がぶつぶつ言いながら上体を起こした。「いまやっておかないと、眠ってしまう」彼はコンドームをはずして汚れを始末し、引っ張ったり伸ばしたり、ファスナーをあげたりしてから、焚き火の様子を見に出て行った。

これがコンドームのすばらしいところだ、とベイリーはうとうとしながら思った。こちらは拭かなくていい。眠るだけ。

冷気に体を弄られ、彼女はうめいた。二度と寒さを感じないはずだったんじゃないの。起き上がり、脚に絡まるスウェットパンツをなんとかはずし、ちゃんと穿き直し、ぐちゃぐちゃになった上掛けを整えた。キャムが戻ってきて、広い肩で焚き火の火明かりを遮断した。彼女が横になるのに手を貸し、かたわらにもぐり込んで上掛けを手直しし、仰向けになって彼女を抱き寄せた。

彼の肩に頭をもたせると、もう何年もこうして眠ってきたようにしっくりした。ちょっとぼうっとしていた——いいえ、すごくぼうっとしていた。それに、リラックスしている。満たされている。ちょっとヒリヒリするかも。でもなによりも、肌があまりにも合いすぎて怖いほどだった。

31

　五日目の朝、ベイリーの弟のローガン・ティルマンが、J&Lのオフィスに現われた。自己紹介をする前から、ブレットには、彼が誰だかわかった。ベイリーとよく似ているからではない――ローガンのほうが背が高く髪の色が濃く、目はもっとブルーだ。でも、よそよそしい表情がよく似ていて、親族だとすぐにわかる。それだけでなく、彼の顔は深い悲しみでげっそりしており、並んで立つそばかすのある長身の女性も、それはおなじだった。

「ベイリーの弟です。ローガン・ティルマン」彼はカレンに自己紹介した。「こちらは妻のピーチス。ぼくは――ぼくたちはとてもデンバーにいられなくて、連絡もないし、ニュースも入ってこない。こっちにいたほうがいいと思って。なにかわかりましたか？」

　ブレットが自分のオフィスから出て、彼らと握手した。「いいえ、なにも。お気の毒です」彼もまた憔悴《しょうすい》しきっていた。キャムの事故以来、満足に睡眠をとっていなかった。それでも、仕事はつづけなければならず、飛行機の操縦をはじめていた。

財政的には垂直降下状態にあった。キャムと組んで仕事をはじめたころには考えもしなかったことだ。飛行機にはすべて保険をかけてあるし、二人のどちらかになにかあっても事業をつづけていけるよう、自分たちにも保険をかけた。だが、保険会社がここまで金を出し渋るとは計算外だった。

キャムの飛行機が踏破困難な未開の領域でレーダーから消えても——つまり墜落したということだ——機体は見つかっておらず、キャムの遺体も回収されていないのだから、保険会社の解釈では、彼はまだ生きているということになる。彼の遺体が見つかるか、裁判所が死を宣告しないかぎりは。ブレットには冷たい現実が待っていた。飛行機が不足し、パイロットが不足しているので、収入も減る。借金の期日は迫っていた。夜も眠れずに部屋の中を歩きまわり、心配で胃が痛くなる。とても信じられなかった。彼らが——彼が——これほど先が読めなかったことが。パイロットを補充すればいいのだが、彼が設定する条件を満たす人材はなかなか見つからない。

カレンが目を細めてこっちを見ていることに、ブレットはハッと気づいた。彼女の望んでいることをしなければひどい目に遭う、と言っている目だ。ブレットはうんざりと息を吸った。カレンが彼に望んでいるのは、ベイリーの弟に、燃料計の数値と実際の量とに差があったことを説明することだ。

彼女は正しい。ローガンは知るべきだ。ブレットとしては、知らせる役を引き受けたくなんてないが、ほかに選択肢はなかった。

「わたしのオフィスにどうぞ」重苦しい気分だ。「コーヒーでもいかがですか？」

ピーチスが夫をちらっと見た。カフェインを摂取する必要があるか見定めるように。「ええ、おねがいします」彼女は言い、ローガンの手を握った。彼はその手を握り返し、なんとか笑みらしいものを浮かべた。

ブレットは二人をオフィスに通し、来客用の椅子を勧めた。「コーヒーはどのように？」

「ひとつはクリームを入れて、もうひとつはブラックで」ピーチスが答えた。ティンカー・ベルの声のように軽くて早口だ。ベイリーとは機内でいろいろおしゃべりしたから、義妹をとても気に入っているのを知っていた。彼女が連絡を取り合っている家族はローガンだけのようだった。ほかの家族のことは口にしたことがなかった。

二人の嘆きは深く、悲しみのベールにすっぽり包まれていた。ブレットはいたたまれなかった。「コーヒーを持ってきます」そそくさとオフィスを出ると、カレンはすでにコーヒーの支度をしていた。むろん彼女は立ち聞きしていたのだ。彼の表情を読み、刺すような視線をよこした。

「しっかりしてよ、ボス」カレンに言われ、ブレットは情けない顔をした。少しは同情してくれてもいいじゃないか。もっとも、カレン・カミンスキに同情を求めても無駄だ。彼女が髪を染め直したことに、そのとき気づいた。前は赤毛に黒い筋が数本入っていただけだが、いまは赤より黒のほうが多い。彼女なりに喪に服しているのか。

どこからか小さなトレイを出してきてコーヒーのカップを三個載せ、小分け容器入りのクリームと掻き混ぜる小さなスプーンも載せ、コーヒーを注いだ。ブレットは黙ってトレイをオフィスに運び、デスクに置いた。

ローガンが身を乗り出してブラック・コーヒーのカップを取り、妻に手渡した。ブレットは自分のカップにクリームを注ぎながら、ベイリーのことを思い出した。彼女もコーヒーにはミルクを入れた。その記憶は思いがけない鋭さと痛みを伴って甦った。日に何度となく、キャムに話しかけようとしている自分に気づく。あたりまえだ。友人として、それから仕事の相棒として、付き合いはあまりにも長い。ベイリーとはとりとめのないおしゃべりをするだけだったが、好きだった。くつろいでいるときの彼女は、おもしろくて皮肉屋で、気さくだった。

キャムは彼女を好きではなく、それはおたがいさまだった。その二人が一緒に死ぬとは、皮肉なものだ。

ブレットはカップを持ち、彼らに背を向け窓のそとに目をやった。動揺を顔に出すまいと必死だった。

「給油記録に食い違いがありました」低く抑揚のない声で言った。

背後がしんとなった。なんの音も聞こえない。

「なんの話をしてるんですか？」ローガンが慎重に尋ねた。「どんな食い違い？」

「充分な燃料が積まれていなかったんです。給油場所のソルト・レイク・シティまで飛ぶのに必要な量の半分以下」

「充分な燃料を積まずに飛ぶなんて、いったいどういうパイロットなんですか？　それに、どうして途中で着陸しなかったんです？」ローガンが声を荒らげた。気持ちはわかる。ブレットは振り向いてベイリーの弟と顔を合わせた。

「最初の質問ですが、パイロットは充分な量を積んでいると思っていた。燃料計の表示はそうなっていましたから。二番目の質問もそれが答えです」

「どうしてわからなかったんです？　つまり、燃料計の表示が間違っていたってことですか？　機体が発見されていないのに、どうしてわかるんですか？」

ローガンはきれる。ブレットの話を即座に理解し、的確な質問をぶつけてきた。

「前日にあの飛行機がここに戻ってきたとき、燃料タンクはほぼ空の状態でした。だが、翌朝給油したときには、三十九ガロンしか入らなかった。翼のタンクに積める量の半分以下です」

「つまり、給油した人間が間違いを犯した。でも、それなら、あなたはどうして燃料計の表示に不備があったと思うんですか？」ローガンは怒りをつのらせている。焦れた口調からあきらかだ。

「燃料計の表示に不備があったとは言ってませんよ」ローガンと同様に、ブレットも慎重に話した。「そうは思っていません」

「だったら――」

「方法はいくつかある」言葉を選んで話をつづける。「燃料計の表示を満タンにする方法。実際にはそうでないのに」

また沈黙が訪れた。ローガンはピーチスと顔を見合わせ、眉をひそめて言った。「あなたと電話で話したとき、ぼくはタムジンの言ったことをあなたに伝えた。でも、あなたは相手にしなかった。いまになって、機体に細工が施されていたと言うんですか？」

「わかりません。墜落現場が見つからないかぎり、すべては憶測にすぎない」疲労を覚え、額を揉んだ。「だが、そうでないと筋が通らない。キャムはぼくが出会ったなかでもっとも慎重なパイロットです。念には念をいれてチェックする。飛行に関することでは、何事もおろそかにはしない。燃料計の表示が半分以下だったら、彼が気づかないわけがないんです」

「難しいんですか？　燃料計に細工をするのは」

「難しくありません。細工を施すのは燃料計じゃない。燃料タンクのほうです。満タンのように見せかけるんです」

「そのことを警察に話しましたか？」ローガンが声を荒らげた。「それに、タムジンが言ってたことを」

ブレットはうなずいた。「証拠がないかぎり、機体の残骸が見つからないかぎり、打つ手はないんです」

「防犯カメラがあるはずだ。ここは空港じゃありませんか！」

「小さな空港で、民間機はやってこない。でも、ええ、防犯カメラは設置されています」

「それで？」

「裁判所命令が出ないかぎり、警備会社はテープを渡しません。ＮＴＳＢの捜査官のマグワイアがせっついていますが、いまのところ成果はあがっていない」

「警備会社はなぜ協力してくれないんですか？」ローガンは青ざめ、苛立ち、立ち上がって部屋の中を歩き出した。

「訴えられることを恐れているんでしょう。規則だかなんだか。規則にしがみついてないと、なにもできない連中なんですよ」

「それで、警察はセス・ウィンゲートの事情聴取をしてないんですか？　タムジンがああ言ってるのに？」

「タムジンがあなたにそう言うのを、ほかの誰かが聞いてますか？」ブレットは鋭く指摘した。「彼女が精神的に不安定なのはみなが知っています。それにセスはウィンゲート一族だ。ろくに働きもしていないが、それでもウィンゲート一族です。いろんなところに顔がきく」

「ベイリーだってウィンゲート一族ですよ」ローガンは声を詰まらせ、顔を見られまいと背中を向けた。ピーチスが目に涙を浮かべ、彼の背中に額を当てた。それだけのことだが、彼は落ち着きを取り戻し、振り向いて彼女に腕をまわした。

ベイリーは町一番の人気者ではない、と言うわけにもいかないから、ブレットは黙っていた。ウィンゲート一族と付き合いのある連中は、彼女の夫が亡くなると手のひらを返したように彼女を避けるようになった。妻を亡くしたばかりで自分も不治の病だと知った初老の男を、彼女が手玉に取ったと思っているのだ。彼の死後、子どもたちが相続すべき屋敷に、ベイリーは住みつづけ、ウィンゲートの莫大な財産を管理しつづけている。悲嘆にくれる弟に、とてもそんなことは言えなかった。

「つまり、できることはなにもない」

「いまのところは。機体の残骸が発見されて破壊行為の証拠が出れば、事情は変わります」

「残骸が発見されたら」

「発見されますよ」ブレットは自信をもって言った。「いずれ」

いずれ。そこが問題だ。〝いずれ〟とは、二日後かもしれないし、二年後、あるいはつぎの世紀かもしれない。発見されないかぎり、犯人は殺人罪をまぬがれる。

「そんなの耐えられない」その晩、ホテルの部屋を歩きまわりながら、ローガンは言った。ベイリーの乗った飛行機が消息を断ったというニュースを耳にして以来、ずっと歩きまわっていた。「判事に行動を起こさせるのに、給油記録が充分な証拠になるんじゃないのか」

ピーチスはベッドに丸くなっていた。そばかすのある肌は青ざめている。この数日、二人ともろくに眠らず、満足に食事もとっていなかった。なにもわからないことがいちばん辛い。それでも、ベイリーが亡くなったことはわかっていた。とても受け入れられるものではないが。しかも、遺体を見つけることもできないのだ。ちゃんと埋葬されるべきなのに。ちゃんと葬式をあげて見送ってあげるべきなのに。無人の荒野で亡骸《なきがら》がどうなるのか、ピーチスはあえて考えないようにしていたが、ローガンは考えている。その考えに心を蝕《むしば》まれている。

彼女にはわかっていた。

ドアにノックがあり、二人ともビクッとした。食事はもっと安い場所でとるつもりで、ルームサービスは頼んでいない。休暇に大金を注ぎ込んだうえに、この数日はホテルやモーテル暮らしだったので、お金のほうが少々心配になってきていた。ツアーをキャンセルしたが、一部しか払い戻してもらえなかった。

「きっとラーセンだ」ローガンが言った。ブレットにはここに泊まっていることを伝えてあるので、そう考えるのが順当だ。だが、話があるなら電話ですませばいいのに、わざわざ部屋を訪ねてくる理由はわからない。

ローガンはドアを開き、凍りついた。その姿からなにかあると感じ、ピーチスがベッドを出てかたわらにやってきて、そこに立つ長身で黒髪の男に困惑の視線を向けた。誰だかわからないが、背筋がゾクッとしてなにかあると感じた。

「いったいなんの用だ?」ローガンが敵意丸出しで尋ねたので、彼女は驚いた。「ぼくたちがここにいることを、どうやって知った?」

「人から。探し出すのは簡単だ。尋ねるだけ。あんた、自宅に連絡先を知らせただろう。だからそっちに電話して、墜落事故のニュースを見てあんたに連絡をとりたいけど、携帯の番号を忘れたって言っただけさ」

「あんたと話すことはない」ドアを閉めようとすると、セス・ウィンゲートが手を伸ばして阻止した。たくましい体をしている。倦怠《けんたい》そのものの表情以外の表情が浮かんでいれば、ハンサムと言える顔だ。

「だったら聞くだけでいい」彼が冷たく言った。「おれは墜落事故にまったく関与していない」

「誰かがしている」ローガンは言った。顎を引き締め、目が冷ややかになった。「あんたの妹が吹聴してまわってる。あんたに楯突くと危険だ。ベイリーは自業自得だってね」

「おれの妹は」セスがゆっくりと言った。「おれに罪をかぶせるようなことも平気でやる、冷血なクソ女だ」

ローガンは顔にパンチを食らわせたかったが我慢した。ピーチスが横にいる。彼は殴り合いも辞さないが、彼女を怪我させるわけにはいかない。「きみたちの兄妹愛には心打たれる」セスが口元を歪めて苦々しい笑みを浮かべた。「あんたには半分もわかっちゃいない。おれはやっていないということを、あんたに知ってほしかったんだ」彼は踵《きびす》を返して歩み去った。残されたローガンとピーチスは、ホテルの部屋の戸口に立ってその後ろ姿を見送った。

32

キャムは焚き火の世話をしにいくときに、ぐちゃぐちゃの服の山の中から救急箱を見つけだし、くるんであった服をほどいて持って出て、もう一度雪を詰めた。救急箱を〝ベッドあたため器〟にしたベイリーの思いつきには、ほほえまずにいられない。物に本来の用途以外の使い道を与えてうまく利用する才能は、まったくもってたいしたものだ。墜落現場にもっと長く滞在することになっていたら、彼女のことだから、木の枝のシェルターを泥造りの小屋へと変身させ、機体のメタルや部品を使って風車を建造し、バッテリーに電気を送り込んでいつでも火を熾せるようにしただろう。

焚き木をくべ足してから、救急箱を真っ赤に燃えた熾《おき》にちかづけて置いた。朝いちばんに熱い飲み物を腹に入れられるのはありがたかった。一日中ベッドに横になっていられたら言うことはないが、食糧事情を考えればそうも言っていられない。

救急箱の中の雪が融けるあいだ、寒風に震えながら膝を抱えて座っていた。救急箱に雪と松葉を加え、夜明けまで一時間ほど眠ろうとシェルターに戻った。またへとへとに疲れる一日がはじまる。

ベイリーは起きなかった。夜のあいだ、何度か焚き火の世話に出たときにも、目を覚まさなかった。彼が体を伸ばすと、帰巣する鳩のように彼女がやってきてだらんともたれかかり、寝心地のいい姿勢をとった。眠ったままでこれをやるのだ。願わくばこれからも夜はこんなふうに過ごしたいが、世の中、一寸先は闇だ。それに彼女には、問題をわざと難しくする傾向がある。人間関係でもそうだ。流れに身を任せる、という概念は彼女の中に存在しない。感情的にもたれかかることを、避けようとする。

彼女の子ども時代に仕掛けられた地雷を、避けて通るにしても取り除くにしても、彼は自分に合ったやり方でやるつもりだった。離婚は誰にとってもきつい。子どもにとってはとりわけきつい。ベイリーの性格からして、そのあおりをもろに受けたにちがいない。成人してからは、心の深いところで安心感を得ることをなにより優先した。その結果、他人に気持ちを向けなくなったとしても、それは責められない。

いっそやりがいがあるってもんだ。うきうきと自分に言い聞かす。独身人生ともおさらばだ。やると決めたら徹底的にやる。ただの恋人同士というのは、どんなに短いあいだでも彼女には耐えられないだろう。だが、それと同時に、ほんものの結婚をして、永続的な関係を築くことにも二の足を踏むにちがいない。思いきってやってみようという気にさせるにはどうしたらいいか、名案は浮かばない。だが、なんとかなる。その過程もまた楽しいだろう。

「さあ、朝のコーヒーだ」キャムはキスと松葉のお茶が半分入った蓋で、彼女を起こした。

「ウムム、コーヒー！」寝ぼけ眼《まなこ》でなんとか起き上がり、体をずらして岩にもたれかかって蓋を受け取った。最初のひと口はおいしかった。味のせいではなく、熱々だから——それから考え込んだ。朝いちばんに、人になにかをしてもらったことは一度もなかった。いつだって自分でやっていた。もうひと口飲み、彼に蓋を返した。「おいしい——アメリカで育った最高級の松葉で淹《い》れたお茶」

彼は頭を振りながら、彼女のかたわらに腰をおろした。「おれはもう飲んだ。これはきみの分だ」

朝の熱い飲み物として、松葉のお茶は、コーヒーや紅茶ほど頭をスキッとさせてくれないが、文句は言わない。飲めるだけで幸せ。実際、けさは馬鹿みたいに幸せだった。ちょっと待って——なんだか薄気味悪い。そういうことは後でじっくり考えよう。「それで、きょうの予定は？　ショッピングに観光、それからランチ？」

「自然の中を歩き回るってのはどうだろう」彼が肩に腕をまわして抱き寄せ、足元に服を掛けた。すぐ外で火が燃えていて、熱い飲み物を飲んでいても、凍えるような寒さはあいかわらずだし、シェルターは密閉されていない。

「ちゃんとした計画に聞こえるわね」

「きょうは頑張って進まなきゃな」彼が真面目に言ったので、彼女はちらっと目を向けた。

「スリング（岩場で使う輪状ザイル）を作って、垂直の壁をおりることになるかもしれない。それで時間が稼げる。風の層を抜け出せば、狼煙《のろし》をあげられるからな」

理由を説明してもらう必要はなかった。松の実はエネルギー源になっても、日に二度、ひとつかみの松の実だけではとても足りない。バッテリーの液がどれぐらい残っていて、あと何度、火を熾せるかわからなかった。松の実を取り出すには、松ぼっくりを焼かなければならない。きょうが生死を分ける日になるだろう――文字どおりの意味にならないことを願うばかりだが、そうなる可能性はある。それは一日目から変わっていない。それでも、いよいよぎりぎりまできているのだ。

松の実を食べ終わると、手早く荷造りし、焚き火に雪をかけ、出発した。恋人同士のようにいちゃつく暇もなければ、むろん愛を交わす暇もなく、ほっとしていた。でも、松葉のお茶を用意してくれたことは、どんな愛の仕草より嬉しかった。愛の行為のほうは、彼の〝遊び〟のせいでまだ少しヒリヒリしていた。最後にセックスしてからずいぶんになるから、無理もないけれど。

事態をちゃんと消化する時間が必要だった。環境に順応するのは得意でも、感情的にはそれほど柔軟ではない。きょう一日、酷使するのは肉体だけであってほしかった。

実際にそうなった。キャムは苛酷なペースを設定していた。あまりにも過酷で、彼になにかあったらと不安になるほどだった。彼が先に立っているので、誤って雪の吹きだまりに突っ込んだら、彼女が反応する間もなく、重いソリの下敷きになりかねない。

ほんとうにそうなりそうで、彼女は叫んだ。「とまれ！」彼が立ち止まったので、ベイリーは前にまわった。「あたしが先に行くわ」彼とおなじペースでずんずん進んだ。

「いったい——？　おい！」彼が叫び、追いすがってきた。

「あなたはソリを牽いてる。あたしが先に立って足元を確認する」

彼にはそれが気に食わなかったが、文句を言おうにも彼女に追いつかなければどうしようもない——だが、ソリを牽いているかぎり追いつけない。彼女はバックパックの位置をずらして担ぎやすくし、雪を掻き分けて進んだ。

丈夫な長い枝を拾って前方の地面を突いてたしかめながら、ペースは落とさなかった。きょうの午後かあすには救助されるという思いが、彼女を先に進めた。なにしろ山をおりたい！　リズムをつかんできた。枝を雪に突き刺し、堅い雪面にスノーシューズを滑らせる。

その音は単調で眠気を誘い、危険だ。突き刺す、滑る、滑る、突き刺す、滑る、滑る。気をつけないと注意がおろそかになる。

前日なら迂回しただろう斜面を滑りおりた。いちいち枝を突き刺してはいられず、スノーシューズは滑りすぎて危ないので脱いだ。キャムが、服をつなぎ合わせて作ったロープを繰り出してソリをおろし、先に滑りおりた彼女が下で受け止める。そのあいだに彼が滑りおりてくる。そこからはまた彼がソリを牽く。

彼女が先に行くことを、キャムは口に出して認めたわけではなかったが、彼女が足元を確認するいまのやり方はすごくうまくいっているし、異議を唱えるのは愚の骨頂だ。キャムは間違っても愚かなことはしない。彼には自尊心があるが、理性もある。そして、彼の中では理性がなにものにも勝っていた。そういうところが、彼女は好きだった。いいえ、愛していた。その言葉を繰り返す。愛する、愛する、愛する。慣れるのに時間がかかりそうだが、最初のころにくらべれば、それほどうろたえなくなった。

昼少し前に、彼女の右のスノーシューズの紐《ひも》が切れた。足を踏み出したところで切れたのでつんのめったが、枝を地面に突き刺していたので、顔から雪に突っ伏さずにすんだ。片膝を突いただけですぐに起き上がった。顔のマスクを引きおろして大きく息をつく。「あたしなら大丈夫」キャムが追いついてきて彼女の無事をたしかめてから、しゃがんでスノーシューズを拾った。

「これなら直せる」千切れた紐を調べ、彼が言った。「そろそろ休憩してもいいころだしな」

ソリに腰をおろしてひと息つき、ボトルの水を交替で飲んだ。彼が切れた紐をはずし、服を裂いた紐を付け直すのを見ながら、ベイリーは思った。このペースでいくと、寝るときに上に掛ける服がじきに底を突いてしまう。早く救助されないと。

「いいペースで来てる」彼がまわりを見回して言った。「朝より百五十メートルは下っているだろう」

「百五十メートル」彼女はつぶやいた。「八キロはゆうに歩いているのにね」

彼が白い歯を見せて笑った。「そこまではいってないだろう。だが、この百五十メートルは重要だ。風が変わってきたのを感じないか？」

ベイリーは顔をあげた。彼に言われて気づいた。木々はそれほど枝を鳴らしていないし、風はまだ冷たいとは言っても、身を切るほどの冷たさではなかった。それに、垂直におりられないところは斜面を横切ってきたので、東向きのコースをとっていたため、風上側から離れることになった。温度は一、二度あがっただけだろうが、風が弱まったぶん、快適とすら感じられた。

気分はいいどころか昂揚していた。彼を見てにっこりする。「午後には狼煙をあげられるかもしれないわね、トント」

彼は鼻を鳴らし、彼女の脚をつねり、スノーシューズの修理を終えた。「新品同様だ」屈み込んで彼女のブーツにスノーシューズをくくりつけた。「準備はいいか？」

「いいわよ」お腹がすいて疲れていたが、彼の空腹と疲労にくらべればまだましだろう。これだけ筋肉がたくさんついていたら、座っているだけでも大量のカロリーを消費しているはずだ。きょうで五日目、彼女は寒さと食糧不足で体重が五キロは落ちているだろうが、彼のほうは七キロは減っているはずだ。食べる物がなくなったいま、体力はどんどん落ちてゆく。一刻も早く温暖な地域まで到達しなければならない。必死で進めばそれだけカロリーを消耗するが、きょうの午後かあすの朝に救助されるなら、努力のしがいがある。

キャムは立ち上がると肩と腕を曲げ伸ばしして凝りをほぐし、それからソリの牽き綱を肩にかけた。険しい山道を重たいソリを牽いて歩くのがどれほど大変か、ベイリーは想像するだけだ。彼の顔には疲労のしわが刻まれていた。彼はあとどれぐらい進めるのだろう？

おなじ方法でまた進んだ。休憩をとっても、ふだんから体を鍛えていても、脚の筋肉が焼けるように痛かった。でも、キャムが進むのなら、彼女も進むだけだ。

キャムの叫び声で振り向くと、滑り落ちそうになるソリを彼が懸命に引っ張っていた。片方のブレードが岩の縁からはずれて滑り落ちたのだ。落下した距離は二メートルほどだろうが、ソリは修復がきかないほど壊れてしまったかもしれない。スノーシューズを履いているからぎこちない摺り足でソリの後ろへまわった。ソリの造りからほかにつかむところがないので、岩からはずれたブレードをつかみ、ありったけの力で引き上げた。鋭い音がしたがかまわず両足を踏んばった。キャムももてる力と体重のすべてをかけて引っ張る。ソリの重心が移動してまた前に進みはじめたので、彼女は指を切られる前にブレードを放した。

足がずるっと前に滑り、岩から転がり落ちた。

地面に叩きつけられた衝撃は全身の骨がきしむほどで、それからうつ伏せになって両手と膝を突いた。「クソッ！」

「ベイリー！」

キャムの声から慌てているのがわかった。「あたしなら大丈夫だから、どこも折れていない」すでにあざだらけの体に、あらたな打撲が加わったことはたしかだ。立ち上がって両手と膝の雪を払い、もといた場所に戻るのによさそうな足場を探した。残念ながら三十メートルほど戻ってから急な斜面を登らなければならない。雪の下は岩がごろごろしていて往生し、彼のところに戻ったときには、すっかり息があがっていた。

二人ともなにも言わなかった。貴重な息を無駄にすることはない。彼は無事で彼女も無事。ソリも無事だった。前進あるのみ。

五時少し前に、彼女は急停止を余儀なくされた。半円形の崖が足元にぽっかりと口を開けていた。下は垂直の岩の壁で、ぽつぽつと白くなっているのは、降る雪が貴重な休憩場所を見つけてしがみついているからだ。崖の側面をおりていったが、斜面は急になるばかりだ。彼女が横について歩き、ソリを支えていないと前に進まなかった。ついにっちもさっちもいかなくなった。あとは残り三百メートルを自由落下するしかない。右におりるとすると、傾斜が急すぎてソリをあきらめるしかない。崖をまわり込むためには登らなければならず、いまはとてもできそうになかった。残された道は、引き返すことだ。

「ここで焚き火をするしかないな」キャムは言い、ソリが滑り落ちないように大きな岩に立てかけた。牽き綱を肩からおろして、顔の汗を拭う。

「ここで？」それはまずい。救助されなければ、簡単なシェルターすら作れない。このあたりは木々もまばらで、焚き木を集めるのに苦労しそうだ。彼女はため息をついた。ほかに選択肢はないのだから仕方ない。ここが終点。「ここで」

彼は背中の筋肉を伸ばし、頭を前後に倒した。それから笑って言った。「見てみろ」

彼が指差す先を見ると、それほど遠くないところで雪が終わっていた。境界線がくっきりと引かれているわけではなく、雪がだんだんに少なくなり、木々がだんだんに多くなってゆく。悔しいことにいまはたどりつけそうになかった。

ベイリーは顔を風に向け、気づいた。せいぜい微風程度だ。焚き火の煙は空中に留まり、誰かの目に留まるだろう。いまでなくても、あすにはきっと。大きな焚き火をして、煙をたくさん出す。誰かが気づいて調べにやってくるまで、出しつづけるのだ。ええい、クソッ。

キャムはすでに準備にかかり、雪をどけて浅い穴を掘っていた。ベイリーはバックパックをおろし、焚き木を探しにいった。斜面を登るのに片手を空けておく必要があるので、一度にたくさんは集められなかった。戻る途中で、彼が穴を三つ掘ったことに気づいた。「どうして三つも？」

「三つは万国共通の遭難信号だ。口笛を吹くなら三度、焚き火は三つ、岩を積むのも三カ所——なにを使うにしても、三つ必要だ」

「この休暇で、あたし、ずいぶん博学になったわ」彼女はそう言って仕事に戻った。焚き火が三つということは、焚き木を三倍集めなければならない。やったー。

三つの炉に焚き木を並べ、焚き付けの紙と樹皮の削り屑《くず》を載せると、キャムがいま一度バッテリーから火を熾した。慎重に焚き木をくべたして炎が充分にあがると、燃えた枝を使ってつぎの炉に火を移した。やがて三つの炉から炎が盛大にあがったが、煙は充分ではないようだ。彼女としては、天空一キロの高さにまで達する太い煙の柱を建てたかった。

キャムもおなじことを考えたらしく、三つの炉に生乾きの枝をくべた。じきにもくもくと煙があがって、ベイリーは嬉しくなった。

「さて、あとは待つだけだ」彼が言い、ベイリーに腕をまわしてゆっくりと深いキスをした。疲れ果てていたので、ベイリーは彼にもたれかかり、腰に腕をまわすのがせいいっぱいだった。


　キャムはソリから服の入ったゴミ袋をふたつおろし、並べて置いた。中身を叩いて寄せて真ん中を低くするとビーンバッグ・チェア（フレームのない変幻自在の椅子）のようになり、二人はどっかりとお尻を沈めた。数分間はどちらも無言で、わずかに残る体力を掻き集めていた。彼の口から出てきた言葉に、ベイリーはびっくりした。おなじことを考えていたからだ。

「救助された後、おれから離れようとするなよ」

　彼がどんなに大事な存在になりつつあるか気づいたときから、そのことを何度も考えなかったとは言えない。でも、ほんとうにうろたえたのは、離れるにはもう遅すぎると気づいたときだった。「しないわ」彼女は言い、彼に笑顔を向けた。手を伸ばすと彼がつかんで指と指を絡ませ、そのまま自分の頬に押し当てた。

　太陽が沈みかけても、二人はゴミ袋の椅子に座り、観光客のように山々を眺めていた。それから、紛れもないヘリコプターの羽根音を聞いた。キャムは立ち上がって手を振った。ヘリコプターが視界に入ってきて、蛾《が》のように三つの炎目指して飛んできた。

33

ヘリコプターはすぐちかくを旋回したので、羽根が起こす風を感じたし、パイロットがかけているサングラスまで見えた。隣りにもう一人男が乗っていた。二人とも制服のようなものを着ているから、森林局の人間だろう。着陸できる場所はなかったが、そんなことはどうでもよかった。二人の居場所を知っている人間がいて、救助隊がやってくる——じきに、そう願いたい。シェルターは作っていないが、焚き火に当たって夜明かしすればいい。

疲労困憊で、とてもシェルター作りを手伝えるとは思えなかった。立ち上がってヘリコプターに手を振る元気もなかった。救助が間近だと思うと心は浮き立っているのに——間近と言っても、救助隊がここまで来るのにどれぐらい時間がかかるかはわからない。

キャムはパイロットに手で合図を送っていた。「彼に伝えて。寝袋を持ってきて落としてくれって」ベイリーは言った。「それから、コーヒーの入った魔法瓶。ドーナツ一ダース。ああ、それから送受信兼用無線機もあったら助かるわね」疲労でめまいがしたが、そんなことはかまわなかった。

ヘリコプターは機体を横に傾け、来た方角に去っていった。その姿を見送りながら、彼女はため息をついた。あっけない幕切れだ。

キャムが笑いながらかたわらに腰をおろした。「手の合図では細かなことまで伝えられない」

「なにを伝えたの？」

「おれたちは二人だということ、歩くことができるということ、つまり、救助隊は命の危険を冒してまでやってくることはないということだ。それから、これで五日目だということ」

彼女は両脚を伸ばして足首で交差した。まるでどこかのポーチに座って景色を眺めているみたいだ――壮大な景色ではある――が、ポーチの代わりに傾斜の急な山腹にいて、左手のそう遠くないところに垂直の崖がある。「夜に備えて支度をしなくちゃね。焚き木をもっと集めて、シェルターを作って」

彼が膝に肘を突いて身を乗り出し、彼女の顔をじっと見つめ、そこに疲れ果てた表情を見出した。手を伸ばして手を握る。「おれが焚き木を集める。だが、シェルターは作らない。あたたかいし風もないからな。焚き火のそばで寄り添ってひと晩明かそう」

「オーケー。寄り添うのはなんとかできる」そう言って物思いに沈んだ。「彼らに名前までは伝えられなかったろうから、家族に知らせてはくれないわよね？」

キャムが頭を振った。「家族のことは思いつかなかった」彼がしばらくして言った。「さぞ心配しているだろう。だが、生き延びることに集中することがなにより大事だと思った。家族はおそらく救助隊本部にいるだろう。本部はいったいどこに設置されたのか。救助隊は姿も見せなかったからな」それから、語気荒く言った。「会ってみたいもんだ」

ベイリーはローガンとピーチスのことを考えた。どんな気持ちでいるだろうとか、さぞ心配しているにちがいないとか、彼らのことは考えたが、ほかの家族が、両親でさえ、彼女を心配してやってきているとは思えなかった。母は涙のひと粒かふた粒も流し、悲しい身の上話をして同情を掻き立てるだろうが、娘の遺体が見つかるまで救助隊本部で待つ？　それはありえない。父は涙すらけちるだろう。最初の結婚でできた三人の子どもたちが、彼のレーダーからはずれたことは、ずいぶん前にはっきりしていた。キャムは幸せだ。家族が救助隊本部で彼のことを待っていると、頭から信じられるのだから。

「お母さまに会う前に、さっぱりと身繕《みづくろ》いする時間があるといいわね。そんな姿を見せたらお母さまがかわいそう。服も必要だし。その傷に巻く包帯も。最初にその傷を見たら、どんなにショックを受けるか」焚き火の揺れる明かりで彼をじっくり眺めた。五日間伸ばし放題のヒゲはむさくるしく、目の下のあざは色が抜けて醜い紫黄色になっている。さまざまな大きさの擦り傷はかさぶたが張り、治りつつある。額のひどい傷だが、彼女のへたな縫合が加わったことによって、男ぶりがあがったかどうか判断に苦しむところだ。クスクス笑いながら言った。「あなた、ひどいありさまよ」

彼が笑いで応酬した。「きみだって、見られたざまじゃないぜ」からかい口調で彼が言う。「墜落事故に遭って、五日間荒野で暮らしたように見える。目のまわりのくまなんか最高だ。きみの見た目におれが惚《ほ》れたんじゃないことは、きみもわかってるだろ？」

飛び上がりそうになった。前置きもなく、どうしてそういうことを言うのか。こっちにも準備ってものがある――どんな準備をするのか、自分でもわからないけれど。言い返す前に、彼がまた手を頬に当てた。「いま結婚を申し込んだら、きみは悲鳴をあげて山を駆けおりるか？」

ショックのダブル攻撃。最初のショックに反応する暇もなく、つぎのショックを繰り出すなんて。その結果、どっちの台詞を最初に口にすべきか、決めることもできないまま茫然とするしかなかった。ようやく口から出た声はひっくり返っていた。「たぶんね」どっちの質問の答えかは、勝手に考えればいい。

彼が手のひらにキスした。唇がピクリと動いたのは笑いをこらえているからだ。「だったら申し込まない」まじめくさって言う。「いまはまだな。その考えに慣れる必要があるのはわかっている。まずはもとの生活に戻り、落ち着いてから会おう。セスがきみを殺そうとしたという問題もあるし、なによりもそいつを最初に片付けなきゃならない。結婚するまでに九カ月から一年と考えている。それぐらいでどうだ？」

まだ結婚を申し込まないうちから、この人はもう基礎固めをしている。心臓がスキップしているけれど、彼のこの笑みを見ないで残りの人生を過ごすなんてできない気がしてきた。核心を突く意見を述べるときの辛辣《しんらつ》な口調を耳にしない人生なんて、彼の腕の中で眠れない人生なんて、とても考えられない。彼なしで、はたして眠れるものだろうか。

咳払いして、言った。「実を言うと……結婚の部分は大丈夫なの」

「きみを怯えさせるのは愛の部分だけってことか？」

「あたし……自分で思っていたよりうまくやれそうな気がしてる」

「おれがきみを愛していることで、パニックは起こさない？」

「その部分も大丈夫」彼女が真剣な口調で言った。「お返しにあなたを愛することが、あたしを怯えさせるの」

彼の目に勝利の光が宿った。目を伏せて隠そうともしない。思っていることをすべて彼女に伝えるつもりだ。「おれを愛することが怖いって言いたいのか？　おれを愛してるから怖いって言いたいのか？」

ベイリーは息を吸った。「慎重に、急ぎすぎないことが肝心だと思う」

彼の口元がまたピクリとした。「きみがそんなことを言うのを聞いても、おれはどうして驚かないんだろう。そうだ、もうひとつの質問に答えていないぜ」

ほら、また、冷静で容赦のない決断の表情を浮かべている。剝き出しの岩場ではなく、ツリーラインにぶつけようと、貴重な数秒間、機体を浮かせていたときの表情とおなじだ。彼といると安心できる。彼はけっして諦めない。慌てて逃げたりしない。彼女を裏切らないし、子どもができたらぜったいに見捨てたりしない。

「あなたを愛してるわ」白状した。声は震えていたけれど、口に出した。でも、すぐに予防線を張った。「というか、愛していると思う。それに、怖い。いまはふつうじゃない状況だし、現実の世界に戻ったあともおなじ気持ちでいられるか、たしかめる必要がある。その点はまったくあなたに同感よ」

「おなじ気持ちかたしかめる必要があるなんて、おれは言ってないぜ。おれは、どんな気持ちになるかわかっているからな。きみには慣れる時間が必要だということを、おれは理解していると言ったんだ」

まったく容赦ないんだから。

「だったら決まりだな」彼がとても満足そうに言った。「おれたちは婚約した」

居場所が確認されたので、焚き火はひとつだけ残し、そのかたわらでおしゃべりしたり、うとうとしたりして夜を明かした。冷たい地面にはスペースブランケットとクッションを敷き、いつものように重ねた服にくるまったので、あたたかいとまではいかなくても、凍えることはなかった。休息をとり、少し眠った後、彼はまたベイリーを抱いた。今度はゆったりとしていた。彼が侵入してきた後で、二人ともついうとうとしたほどだった。彼だけ数分おきに目を覚まして、やさしく腰を動かした。コンドームを使わなかったことに、ベイリーはいやでも気づいた。剝き出しのペニスを体内におさめているという意識が、えもいわれぬ興奮をもたらした。生まれてはじめての感覚だった。

ゆっくりとした動きで彼女は二度もいき、その二度目の絶頂が彼を一気に頂点へと昇りつめさせた。彼がベイリーの尻をつかみ、絡み合った体をきつく固定したので、ため息さえあいだに滑り込めないほどだった。彼女の脚のあいだで、彼が体を震わせくぐもったうめきを喉から絞り出した。

体を拭いて服を着直し、また少し眠った。夜が明けると目を覚まして救助隊を待った。あたりに散らかったものはすべて片付けて荷造りし、スペースブランケットにくるまって焚き火に当たっていた。空腹で頭がくらくらし、なんだか不思議に脆《もろ》くなった気がした。生きるための闘いに勝利して、すべての力が抜けてしまったのだ。キャムの横に座っているのがやっとだった。

七時を過ぎたころ、ヘリコプターの音が聞こえ、五百メートルほど下のちかづきやすい土地に着陸した。救助隊がおりてくるのを見て、彼女はつぶやいた。「食べる物を持ってきてくれてるといいけど」

「持ってきてなかったら？」彼がからかう。「送り返すか？」

顔を仰向けて彼にほほえみかけた。彼も目が窪み憔悴した顔をしている。前日の行軍で体力を使い果たしていた。なにか口に入れなければ回復できない。

苦難は去った。数時間もすれば、清潔であたたかくてお腹も膨れているだろう。現実の世界が、四人のヘルメットをかぶった山男の姿をとり、確実な足取りで近づいてくる。ロープと滑車とその他もろもろが調和のとれたシンフォニーを聞かせてくれる。

「道に迷ったんですか？」救助隊のリーダーが尋ねた。三十代半ば、ずっと戸外で過ごしてきた人特有の日焼けした顔をしている。二人のやつれ果てた顔や、キャムの額の長い縫合痕を見て、隊員の一人に健康チェックを行なうよう小声で命じた。

「ハイキングコースは来月まで通れない。捜索願いも出ていないし、きのう、あなたたちのの焚き火を見つけたときにはびっくりしましたよ」

「道に迷ったんじゃありません」キャムは立ち上がり、スペースブランケットでベイリーを包んだ。「乗っていた飛行機があっちに墜落して」——頂上のほうを指差す——「六日前のことです」

「六日だって！」リーダーが小さく口笛を吹いた。「ワラワラのちかくで消息を断った小型機の捜索救助が行なわれているとは聞いている」

「それがおれたちです。おれはキャメロン・ジャスティス、パイロットです。こちらは、ベイリー・ウィンゲート」

「ああ」隊員の一人が言った。「そういう名前だった。どうやってここまでおりてきたんですか？」

「翼と祈りで。文字どおり」

かたわらにひざまずいて脈をとったり、目にライトを当てたりしている救急隊に向かって、ベイリーは言った。「食べ物を持ってきてますよね？」

「いいえ、持ってきていません、マム。でも、本部に連れて戻ったらすぐに出してあげますよ」

そういうことにはならなかった。山をおろされヘリコプターに乗せられた時点で、二人とも治療の必要があると判断されたのだ。パイロットが無線で連絡をとり、いちばんちかい病院に搬送されることになった。アイダホの小さな町の二階建ての病院だ。

ＥＲの看護師は、彼らにいちばん必要なものはなにかすぐに判断し、医者の診療を受ける前に食事とコーヒーを出してくれた。ベイリーは自分でも意外だったが、あまり食べられなかった。スープをふた口三口、塩味のクラッカーを二枚食べただけだ。缶詰のスープをレンジでチンしただけだったが、これぞ美味という味わいだった。それでも、全部は無理だった。キャムのほうは食欲旺盛で、スープひと皿とコーヒー一杯を平らげた。

簡単な診察の後、医者が言った。「基本的には健康です。必要なのは食べて眠ること。その順番でね。運がよかったですよ。腕の傷はよく治っています。ところで、最後に破傷風の予防摂取を受けたのはいつでしたか？」

ベイリーはきょとんとして医者を見つめた。「破傷風の予防接種を受けたことはなかったと思いますけど」

彼はにっこりした。「それじゃ、いま受けてもらいます」

注射がすむと、看護師の休憩室に案内された。ロッカールームにシャワーまでついていた。ベイリーは肌が萎《しな》びるほど長いこと熱いシャワーを浴び、出たときには頭のてっぺんから爪先までつるつるになっていた。看護師が用意してくれたグリーンの手術着を着て、靴下にこれも手術用のブーティ（くるぶしまでの長靴）を履いた。ハイキングブーツはとても履く気になれなかった。六日間履きづめだったから、足もくたびれ果てていたのだ。

キャムはそれほどの幸運には恵まれなかった。点滴静脈注射をされたうえ、脳のCTスキャンを撮られた。点滴のバッグが空になるまでの二時間ほど、ベイリーは彼に付き添っていた。そこでようやくシャワーとヒゲ剃《そ》りの許可が出て、頭に包帯を巻かれ、彼女のとおなじ手術着があてがわれた。

それから事情聴取がはじまった。墜落現場は、国のリクリエーション地区なので林野部の管轄だ。救助隊のリーダーは報告書を提出する義務がある。NTSBに連絡がいっていた。無線で二人の救出を知った地元新聞の記者が取材にやってきた。町の警察署長も顔を見せた。キャムは、林野部の職員二人と警察署長に話をし、NTSBの捜査官とは電話で話した。彼もベイリーも、機体が細工されていたことは新聞記者に話さなかった。

とんとん拍子に事が運んだ。NTSBの捜査官、チャールズ・マグワイアがこちらに向かっていた。キャムは携帯電話を借りて両親に無事を知らせた。ベイリーもその携帯からローガンの携帯にかけた。

「もしもし?」最初のコールで彼が出た。携帯に飛びついたのだろう。

「ローガン、あたし。ベイリーよ」

完全な沈黙のあと、震える声が言った。「なんだって?」

「病院にいるの……町の名前はわからない……アイダホのどこか。怪我はしていないから」畳みかけるように言った。「けさ早く、山から救助されたの」

「ベイリー？」

頭から疑ってかかっている口調だった。誰かがいたずらを仕掛けたと思っているのだろう。

「ほんとうにあたしだってば」目尻から伝い落ちた涙を拭う。「あなたのミドルネームを言ってあげましょうか？　それとも、最初に飼った犬の名前？」

彼が警戒して言う。「ああ。最初に飼った犬の名前は？」

「犬は飼ったことがない。ママが動物嫌いだったから」

「ベイリー」声が震えている。泣いているのだ。「ほんとうに生きてたんだね」

「ほんとうよ。擦り傷が数カ所に目のまわりのくま。六日ぶりにまともな食事をしたところ。破傷風の予防接種を受けたんだけど、それが痛いのなんのって。でも、あたしなら大丈夫」

背後でピーチスがなにか言っている。あの軽やかで甘い声でつぎつぎに質問を出して支離滅裂になっている。それとも泣いているせいだろうか。「捜査官が事情聴取のためにこっちに向かってるの。それがすんだら家に帰れると思う。どうやって帰ればいいかわからないけどね。現金もクレジットカードもＩＤカードもないから。でも、なんとかそっちに戻れるわ。いまどこにいるの？」

「シアトル。ホテルだ」

「そんなことでお金を遣うことないわ。うちに泊まればいい。家政婦に連絡して、入れてくれるように言うから」

「あの……あそこにはタムジンが住んでいると思う」

「彼女が、なんですって？」血が沸騰して目から火花が飛び散るかと思った。あまりにも激しい怒りに、頭がぐるぐるまわりだしたとしても驚かなかっただろう。

「墜落事故の翌日にはあそこにいた。それ以来、電話していないけど」

「だったらいますぐ電話してみて！　彼女がまだいたら、家宅侵入罪で逮捕してもらって！　本気よ、ローガン。彼女に出て行ってほしい」

「心配しないで、ぼくが追い出すよ。ベイリー……タムジンがセスのことで妙なことを言っていた。彼が墜落に関与してるんじゃないかと思う。彼は否定してるけど、彼ならやりかねないだろう？」

「知ってるわ」

「知ってる？」

「キャムが突き止めた」

「キャム……パイロットの？」

「そのキャムよ」彼女は言い、ウィンクするパイロットのキャムその人に笑いかけた。「あたしたち、結婚することになると思う。これ、人の携帯なの。だから、この番号にかけてもらうわけにいかないのよ。これからどこに行くことになるのかわからないけど、わかり次第連絡するから。あのクソ女が家をめちゃくちゃにする前に追っ払ってちょうだい。愛してるわ」

「ぼくも愛してるよ」彼がそれ以上質問する前に、ベイリーは電話を切った。いま彼女が言ったことについて、質問するにきまっているから。

「結婚するかもしれない?」キャムが眉を吊り上げた。

「一日分にしては、ちょっとショックが多すぎたかしら」彼に寄り添って言った。この五日半、眠っているときも目覚めているときも、たいていたがいの腕の中で過ごしたので、触れ合っていないとなんだかへんだ。彼の肩に頭を休める。「タムジンがあたしの家にいるんですって」

「聞いた」

「ほんとうはあたしの家じゃないけど、住んでいるんだし、彼女にはあたしの物に触れる権利はない。きっともう、あたしの服をそっくり教会のバザーに寄付しちゃったでしょうけど――ゴミ箱に捨ててなければ」

「なにがなんでも追っ払わなくちゃな」

「セスが事故に関与しているって、彼女がローガンに言ったんですって」

「フムム。どうしてそんなこと言うのかな？　馬鹿げてる」

明白な結論が浮かんだ。「セスが逮捕されることを望んでいないかぎり」

キャムは考え込みながら、ヒゲを剃ったばかりの顎を掻いた。「考えてみる必要がありそうだな」静かに言った。

チャールズ・マグワイアはオオヤマネコみたいな尖《とが》った耳をしていたが、猫に似ているのはそこの部分だけだ。消火栓みたいながっちりした体格で、もじゃもじゃのグレーの髪に鋭いブルーの目の持ち主だった。どうしてこんなに早く着いたのか、ベイリーには謎だが、NTSBに勤務していれば、いつでもどこにでも飛べるのだろう。

二人をどう扱えばいいか、誰もわからないようだった。親切な田舎町の住人の多くが、二人のよそ者に自宅を提供すると言ってくれたが、けっきょく警察署長のカイル・ヘスターが、市庁舎にある自分のオフィスを使わせてくれることになった。それが最善の策だった。ヘスター署長は四十代のまじめ一方の男で、キャムとおなじく元軍人だったので、二人は波長が合った。キャムは機体に細工が施されていたことを、ヘスター署長に話した。救助されて万々歳で終わる話ではないことを、承知しておいてほしかったからだ。

署長はてきぱきと仕事をやるタイプだった。一時間もすると、キャムとベイリーのもとに、

34

それぞれの携帯の番号をプログラムしたあたらしい携帯が届けられた。それに食事も用意してくれた。病院で食事をしたとはいえ、救助されてすぐにはそう食べられるものではないし、カロリー補給が必要だということを、署長はわかっているのだ。そんなわけで、いつでも食べられる食材が並べられた。果物、チョコレート、休憩室の電子レンジでチンすればいいポテトスープ、クラッカーにチーズスプレッド。ベイリーは食べるのをやめられなかった。一度にふた口食べるのがやっとなのに、五分後には食べ物の前に戻っているありさまだ。

新聞記者が取材を申し込んできたが、キャムもベイリーも宣伝してもらうことに興味はなかった。墜落事故で名を売ろうなんて、二人とも思っていない。ヘスター署長がそういうことも引き受けて、電話も人もシャットアウトしてくれた。そんなこんなで、ヘスター署長は、ベイリーの〝気に入りの人〟リストに早速仲間入りした。

チャールズ・マグワイアがやってくると、署長はオフィスを彼らに明け渡した。NTSBの捜査官は、二人の生存にただもう驚き、墜落した場所には首を傾げた。壁の詳細な地形図で、キャムは救助された場所を指し、そこからたどって墜落現場のおおよその場所の見当をつけた。「燃料が切れたのがだいたいこのあたりです」彼は言い、山岳地帯の別の場所を指差した。

マグワイアは地形図を睨んだ。「そこで燃料が切れたとして、どうやってここまでたどりついたんですか？」

「山の風上側は空気が上昇します。ツリーラインまでさがりたかった。岩壁に突っ込むのではなく、木々を衝撃吸収材に使うつもりで。おおざっぱに言って、滑空する場合、五メートル進めば高度は三十センチさがる、そうですね？」地形図の上で指を動かす。「上昇気流に乗ることで、この方向に三、四キロ進み、ちょうどこのあたりでツリーラインまでさがった。木々が充分に大きいと判断した場所に突っ込んだ。木々が小さければクッションの役割を果たさず、岩壁に突っ込むのと変わりありませんからね。それに、木々が密生している場所でなければならない。森がはじまるあたりは木々がまばらですから」

マグワイアは考え込む顔で距離を目測した。「あなたのパートナーのラーセンが言ってましたよ。安全に不時着できる人間がいるとすれば、それはあなただって。あなたはパニックに陥らないと言っていた」

「あたしが二人分、パニックに陥ってましたから」ベイリーが涼しい顔で言う。

キャムが鼻を鳴らした。「声はあげなかったけどな」

「あたしはこっそりパニックに陥るの。それに、必死で祈っていたわ」

「それで、どうなったんですか？」マグワイアがキャムの額の包帯に目をやった。「怪我をしたようだが」

「気を失いました」キャムが言い、肩をすくめた。「大量に出血したし。左翼と胴体の一部が引き千切れたので、寒さから身を守る術がなくなった。ベイリーがおれを引きずり出してくれて、止血し、あたため、頭の傷を縫ってくれました」誇らしげで晴れやかな笑顔を向けられ、ベイリーは目がくらむかと思った。「そのとき彼女に命を救われ、さらにシェルターを作ってくれてまた救われた。風を避けることができなかったら、生きてはいられなかったでしょう」

マグワイアが彼女に顔を向け、興味津々、じっと見つめた。この数日でウィンゲート一族についてすっかり詳しくなったが、ジム・ウィンゲートのトロフィー・ワイフと、手術着を着てノーメイクで目のまわりにくまを作った、落ち着いて控え目な女性とがどうしても結びつかなかった。「医療の訓練を受けていたんですか？」

「いいえ。機内にあった救急箱に手引書が入ってて、そこに縫合の仕方も載っていたんで、そのとおりにやっただけです」鼻にしわを寄せる。「二度とやりたいとは思いませんけど」

縫合をやり遂げられて満足だけれど、詳細は思い出したくなかった。

「おれは大量に出血して、脳震盪を起こしていたので、彼女を助けることができなかった。彼女は機内を漁《あさ》って使えそうなものを運び出した。持っている服を全部重ねて掛けて、おれをあたためてくれました——それが半端な数じゃなかった。三つのトランクにぎっしりですからね。いやはや」

「下山したのはいつ？」

「四日目です。ベイリーが腕に怪我をしていて、金属の破片が刺さったんです。自分のことは二の次でしたからね。二日目は、二人とも満足に動けなかった。ひたすら眠っていた。おれはほとんど動けない状態でした。ベイリーの腕が化膿《かのう》して、熱が出たんです。三日目にはだいぶよくなって、おれは少しなら歩き回れた。ELTを調べたらバッテリーがあがっていました。それで、その時点までに発見されていなければ、先の見込みはないと思った。ELTがはたして作動したのかどうかもわからなかった」

「作動していなかった。送信はされていませんでした」

キャムは地形図を見つめていたが、頭の中ではスカイレーンのコックピットに戻っていた。顎を引き締める。「エンジンが止まったとき、すべての計器の針は正常な値を示していました。どこにも異常はないのに、エンジンが止まった。三日目に左翼を発見しました。燃料タンクから透明のビニール袋が垂れ下がっていた。それを見て、誰かが故意に墜落させたことを知りました」

マグワイアがフーッと息を吐き、ヘスター署長のデスクに尻を載せた。「われわれは当初、なにも疑っていなかったが、ラーセンが、スカイレーンの修理記録や給油記録や関連書類に繰り返し目を通して、ようやく気づいたんです。給油記録から、あの朝、三十九ガロンしか給油されなかったことをね。給油した男に尋ねたところ、タンクが満タンであることをチェックしたんでよく憶えているという返事だった。けさの時点で、飛行場の防犯カメラのテープの提出を命じる裁判所命令はまだ出ていなかったが、機体がいじくられたと疑っています」

「セス・ウィンゲート」キャムがうなった。「彼は前日、ベイリーがデンバーに行くフライトの確認の電話をよこしました。彼なら裁判官にたっぷり金をつかませ、裁判所命令の発行を遅らせることもできる。だが、長い目で見れば、そんなことをしても無駄だと思いますがね。防犯テープを手に入れて破棄するための時間稼ぎというなら、話は別ですが」

「おたくの秘書もそれを言ってましたよ。彼はたしかに疑わしいが、愚かな行動とも言える。疑うのと証明するのとは別ですからね。いまのところ、証拠はなにもつかんでいない。給油記録がおかしいということ以外は」

「それはおれたちも考えました。彼が飛行機のまわりをうろうろしている姿が防犯テープに映っていないかぎり、すべての証拠は事故現場にあって、回収するのはまず無理でしょう。あのあたりは強風が吹き荒れ、ヘリコプターは片足着陸すらできません。歩いて登るしかない」

「あの方法で燃料タンクに細工できると、セスが知っているとは思えません」ベイリーが言った。「自堕落な人間で、あたしを嫌っているけど、彼に危害を加えられるんじゃないかと思ったことは一度もありません。最後に話をしたときは、あたしを殺すと脅した、たしかに。でも」――考えあぐね、唇を噛んだ――「彼がやったとは信じられません。お人よしって言われるかもしれないけど」

「ビニール袋を燃料タンクに仕込むのはローテクだぜ」キャムが言う。「たいした技術はいらない」

「たしかにそうです」マグワイアが言った。「だが、トランスポンダーと無線は――彼は飛行機について、あなたが考えているよりずっとよく知っているということですかね」

キャムが体を強張らせた。グレーの目が冷たくなる。「なんだって？　トランスポンダーがどうしたんですか？」ベイリーが問いかけるような目を向けた。彼の口調が変わった。人に脅威を与える口調だ。

マグワイアは地形図に向き直った。「ちょうどここ」指差す。「ワラワラの東のこのあたりで、あなたのトランスポンダーの送信が途絶えた。十五分後、ＦＳＳが雑音のひどい送信を拾い、そこであなたはレーダーからはずれ、消息を断った。彼がそこまで細工したとすると、徹底していますね。墜落現場を発見されたくなかった――あるいは、証拠が破壊されるまで発見を遅らせたかった」

キャムは地形図を睨みつけていた。「クソ野郎」小声で言った。

「それが彼にたいするみんなの一致した意見ですよ。言いたくないが、彼はまんまと罪を逃れるでしょう」マグワイアがため息をついた。「だが、いまいちばん気がかりなのは、墜落現場が発見できないことではない。あなたの安全です、ミセス・ウィンゲート」

「ベイリーはおれと一緒にいます」キャムが振り向かずに言った。「彼女のことはおれが守る」

時代錯誤な言い方に、ベイリーは顔をしかめ、マグワイアに言った。「殺そうとしたことはわかっていると、セスに知らせるつもりです。たとえ証明はできなくても。まわりの人たちにも、そのことを言っておく。そうすれば、もし彼がもう一度やろうとしたら、容疑者のトップに躍り出ることになります。あたしたちにできることは、それぐらいしか思いつきません」

「おれは思いつく」キャムの目は冷たいままだった。「マグワイア、いますぐシアトルに発つ方法はありますか？　この問題の片をつけたいので」

マグワイアは理由を知りたそうな顔をしたが、ただこう言った。「むろんあります」

シアトルに着いたのは夜の八時だった。太陽が沈むのにまだ一時間はあるのに、〝夜〟というのは変だ、とベイリーはつねづね思っていた。体力は尽きたままだから、ベッドにもぐり込んで眠ることしか考えられなかったが、そのベッドにはキャムがいてほしいわけで、それなのに、マグワイアがセスの悪行を並べたてて以来、彼は冷ややかな表情を崩さず、とても話しかけられる雰囲気ではなかった。

まあ、それでもよかった。彼女も冷静になる時間がもてるわけだから。セスに殺されかけたのはよくないけれど、彼は背負っていかねばならない荷物だ。なにが頭にくるって、キャムを巻き添えにして平気なことだ。傲慢《ごうまん》にもほどがある。キャムが死のうがどうしようが、彼にとってはどうでもよかったのだろう。

彼女が戻ってきたのは、前とおなじ世界ではなかった。何事もなかったように、これまでの生活をつづけることはできない。ジムと交わした契約があろうと、セスとこれ以上関わりにはなれない。信託資金の管理はほかの人がやればいい。ジムの取引先の銀行の人間とか。セスに管理を任せるのは断固反対だ。あれほどのことをして、それでいい目を見るなんて許せない。揉めるだろうが、彼女の知ったことではない。

シアトルに戻るのに乗った飛行機は、哀れなスカイレーンとおなじ小型機だった。キャムはためらうことなく副操縦席に座った。彼女と並んでうしろの席に座ることなど考えもしなかったようだ。彼女は目をくるっとまわしてほほえむしかなかった。そうでなきゃパイロットとは付き合えない。飛ぶことしか頭にない連中で、ほかのことは目に入らなくなる。マグワイアが彼女と並んで座った。キャムに先を越されていなければ、自分が副操縦席に座っていたのに、という表情を浮かべていた。

「彼も必死なんですよ」彼女はおもしろがって言った。「六日も操縦桿《そうじゅうかん》を握っていなかったんだから」

「でも、わたしがチャーターしたんですよ」マグワイアがむっつりと言った。仕方ないというふうに肩をすくめ、ばつの悪そうな笑みを浮かべた。「わかっていたら、もっと早く乗り込んでいたのに。わたしが知るパイロットはたいてい、食事を抜かしても飛びたいという連中だ」

シアトルにちかづくにつれ、心穏やかではいられなくなった。たくさんの変化が待っているが、まだよく消化しきれていなかった。変化はいつだって彼女を不安にする。これまでは、大きな決断をする前に、じっくり考え、よく調べ、準備をした。なにがどう変化するにしても、自分で制御できる範囲内におさめておきたかった。ところが、不意に制御がきかなくなり、すべてが変わってしまった。あの広大な屋敷からできるだけ早く引っ越すつもりだ。セストとタムジンが、家の中をどういじろうとかまわない。もう二人にかかずらうのはご免だ。

つまり、別の仕事を探さなければならないということだ。

最大の変化は、むろんキャムだ。彼の動きは速すぎて、とてもついていけない。漫画キャラクターのワイリー・コヨーテとロードランナーみたい。天才コヨーテが砂漠できりきり舞いしているあいだに、世界一速い鳥のロードランナーはすたこら逃げてゆく。一週間も経っていないのに、〝彼を嫌い〟から〝彼を愛する〟へと一足飛び。結婚を承諾してしまった。彼が最大の変化なのに、最良の変化に思えるのだから不思議。最初のパニックを克服してしまったら、彼と一緒にいることこそが正しいと思えるようになった。こんな気持ち、はじめてだ。

彼女の気持ちを察知したように、彼が肩越しに振り向いた。どこからかサングラスを手に入れてしていたので、目は見えなかったが、二人の心が通じている証拠に思えて、なにより も心を落ち着かせてくれた。もう一人ぼっちじゃない。どんな変化に見舞われようと、彼が一緒にいてくれる。

飛行機が着陸し、パイロットはブレーキをかけながら滑走路を進んだ。ベイリーは身を乗り出してターミナルに目をやった。人びとが建物から出てきてフェンスゲートを通り、滑走路に立った。それほどの人数ではないが、遠いので顔の見分けはつかない。それでも、ローガンとピーチスがそこにいるのはわかっていた。嬉しくて気持ちがあかるくなった。

近づくにつれ二人が見えた。ローガンがピーチスの肩に腕をまわし、二人とも笑っている。ピーチスは興奮してピョンピョン飛び跳ねていた。向こうからは見えないだろうが、手を振った。ブレットもいる、カレンも。ほかの人びとには見覚えがなかった。キャムの友人や家族だろう。彼は戻ることを両親に連絡したが、彼らは民間機を使うからこちらより遅くなるだろうという返事だった。あるいはほかの手を打ったのかもしれない。

飛行機が停止した。キャムがシートベルトをはずして機外に出た。マグワイアはパイロットとひと言ふた言話をしてから、飛行機をおりた。キャムがあたりまえのようにベイリーを抱きおろしてくれた。腰にまわされた両手があたたかい。「気分はどうだ？」彼が言った。二人が飛行機から充分に離れると、それまでもどかしげに待っていた人の列が崩れ、こちらに駆け寄ってきた。

「疲れたけど、大丈夫。あなたは？」

「おなじだ。気をつけろ！」その言葉を言い終わらないうちに、二人は取り囲まれた。ローガンとピーチスがベイリーを捕まえ、両側から抱きついてきた。ピーチスは泣いている。むろんベイリーも、込み上げてくる涙を抑えきれなかった。ローガンが二人まとめて抱き締めていたが、その体が震えているのがわかった。キャムはと見ると、彼も歓迎の一団に囲まれていた。カレンが心配させた罰とばかりに彼の胸を叩いている。キャムが腕を差し伸べると、彼女はわっと泣き出してその腕に飛び込んだ。

「こんなに痩せちゃって」ピーチスが涙を拭いながら言った。

「あたらしいダイエットよ」ベイリーは言った。「飛行機墜落ダイエット。効果てきめん」

「お腹すいてる？」ローガンが尋ねた。なにかしてあげたくてしょうがないのだ。食べ物を手に入れることもその範疇《はんちゅう》だ。

「餓《う》えてる。きょう一日で一トンの食べ物を平らげたんだけど、食べて数分もするとまたお腹がへるの」

「だったらここを出よう。きみの家に向かう途中でなにか買えばいい。タムジンがどうなったか話してやるから、事故のことを話してくれ。質問が山ほどあるんだ」

ベイリーは見回してキャムを探した。「ちょっと待ってて。キャムを残しては行けない。あなたに紹介もしてなかったわね」

ローガンがためらっているのがわかった。彼女とキャムが深い関係になるのが早すぎて、不安を覚えているのだろう。無理もない。その腕を軽く叩く。「心配しないで。あたしたち、実のところ……二十五回目のデートをしているところなのよ。それとも三十回目かな。計算してないから。でも、あなたが考えている以上に、おたがいのことをわかってるわよ」

「三十回目のデート？　彼と付き合ってたなんて知らなかったわ！」ピーチスが驚いた顔で

言った。みんなぞろぞろとターミナルへと移動しはじめていた。「ひと言も言ってくれなかったじゃない！」

キャムがすべてを取り仕切った。迎えに来てくれた人たちに礼を言い、溜まっている仕事が山ほどあるからと言ってお引き取り願った。物腰は穏やかだが、人を従わせる強さが彼にはあった。彼にとって呼吸するのとおなじぐらい自然なことだ。いまはそれがよくわかる。顔はあざだらけで頭に包帯を巻いていても、権威を第二の皮膚みたいにまとっていて、まわりの人びとは躊躇《ちゅうちょ》せずに彼の指示に従う。あるいは、気づいたら従っていたという感じかもしれない。

J&Lのオフィスには数人が残った。ブレット、カレン、マグワイア。キャムがドアを押さえてくれたので、ベイリーとローガンとピーチスも中に入った。彼女は早速キャムに家族を紹介した。彼とローガンは握手した。ローガンは警戒しながら、キャムは穏やかに。まだ処理しなければいけない厄介な問題はあったが、その瞬間、ベイリーは幸せだった。

ベイリーは大丈夫だ、とキャムは思った。その朝、彼女はがくんと弱くなったように見えた。精根尽き果てたように。あれから食事をとり、彼女はすっかりよみがえったとは言え、心配でたまらなかった。「コーヒーは淹れたてか？」カレンに尋ねた。焦眉の問題を片付ける前に、ベイリーをちゃんと世話してやりたかった。

「いま淹れたところ」カレンの目はまだ涙で光っていたが、満面の笑みを浮かべている。

「持ってきましょうか?」

カレンがコーヒーを持ってきてくれる? 死にかけてみるもんだな、とキャムは思った。

「いまはいい。でも、さしつかえなければ、ベイリーになにか食べ物と飲み物を出してやってくれないかな——自動販売機で買える以外のものだとありがたいが」

カレンがにやりとした。「ベイリー?」低い声で尋ね、人に聞かれないように体をちかづけてきた。「ミセス・ウィンゲートじゃないわけね?」

「彼女はおれを生かすために、ありったけの食べ物と飲み物をそっくり与えてくれた。自分はなしですませてね。だから、ああ、いまではベイリーと呼んでいる」少なくとも初日はそうだった。以後は、彼女もちゃんと食べて飲んでいるかこっちが気を配ったが。

カレンの目が急にきつくなったので、頭の中で、〝世話を焼く人〟リストにベイリーを加えたのだとわかった。つまり、カレンはかたわらに座って食べ物を喉に押し込んででも、ベイリーに食べさせるつもりだということだ。ベイリーが一日中、ノンストップでなにか食べていたことを考えれば、その必要はないだろうが。

ベイリーの腕に触れて注意を惹いた。「ブレットと話をしてくる」

彼女はキャムの指を軽く握り、顔を見た。気遣っているのだ。数日もすれば気遣い合うこともなくなるだろうが、いまはまだ、たがいに辛い体験が生々しく残っていて、サバイバル・モードにあった。相手を気遣わずにいられない。

ブレットの視線を捉え、軽く頭を倒した。ブレットのオフィスのほうがちかいので、そこに行った。キャムはドアを閉めた。二人で事業を興して以来、ドアを閉めるのははじめてのことだった。

彼は親友に顔を向けた。長年、兄弟のように思ってきた男に。「なぜやった?」

ブレットは椅子に倒れ込み、目を閉じて両手に顔を埋めた。最後に見たときよりぐんと老けて見える。六日前にはなかったしわを刻んでいた。「どうにもこうにも」疲れきった声だ。「金。金だよ。尻に火がついていた。質《たち》の悪い連中に借金して――」言葉を切り、頭を振った。「おまえにはばれるとわかっていた。おまえが生きていて、あのクソいまいましい山から歩いておりてきたと知らせが入ったときから、覚悟はしていた。おまえが探しまわらないわけがない。残骸を調べて、墜落した理由を知ろうとしないわけがない」

キャムは鉄の意志で怒りを抑えた。なんとしてもブレットに吐かせたかった。文字どおり八つ裂きにしてでも、答えを知りたかった。悲しむのはそれからだ。友情を失ったことを悲しむのにふさわしい時がいずれくる。「セスの仕業だと思っていた。トランスポンダーと無線のことを、マグワイアから聞くまでは。そういう複雑な細工は、彼の手に余る。ややこしいことに向いていない。おまえはなんでもやりすぎる」

「ああ、おれはいつだってそうだ」ブレットが顔をあげた。目には後悔の表情が浮かんでいた。「出来心ってやつだよ。あの日、セスが電話をしてきて、チャンスだと思った。必死だったから飛びついた」

「病気になったのは、どうやったんだ？」

「猫アレルギーだってこと、憶えてるか？ 猫にはちかづかないようにしている。猫を飼ってる女とはデートもしない。で、アニマル・シェルターに出掛けてって、猫を選んでかわいがった。顔を擦りつけた」

ブレットが猫アレルギーだということを、キャムは知っていた。ずっと昔から知っていたから、考えもしなかった。ブレットは注意して猫を避けていたから、アレルギー反応が出るのを見たことがなかった。ブレットの代わりにベイリーのフライトを操縦することになった日までは。猫のことを思い出していたとしても、彼を疑わなかっただろう。アレルギー反応は起きるものだから。

「あれこれ考えまいとした」ブレットが疲れた声で言った。「考えずにやった。それで救われる。おまえの保険金で、窮地から救われる。おれはただ……金を手に入れることしか考えてなかった。でも、飛行機が消息を断ったとカレンから聞いたとき、突然現実のものとなった。おれは親友を殺したんだ。そう思ったら、ゲーゲー吐きまくるだけだった」

おかしな話だが、キャムは信じた。ブレットは衝動的な人間だ。目先のことしか考えない。

「機体は燃えると思った」ブレットが話をつづけた。「タンクには使われなかった燃料が数ガロン残っているものだ。証拠が残ったとしても、セスが疑われるとわかっていた。あの馬鹿たらしい電話のせいで。でも、それ以外に彼を飛行機に結び付けるものはない。彼が逮捕されるとは思ってなかった」

「充分な燃料を積んでいなかったことを突き止めたのは、おまえだとマグワイアは言った」

「ああ。おれがそのことを指摘すれば、誰もおれを疑わないと思った」ブレットは両手で顔を擦り、キャムと目を合わせた。「それで、どうする?」彼は立ち上がった。「おまえは死んだと思ったとき、おれが殺したんだと思ったとき、おれは自分に疑いが向かないよう必死になった。だが、おまえはすこぶる優秀なパイロットだ。簡単には死なない、だろ? 知らせが届いたとき、笑ったらいいか、泣いたらいいかわからなかった。両方やった。おまえがどう決着をつけるにせよ、それに従うつもりだ。自首するよ、おまえがそうしろと言うなら」

「そうしろ」キャムは折れなかった。後戻りはできない。長年の友情も、ともに過ごした懐かしい日々も、彼の決意を鈍らせなかった。引き返せない道がある。「殺人未遂、保険金詐

から。

「ああ。その前に殺されなきゃな。もうどうでもいい」ブレットの顔に浮かんだ表情は、自分自身を許せない男のそれだった。自業自得だ。キャム自身、彼をけっして許さないだろう

欺……長くくらうことになる」

「ひとつだけ」キャムは言った。

「なんだ?」

その顔にパンチを繰り出した。ありったけを拳に込めた。クーガーが獲物に飛びかかるように、怒りが紐から解き放たれた。ブレットは頭をのけぞらせ、仰向けに椅子に倒れ、ゴミ箱もろともひっくり返した。散らばるゴミに囲まれ、床に大の字に伸びた。

「ベイリーを巻き添えにした罰だ」キャムは言った。

まさかセス・ウィンゲートに会おうとは、思ってもいなかった。その日の真夜中、父親の屋敷の戸口に立っていたのは、紛れもなく彼だった。

ベイリーは荷造りしていた――というより、屋敷にわずかに残った自分の物を探し回っていた。タムジンは彼女のクロゼットにあった服をすべて捨てたばかりか、家中にある彼女のものと思われる品を片っ端から捨てたのだ。そのうえ物を壊していた。あんまり頭にきたの

で、ベイリーは警察に通報しようかと思ったが、その前に気持ちを鎮める時間をもった。

この数時間は大騒動だった。ブレットが保険金目当てにキャムを殺そうとしたことが、いまだに信じられない。彼女がこれだけの衝撃を受けたのだから、キャムの気持ちは想像にあまる。ブレットは罪の意識に打ちひしがれているようだったが、それで帳消しになるわけではない。マグワイアもみなと同様に動転していたものの、すべてを取り仕切ってくれた。ブレットはマグワイアに付き添われ、警察に自首しにいったが、共同事業契約の解消やエグゼクティヴ・エア・リモを存続するかどうかなど、法律上の問題は宙に浮いたままだ。存続するとしたら、名称はエグゼクティヴ・エア・リモだけとなる。J&Lは存在しないのだから。

ベイリーはそれについていくつか考えがあったが、それももっとじっくり考えてからのことだ。セスが二人を殺そうとしたわけではないとわかったので、信託資金の管理をつづけるかどうかもう一度考える必要があった。とは言え、タムジンにこんな仕打ちをされ、こっちこそ彼女を殺してやりたい思いだから、二人とはきっぱりと手を切りたかった。ひとつだけはっきりしているのは、自分のものでもないこの屋敷に、ひと晩たりとも泊まりたくないということだ。

ローガンとピーチスも一緒に来ていた。キャムも。荷造りを手伝うためだが、詰めようにもほとんどなにも残っていなかった。キャムも怒りで蒼白《そうはく》になったが、二人ともなんとかこらえた。癇癪玉をいまにも破裂させそうなのはピーチスで、部屋から部屋へドスドス歩きまわる彼女から、ローガンは目を離せなかった。

そしてセスの登場だ。彼の仕業ではなかったとわかっても、いまは彼と話をする気分にはなれない。玄関のドアを開いただけで、中に入れとは言わなかった。背後にキャムがやってきたのが気配でわかった。

セスは入ろうとしなかった。いつもなら、二軒目か三軒目のバーで飲んだくれている時間だが、酔っ払っているようには見えない。実際、彼は素面《しらふ》で、それには驚いた。ズボンとプルオーバーのシャツという地味な服装で、黒い髪は短く刈って櫛目《くしめ》が入り、角張った顔は無表情だ。

「おれが墜落事故を起こしたと、みんなが思っている」彼が唐突に言った。「おれがやったんじゃないと言いたくて来た」

「知ってるわ」驚きのあまり、満足にしゃべれなかった。

彼の目にも驚きの表情が浮かんだ。ためらい、それから踵を返した。ベイリーはドアを閉めようとして手を止めた。彼が階段を一段おりたところで足を止めたからだ。振り向いた。

「誰がやったんだ？」彼が尋ねた。彼女と話したくないけれど、知りたい気持ちには勝てないというところだろう。「タムジンか？」

タムジン？　タムジンは底意地が悪くて卑劣だが、ああいうことができるほどの脳味噌は持っていない。「いいえ、ちがうわ。キャムのパートナー」

「ブレット？」セスは仰天したようだ。「たしかなのか？」

「たしかだ。自白した」キャムが言った。

「なんてこった」セスがつぶやいた。おもしろみのない笑みが口元に浮かんだ。「おれとタムジンは、思っていた以上に似ているってことか。あいつはおれがやったと思い、おれはあいつがやったと思った」

セスは深く息を吸った。「あんたに聞いておいてほしい。妹がおれの仕業だと頭から疑ってかかっていることに気づいて、ガツンと殴られた気がした。鏡に映る自分の姿を長いこと見つめて、いやな気持ちになった」ベイリーの驚いた目を見て、苦笑いを浮かべる。「いまウィンゲート・グループで働いている。メール・ルームだ。いつまで辛抱できるか、グラントに見張られている」

ベイリーはドアを握り締めた。そうでもしないと、ショックで膝がガクッとなりそうだった。なんと言えばいいかわからず、こんなことを口走った。「信託資金の管理はほかの人に任せることにするつもり。たぶん取引銀行の人に」とても信じられなかった。まさか、セスが……けっきょく、ジムはセスを見誤っていなかったということ？

セスは顎を引き締め、ベイリーを睨んだ。「やめてくれ。あんたに管理してほしい。ほかの誰かが管理していたら、ここまで頭にこなかっただろう。おれのやる気を掻き立てるために、あんたが必要なんだ。それが親父の計画だった、そうじゃないか？　やっとわかったよ。親父は、おれがあんたを憎むだろうと思った。あんたに金の管理をされることが、いやでたまらないだろうと。だから奮起して生活を立て直すだろうと、親父は思ったんだ。悔しいけど、親父は正しかった。いつだって正しかった。管理権をいつおれに譲るかは、あんたの判断に委ねると親父は言ったんだろう。ちがうか？」

うなずくことしかできなかった。

セスが口元を歪めた。「親父はあんたを信用していた。親父ほど人の心を読める人間はいない。だから、おれも親父を信用する。親父はどうすればいいかよくわかっていた。あんたにはこれからも信託資金の管理をしてほしい。あんたが間違っていることを、おれが証明してみせられるように。いつかおれに管理権を譲ってくれ。そうすれば、あんたはおれの人生から出てゆき、二度と会うこともない」

「その日を心待ちにしているわ」ベイリーは正直に言った。

セスは廊下の先に目をやり、破壊が行なわれたことに気づいた。ガラスは割られ、壁は傷つけられていた。「いったいなにが起きたんだ？」

「タムジンの仕業だ」キャムがうなるように言った。

「あんな奴、捕まればいい」セスは冷たく言い、踵を返して階段をおり、闇に消えた。

キャムが、ベイリーの手をどけてドアを閉め、抱き寄せた。

「行こう」彼は言い、仰向いた彼女にキスした。「ここにきみのものはなにもない。きょうからおれと暮らすんだ」

ベイリーはほほえみ、彼の顔の傷を指先でたどった。その決定になんの不安もなかった。

「いいわよ」ふわりと浮きあがったような幸福な気持ちになった。「行きましょう。あたしは準備できているわ」

訳者あとがき

船が沈没して無人島に流される。雪山で遭難して山小屋に避難する。もっと身近な例だと、エレベーターが故障して閉じ込められる。しかも男性と二人きりで。その男性が憎からず思っている相手だったら、恋が芽生えるかも、なんてちょっとドキドキだけれど、おたがいに〝いやな奴〟と思っている相手だったら、どうしますか？

本書の主人公、ベイリーは、チャーターしたセスナが墜落して、雪と氷に閉ざされた世界に〝いやな奴〟と思っていた機長のキャムと二人きりで放り出される。しかも、キャムは頭から血を流して意識不明だ。ベイリー自身も全身打撲のうえに、高山病で吐き気はするわ、頭痛はするわ、踏んだり蹴ったりの状態だった。それでも、救助隊がやってくるまで、なんとか生き延びなければならない。こういう極限状態のときに、人間の本性は剝《む》き出しになる。パニックに陥《おちい》りあたふたするだけか、冷静に事態を見極め、手元にあるものを最大限に活用し、生き延びることに全力を尽くすか。ベイリーは後者だった。意識不明のキャムを、胴体が半分吹っ飛んだ飛行機から引きずりだし傷を手当てし、枝を集めてシェルターまで作る。

やがて、キャムは意識を取り戻した。二人は協力し、たがいの体温であたためあって(!)、零下二十度までさがる雪山の夜を生き延びようとする。

感情のまま、欲望のままに結婚、離婚を繰り返した両親の〝離婚ピンポン〟のピンポン玉にされ、あっちの家からこっちの家へと渡り歩いた子ども時代のせいで、ベイリーは他人に心を開くことができない。まわりに〝氷の壁〟を築いて人を寄せつけなければ、傷つくこともないからだ。そんな彼女が結婚した。上司であり、親子ほども歳の離れた大企業のオーナー社長と。しかも、結婚して一年足らずで夫は癌で亡くなった。まわりはむろん財産目当てと見る。そういう視線に曝《さら》されるから、彼女は氷の壁をますます厚くしていった。

チャーター便を運行する会社の共同経営者で、自らも操縦桿《そうじゅうかん》を握るキャムから見て、ベイリーは大企業の社長の〝トロフィー・ワイフ〟、「あたたかさといい、とっつきのよさといい、氷河といい勝負」の冷たい女だった。ところが、墜落の後、意識を取り戻すと、そのベイリーが自分を助けるために必死になってくれていた。そのギャップにクラッとくる。彼女の〝氷の壁〟を融かそうとするキャムと、必死で自分の傷つきやすい心を守ろうとするベイリー。そのやりとりがおもしろい。恋をしたことのなかったベイリーが、自分の心の変化にとまどう姿が、なんともほほえましい。「これはまさしく愛だ。人の話に聞いたことのある、これは愛だ。苦しくて目がくらむようで、せつなくて、嬉しく、いろんな感情がごった混ぜになって爆発して、理性がまったく通じなくなる。酔っ払ってはいるけれど、思考や機能を低下させる憂鬱な気分はまるでない。途方に暮れているのに、舞い上がりたい気分。なんだか体が膨張して、皮膚がきつくなった感じ」ふつうなら十代で経験するこんな感情を、三十代の大人の女がはじめて経験するのだから……。

リンダ・ハワードの近況を、ランダム・ハウス社ホームページの〝Author Essay〟からご紹介しよう。

リンダ・ファンならご存じのように、彼女は、バス釣りのプロのご主人がトーナメントを転戦するのに付き添って旅してまわっている。「ラップトップ持って、旅に出よう」がモットーで、「荷造りのプロ」だ。唯一の趣味の読書は、つねに「なにかしながら」。たとえば「信号を待っているとき、料理しているとき、待合室に座っているとき」。まとまった時間を読書だけに費やせるのは、彼女にとって「贅沢《ぜいたく》」だ。

いまも生まれ故郷のアラバマ州に住み、農場で家畜を育てている。「やるべきことは山ほどあるけれど、それは主人の仕事。家畜がいっせいに逃亡を図らないかぎり。これがよく逃げ出す。逃げた家畜を駆り集めるのに、わたしも駆り出される。牛はものすごく利口な生き物ではないし、臭う。さっきも言ったように、世話をするのは主人の仕事だ。蹴られたり、押し倒されたり、角で突かれたりするくせに、どういうわけか、嬉々としてやっている。わたしは家畜が苦手だ。だって、臭うって、言ったでしょ？」

次回作〝*Death Angel*〟は、リンダにしては珍しく、というかはじめての〝悪女〟が主人公だ。マフィアのボスの愛人で、好きなものは〝ダイヤモンドと危険な男〟というヒロインの再生がテーマだ。裏切った相手は、背後から頭に銃弾をぶちこむか、ナイフで首を切るか、車に爆薬を仕込むかしてかならず仕留める、冷酷なボスの愛人の生活に満足していた彼女が、あることをきっかけにボスを憎むようになり、大金を奪って逃亡を企てる。ボスはむろん殺し屋に後を追わせる。生き延びるため、組織の内部情報を手土産にＦＢＩに駆け込んだ彼女が、そこで出会ったのはとんでもなく危険な男だった……。

アメリカで七月はじめに刊行され、インターネット・ブックショップ、アマゾンですでに（八月一日の時点で）カスタマー・レヴューが五十三件、五つ星がずらっと並ぶこの作品、ひきつづき二見文庫から出ますので、ご期待ください。

二〇〇八年八月

23 ザ・ミステリ・コレクション

氷《こおり》に閉《と》ざされて

著者　リンダ・ハワード
訳者　加藤洋子《かとうようこ》

発行所　株式会社 二見書房
東京都千代田区三崎町2-18-11
電話 03(3515)2311［営業］
03(3515)2313［編集］
振替 00170-4-2639

印刷　株式会社 堀内印刷所
製本　村上製本

落丁・乱丁本はお取り替えいたします。
定価は、カバーに表示してあります。

ISBN978-4-576-08117-5
http://www.futami.co.jp/

一度しか死ねない
リンダ・ハワード
加藤洋子［訳］

彼女はボディガード、そして美しき女執事――不可解な連続殺人を追う刑事と汚名を着せられた女。事件の裏で渦巻く狂気と燃えあがる愛のゆくえは!?

見知らぬあなた
リンダ・ハワード
林　啓恵［訳］

一夜の恋で運命が一変するとしたら…。平穏な生活を〝見知らぬあなた〟に変えられた女性たちを華麗な筆致で紡ぐ、三編のスリリングな傑作オムニバス。

パーティーガール
リンダ・ハワード
加藤洋子［訳］

すべてが地味でさえない図書館司書デイジー。34歳にしてクールな女に変身したのはいいが、夜遊びデビュー早々ひょんなことから殺人事件に巻き込まれ…

あの日を探して
リンダ・ハワード
林　啓恵［訳］

叶わぬ恋と知りながら、想いを寄せた男に町を追われたフェイス。引き金となった失踪事件を追う彼女の行く手には、甘く危険な駆け引きと予想外の結末が…

夜を忘れたい
リンダ・ハワード
林　啓恵［訳］

かつて他人の心を感知する特殊能力を持っていたマーリーの脳裏に、何者かが女性を殺害するシーンが映る。そして彼女の不安どおり、事件は現実と化し…

Mr.パーフェクト
リンダ・ハワード
加藤洋子［訳］

金曜の晩のジェインの楽しみは、バーで同僚たちと「完璧な男」を語ること。思いつくまま条件をリストにした彼女たちの情報が、世間に知れたとき…！

夢のなかの騎士
リンダ・ハワード
林 啓恵［訳］

古文書の専門家グレースの夫と兄が殺された。犯人は、目下彼女が翻訳中の14世紀古文書を狙う考古学財団の理事長。いったい古文書にはどんな秘密が？

石の都に眠れ
リンダ・ハワード
加藤洋子［訳］

亡父の説を立証するため、考古学者となりアマゾン奥地へ旅立ったジリアン。が、彼女を待ち受けていたのは、死の危機と情熱の炎に翻弄される運命だった。

心閉ざされて
リンダ・ハワード
林 啓恵［訳］

名家の末裔ロアンナは、殺人容疑をかけられ屋敷を追われた又従兄弟に想いを寄せていた。10年後、歪んだ殺意が忍び寄っているとも知らず彼と再会するが…

青い瞳の狼
リンダ・ハワード
加藤洋子［訳］

CIAの美しい職員ニエマと再会した男は、彼女の亡き夫のかつての上司だった。彼の使命は武器商人の秘密を探り、ニエマと偽りの愛を演じること…

二度殺せるなら
リンダ・ハワード
加藤洋子［訳］

長年行方を絶っていた父親が何者かに射殺された。父の死に涙するカレンは、刑事マークに慰められるが、射殺事件の黒幕が次に狙うのはカレンだった…

黒き戦士の恋人
J・R・ウォード
安原和見［訳］

NY郊外の地方新聞社の取材記者ベスは、謎の男ラスに出生の秘密を告げられ、運命が一転する！ 読みだしたら止まらない全米ナンバーワンロマンス初登場！

そのドアの向こうで
シャノン・マッケナ
中西和美［訳］

亡き父のため11年前の謎の真相究明を誓う女と、最愛の弟を殺されすべてを捨て去った男。復讐という名の赤い糸が激しくも狂おしい愛を呼ぶ…衝撃の話題作！

影のなかの恋人
シャノン・マッケナ
中西和美［訳］

サディスティックな殺人者が演じる、狂った恋のキューピッド。愛する者を守るため、燃え尽きた元FBI捜査官コナーは危険な賭に出る！　絶賛ラブサスペンス

運命に導かれて
シャノン・マッケナ
中西和美［訳］

殺人の濡れ衣をきせられ、過去を捨てたマーゴットは、彼女に惚れ、力になろうとする私立探偵デイビーと激しい愛に溺れる。しかしそれをじっと見つめる狂気の眼が…

真夜中を過ぎても
シャノン・マッケナ
松井里弥［訳］

かつてショーンが愛したリヴの書店が何者かによって放火された。さらに車に時限爆弾が。執拗に命を狙う犯人の目的は？彼女の身を守るためショーンは謎の男との戦いを誓う。

夜の扉を
シャノン・マッケナ
松井里弥［訳］

美術館に特別展示された〈海賊の財宝〉をめぐる陰謀に、巻き込まれた男と女。危険のなかで熱く燃えあがる二人を描くホットなロマンティック・サスペンス！

再会
カレン・ケリー
米山裕子［訳］

かつて父を殺した伯父に命を狙われる女性警官ジョディと、スクープに賭ける新聞記者ローガンの恋。異国情緒あふれるニューオリンズを舞台にしたラブ・ロマンス！

あなただけ見つめて

スーザン・エリザベス・フィリップス〔シカゴスターズシリーズ〕
宮崎 槇［訳］

父の遺言でアメフトチームのオーナーになったフィービーは、ヘッドコーチのダンと熱く激しい恋に落ちてゆく。しかし、勝ち続けるチームと彼女の前には悪辣な罠が…

あの夢の果てに

スーザン・エリザベス・フィリップス〔シカゴスターズシリーズ〕
宮崎 槇［訳］

元伝導牧師の未亡人レイチェルは幼い息子との旅路の果てに、妻子を交通事故で亡くしたゲイブに出会う。過酷な人生を歩んできた二人にやがて愛が芽生え…

湖に映る影

スーザン・エリザベス・フィリップス〔シカゴスターズシリーズ〕
宮崎 槇［訳］

湖畔を舞台に、新進童話作家モリーとアメリカン・フットボールのスター選手ケヴィンとのユーモアあふれる恋の駆け引き。迷い込んだふたりの恋の行方は？

まだ見ぬ恋人

スーザン・エリザベス・フィリップス〔シカゴスターズシリーズ〕
宮崎 槇［訳］

VIP専用の結婚相談所を始めたアナベルの最初の依頼人はアメフトの大物代理人ヒース。彼に相手を紹介していくうちに、二人はたがいに惹かれあうようになるが…

いつか見た夢を

スーザン・エリザベス・フィリップス〔シカゴスターズシリーズ〕
宮崎 槇［訳］

休暇中のアメフトスター選手ディーンは、ひょんなことから画家のブルーとひと夏を過ごすことになる。東テネシーを舞台に描かれる、切なく爽やかな傑作ラブロマンス！

トスカーナの晩夏

スーザン・エリザベス・フィリップス
宮崎 槇［訳］

傷心の女性心理学者が静養のため訪れたトスカーナ地方で出会ったのは、美しき殺人鬼などが当たり役の大物俳優。何度もベッドに誘われた彼女は…イタリア男の恋の作法！

二見文庫 ザ・ミステリ・コレクション